菲菲的凤凰涅槃

苏姝 著

加拿大国际出版社

Canada International Press

书名：菲菲的凤凰涅槃

作者：苏姝

封面设计：张莉珊

版式设计：曹吉

出版：加拿大国际出版社

出版社网站：www.intlpressca.com

出版社电子邮件：service@intlpressca.com

Name of Book: Feifei's Phoenix Nirvana

Written by: Su, Shu

Cover Design: Lishan Zhang

Cover Art Design: Ji Cao

Published by: Canada International Press

www.intlpressca.com

Email: service@intlpressca.com

ISBN 978-1-989763-59-9

Ebook ISBN: 978-1-989763-60-5

人生如同凤凰涅槃，不是浴火重生，便是灰飞烟灭

内容简介

二十世纪 80 年代，改革开放在中国全面展开，挡不住金钱与物质的诱惑，年轻漂亮的女主人公菲菲出轨，离婚后被包养。为了解决家庭矛盾，情夫出资帮助她移民加拿大，并在加拿大为她购置了一栋简陋的小屋。在这座异国他乡的小屋里，在经历了被遗弃后的孤独与痛苦、坠入爱河后的缠绵与放弃、为生存付出的艰辛与努力、受到伤害后的反思与忏悔，就像生命之轮回后的浴火重生，如同凤凰涅槃，菲菲最终获得了自由的人生和至善至诚的关爱、陪伴与守护。

在对主人公菲菲命运的描述过程中，笔者还描写了国人对移民的盲目、男女之间的性爱激情、职业军人蒋毅楠如何在诱惑中葬送了自己的事业与前程、闺蜜阿萍不幸的异国婚姻、以及交友网上的网约网恋等人生种种……

作者简介

苏姝，祖籍福建，生于江苏南京，西安音乐学院小提琴专业毕业。1998 年移民加拿大，现从事会计与行政管理工作。2016 年，在中国大陆当代世界出版社出版了纪实文学《情依老人谷》，并作为该出版社的推荐图书参加了 2017 年北京图书定货会，全国发行。

目　　录

第一章 初到温城

1998 年深秋的一个晴朗的日子里，一架由上海飞往加拿大的国际航班在温哥华机场徐徐降落，菲菲带着十岁的女儿梅梅，推着行李车匆匆向海关走去。

梅梅长得像妈妈。她圆圆的脸，红红的唇，天真活泼，聪明伶俐，一双水汪汪的大眼睛忽闪忽闪的，又明亮又机灵。小姑娘背着一个粉红色的儿童双肩包，兴高采烈地拉着一个粉红色的小箱子，紧紧地跟在妈妈身旁。为了跟上妈妈的速度，她不时地跑上几步，快活地摇着头，故意让两根小辫子在耳朵后面上下甩动，就像两只正在跳舞小燕子。

"妈妈，这就是加拿大吗？"梅梅用她那莺啼燕啭般的声音边走边问。

"是的。"菲菲继续走着，没有看女儿。

"我们到家了吗？"梅梅又问。

"现在我们要过海关，然后还要转机……"

"还要再坐飞机吗？"

"是的，梅梅，别问了好不好，跟着妈妈走就是了。"

"妈妈，我累死了。"梅梅撒娇地说。

"把你的小箱子放到行李车上来。"菲菲建议道。

"不嘛，我要自己拉着嘛。"梅梅唱歌般地说道。小姑娘觉得拉着自己漂亮的小箱子就像开着自己漂亮的小汽车一样的神气。

"那把你的背包给妈妈。"菲菲又说道。

　　"不嘛，我要自己背着嘛，里面有我的芭芘娃娃，不要给我压坏了。"梅梅拨浪鼓似地摇着小脑袋说道。

　　"那你就不要喊累啦。"菲菲无可奈何地看了女儿一眼，笑了笑。

　　"那好吧。"乖巧的梅梅抬头看了看一脸疲惫的妈妈，又看了看身后准备过海关的长长的队伍，一脸严肃地不再说话了。

　　顺利通过海关，重新托运了行李之后，菲菲带着梅梅来到转机大厅。还有两个多钟头才能登机，在 Tim Horton's 咖啡店，菲菲给女儿买了一杯热巧克力奶和一个甜面包圈，然后就坐下来陪着女儿在咖啡厅里等候再次登机。

　　窗外，天蓝得无可挑剔，一层层云朵象一座座山峰一样参差不齐，有白色的，有奶油色的，也有琥珀色的。梅梅安安静静地吃着，不时地抬头看一眼旅客们匆匆的脚步，如果有哪个红脸膛、黄头发，长相奇怪、大腹便便的外国人从她们面前经过，梅梅就会淘气地对着妈妈皱皱鼻子笑一笑，做一个鬼脸。

　　举目四顾，菲菲感到她从未像现在这样六神无主。她没有心思理会女儿的调皮，更没有一般人刚出国时的那种兴奋和对异国情调的新鲜感，这会她心事重重，忧虑多与希望和快乐。是呀，她多么希望她的新生活也能像这片湛蓝的天空，完美无瑕，可是，这一切又都要取决于她的保护人——洪哥。然而，洪哥什么时候能来？到底能不能来？菲菲无法回答，如果洪哥来不了，那么她和梅梅今后又该怎样生活？菲菲也没有答案。

　　又是三个小时的飞行，飞机晚点半小时再次降落，这里是菲菲她们旅途的终点——以"加拿大阳光之都"闻名的城市——温城。

　　菲菲把已经睡着了的女儿摇醒，告诉她到家了，这回是真的到家了。梅梅揉了揉眼睛，向窗外望去。刚刚过了七点钟，外面已经漆黑一片，机场跑道上，朦胧的灯光下稀稀拉拉的好像没有几架飞机，哦，比起上海那繁忙的国际机场，这里实在是太冷清了。小姑娘有些失望，她怎么也没想到，这里一点也不像是她想象的那种繁华的外国世界。

飞机停稳后，菲菲和梅梅下了飞机，她们和其他乘客一起快步向行李提取处走去。通往接机大厅的电梯缓缓向下移动着，电梯上的菲菲居高临下，一眼就看见接机大厅里，一个秃头的矮胖子正伸着脖子朝电梯这边张望，手里还举着一个牌子，上面用很难看的字体又黑又粗地写着她的名字 - "菲菲"。

菲菲向矮胖子挥了挥手。看到菲菲挥手，矮胖子立即放下手中的牌子，满脸笑容地走了过来。

"菲菲吗？"矮胖子问道。

"是的，李哥吧？"

"是的，是的，洪哥交代了，让我来接你们。"矮胖子操着广东普通话热情地说道。

"噢，我知道，谢谢。"菲菲说。

"一切都准备好了，只等你们来了。"矮胖子一副邀功领赏的样子。

"噢，谢谢。"

说着，李哥和菲菲一起来到行李提取处。

"路上还顺利吧？"李哥客套地又问。

"还好。"旅途的劳累，以及对未来的担忧让菲菲感到有些烦躁，她一个字都不想多说。

"梅梅怎么样？晕不晕飞机呀？"李哥弯下身子，讨好地看着躲在妈妈身后的梅梅问道。

小姑娘没有说话，只是眨着两只大眼睛，害羞地瞧着这个秃头的矮胖子，腼腆地一笑。

　　"还好。"菲菲回头看了一眼女儿，咧了一下嘴，替女儿回答道。

　　"噢，那就好，那就好。"矮胖子迎合着，知趣地不再问了。

　　行李箱一个接一个地从行李通道口滚落出来，相互碰撞着，继续在传输带上转着圈。等待行李的人们站在传输带周围，一个个伸着脑袋，急切地寻找着自己的行李，希望能尽快结束他们的旅行，回家去。菲菲很快找到了自己的箱子，李哥帮着她把三个特大号的行李箱放到行李车上后，带着她们走出了接机大厅。

　　深秋的寒风迎面扑来，菲菲打了个冷战。噢，这里的秋天要比上海的冬天还要寒冷许多。菲菲拉了拉身上那件洪哥送给她的、驼色毛衣式开丝米披肩，缩了缩脖子。

　　停车场并不很远，很快就到了。菲菲和梅梅上了车，系好安全带后，一辆银白色的ＳＵＶ满载着菲菲她们大大小小的行李箱上路了。李哥规规矩矩地开着车缓缓驶入市区，街道上空空荡荡，车辆不多，既看不到什么商店，也没有什么行人，显然没有上海繁华与喧闹。

　　"你们饿不饿呀？要不要先到我家随便吃点什么？"李哥关心地问道。

　　"不了，飞机上都吃过了，现在就送我们回家好吗？"菲菲有气无力地说道，她急切地想看看她们的新家到底是个什么样子。

　　"好好，直接送你们回家。"李哥点头说道。

　　菲菲从来没有经历过这样长时间的辛苦旅行，再加上心情不好，更让她感到疲乏之极，她看了看窗外，又瞥了李哥一眼，懒懒地闭上了眼睛。

　　不知道过了多久，车停了，菲菲睁开眼睛向外看去。这里是居民区，街灯下，展现在菲菲眼前的是一幢幢大小不一，高低不同的独立房，看来是到家了。

　　"到了，下车吧。"李哥清了清嗓子说。

　　下车后，菲菲四处张望着，寻找着她曾经在照片上看到过的、说是给她买的房子，可是这些房子的样式好像都差不多，菲菲只好等着李哥来告诉她到底哪幢房子才是她和梅梅今后的安身之处。

　　李哥下车后一手提着一件行李箱，吃力地拖着两条短腿向街对面走去，沉重的箱子压得他原本就不高的个子好像又矮了一截。来到一幢又小又旧的房子跟前，李哥放下箱子，回头对菲菲说："来吧，是这里，"说着，他掏出钥匙，打开了大门。

　　菲菲楞楞的没有动，她觉着眼前的这幢房子和照片上的不太一样，照片上的房子似乎要比这个大一些，好一些。

　　菲菲踌躇了一下之后还是牵着梅梅的手，向她们的新家走去。

　　家？这就是我们今后的家吗？菲菲心里嘀咕着。趁李哥又去取行李的时候，她站在门外打量着她们的房子：大门外是一个简陋的小木棚子，进门之前好像是应该把鞋脱下来放在这里。菲菲脱掉鞋子，走进大门。

　　一进大门是一间很小的客厅，里面家徒四壁，没有任何家具，看来是要自己去买了。一间开放式的厨房和小客厅连在一起，面积小得只能并排站两个人。厨房的两边各有一扇门，一扇是通往后院的，另一扇是通往楼下的，也就是地下室的。

　　李哥把所有的行李箱搬进来之后，他问菲菲是否需要把箱子都搬到地下室去，因为两间卧室和卫生间都在下面，菲菲不置可否地点了点头。

通往地下室的楼梯又窄又陡，两边的墙壁虽然明显地可以看出是重新粉刷过的，但依然十分粗糙。楼梯下，拐角处的墙壁上贴着一盏没有灯罩的灯，暗淡的灯光惨兮兮地照耀着楼梯和地下室的走廊。

来到地下室，菲菲立即感到一股凉气袭来，凉气中夹杂着潮湿和发霉的气味，显然，这房子已经很久没有人住了。顺着昏暗的走廊，菲菲边走边查看着整个地下室的布局：正对着楼梯口的一扇门上挂着一个已经掉了颜色的花布门帘，门帘的里面是落起来的洗衣机和烘干机，这是所谓的洗衣房；洗衣房旁边是一间很小的锅炉房，里面黑漆漆的，隐约可以看到一个燃气小锅炉和许多管道；接下来是一间很小的房间，狭窄的空间里只放了一张单人小床，和一张小桌子，这应该是梅梅的卧室了；接下来的是一间没有浴盆的卫生间，淋浴、洗脸池和坐便把这间浴室塞得几乎没有了立足之地；走廊的尽头是一间稍大一点的房间，这是主卧室，里面放了一张双人床，床头两边的床头柜上各有一盏很旧，且落满灰尘的老式床头灯，角落里还有一个可以挂衣服的小壁橱，一扇很小的窗户正对着卧室的门，一个掉了颜色，斑斑点点脏兮兮的花布窗帘，像一快裹尸布似地挂在那里，遮住了唯一一扇可以照进一点光线来的小窗户，那伸手即可以触摸到的天花板，更是低得让人几乎透不过气来。

菲菲颓丧地一屁股坐到大床上，她简直不能相信，这就是洪哥花了两万多加元给她们母女两买的房子，这就是她满怀希望追求的世界，她想象的西伯利亚流放也不过如此而已。菲菲的心一下子凉到了底，要不是李哥还没有走，她一定会放声大哭。她简直搞不懂为什么洪哥一定要把她送到这里来，她更不明白，为什么她居然同意了，带着女儿，举目无亲地从大上海千里迢迢，流浪似地来到这陌生的天涯海角，背井离乡地坐在这阴冷的地下室里……

看着菲菲那张忧愁的脸，李哥似乎读懂了她的心情，他把钥匙递给菲菲后说道："你们娘俩先安顿一下，早点休息吧，明天上午我会来带你们去中国店买些东西，你们会慢慢习惯的，不用担心。"

送走李哥，菲菲回到地下室，重新坐到床上，是呀，除了这张床，她们娘俩也没有什么别的地方可以坐了。梅梅悄悄走过来，她靠在妈妈身边，一脸的无精打采。这空空如也的家，这初来乍到的陌生与凄凉，让菲菲感到孤零零的无依无靠，她万念俱灰，心如止水。母女二人呆呆地坐了好一会，菲菲才站起身来。打开箱子，拿出带来的铺盖，铺好了床后，母女二人没有洗漱就躺下了。

"妈妈，我想回家。"梅梅躺在妈妈的怀里带着哭腔小声地说道。

"从现在起这里就是咱们的家了。"菲菲的喉头也堵住了，她哽咽地说道。

"妈妈，我不喜欢这里，我要回家找阿公。"一想到阿公，小姑娘忍不住哭了起来。

看到女儿哭了，菲菲紧紧地把她搂进怀里，情不自禁地也跟着抽泣了起来。她用眼泪和亲吻盖满女儿的小脸，像哄婴儿睡觉似的，轻轻地拍着梅梅，希望女儿能够安静下来。不知道哭了多久，梅梅哭累了，脸上挂着泪痕，手里抱着她的芭比娃娃，睡着了。看着熟睡的女儿，不知道是时差的关系，还是对今后生活的忧虑，菲菲辗转反侧，久久无法入眠。

梅梅想家，菲菲比女儿更想家。人非草木，远离祖国和亲人怎能无动于衷？曾经的快乐也好，纠结也罢，都是跟家人联系在一起的，并镌刻着难以忘怀的记忆。追思往事，还有留在祖国的一切，虽然现在远隔万里，但所有的事情，无论是喜欢的还是不喜欢的，突然间都变得格外宝贵和美好起来。可是，事到如今，一切再也回不去了。哀伤压迫着菲菲，她不知道怎样才能挨过这漫漫长夜，她紧紧地闭着眼睛，不敢看这死一样寂静的地下室。面对她和女儿今后的生活，如同面对这恐怖的黑夜，这黑夜又如同一个可怕的黑洞，深远无限，带着骇人的魔力，令人颤栗，而这坟墓般的小屋似乎就是她生命最后的归宿。

第二章 诱惑

　　菲菲天生丽质，性感漂亮，丝绸般的皮肤白皙，一米七〇的个子和不胖不瘦的火辣身材让她看上去既丰满，又苗条。她的眼睛明亮，朱唇丰满，态度亲切妩媚，目光十分柔和，而在她那张五官完美搭配的脸上，给人印象最深的要算她面颊上的那两个好看的酒窝，嫣然一笑好比一个天使。菲菲不仅长得好看，而且性情温顺，她是一个甘愿平凡的女子，随遇而安，对伟大人物、光辉事件，以及高尚的思想都没有太大的兴趣和追求，不过她单纯、阳光，天性快活，喜欢舒适和享受，（当然，喜欢舒适是女人的天性，没人喜欢无缘无故地受苦受难），因长着一张人见人爱的娃娃脸，虽然已经三十四岁了，但看上去比实际年龄要年轻的多。

　　菲菲生长在上海的一个普通人家。父亲退休前在一家国营工厂当科长，母亲是工厂里的工会干部，除了爸爸妈妈，家里还有个哥哥，上初中的时候，母亲因肺癌不幸去世。母亲去世后，父亲很快又重新结婚，后妈没有孩子，按当年的说法，是个老姑娘。虽然后妈人还算不坏，可菲菲总觉着后妈脾气有些古怪，就是和她亲近不起来。因为不想离开上海，高中毕业后，她和哥哥都没有报考大学，哥哥技校毕业后顶替爸爸在国营工厂当了工人，而菲菲中专饭店管理专业毕业后，凭借容貌姣好，很容易就在一家大酒店找了一个前台服务员的工作。

　　由于和后妈没有感情，所以菲菲老是觉得自己在家里是个多余的人。哥哥结婚后不久，经哥哥的介绍，菲菲认识了哥哥技校上学时的同学，后来又是同车间里干活的铁哥们，一个个子高高大大，很帅的小伙子。小伙子人虽精神，但过于憨厚老实，也没有什么太大的学问和本事，话虽这样说，想当年，端着国营企业的铁饭碗，只要工作稳定，谁又需要多大的本事呢。一年后，他们结婚了。婚后菲菲搬到了婆婆家，生活稳定，家庭和睦，无风无浪，小两口恩恩爱爱。一年后，女儿梅梅的到来更让菲菲心满意足，而这个小姑娘也很会投胎，遗传了爸爸和妈妈所有的优点，是一个非常漂亮的小姑娘。

山雨欲来风满楼。二十世纪八十年代，中国开始了一场天翻地覆的革命-改革与开放。那是一个提倡思想解放的年代，也是一个欲望泛滥，诱惑横行的年代，要过富裕的日子，要活得潇洒，没钱怎么行，然而，癫狂者对于金钱的癫狂，使得整个社会变得心浮气躁，随波逐流的人们的目标和心思似乎除了钱，还是钱。世俗认为金钱象征着成功，因此，那些所谓有智慧的精英们在恍然大悟之后开始不择手段地挖掘自身的能量与潜力，改革的宏伟事业需要他们责无旁贷地去完成，去实现。挣钱是他们的口号，也是他们的人生信仰与目标，一时间，人们的思想比以往更加活跃，更加开放，更加解放，整个社会对与金钱的崇拜，使得人人都像是得了钱荒症。然而，在这场改变中国贫困与落后的革命中，人们在性道德方面的观念也在改变着，许多人和许多家庭经历着解放的诱惑，从物质贫乏相依为命式的感情生活走出来的中国人，正处在巨大的情感冲动之中。爱情、婚姻、道德、伦理被这势不可挡的浪潮高高卷起，又被狠狠地摔在了金钱的祭坛上，变成了拜金的羔羊。

1985 年后，中国城市改革全面展开，重点是国有企业改革。国家几十年的计划经济模式开始风雨飘摇，并最终被彻底否定。之后，许多国营工厂犹如日落西山，效益一年不如一年，先是拖欠工人的工资，然后就是发不出工资，最后干脆把厂房和土地租给、或者卖给私人开发商做超市，修建住宅楼，而一些企业领导在这些商业活动中贪污受贿，为自己和家人捞好处，捞票子，捞房子。工人们赖以生存的工厂一点一点被吞噬着，下岗大潮灾难般席卷全国。在厂党委书记因贪污受贿上吊畏罪自杀后不久，菲菲的哥哥和丈夫也相继下岗，成为失业大军中的一员。

哦，多么悲哀的事呀，金钱，这万恶的金钱，太多了会害死你，太少了又会穷死你。

失业，对于习惯于依赖国家政府的国有企业职工来讲无疑是一个重大的打击，怎么办？为了生存，两家人也学着别人家的样子，七凑八凑地凑了点钱，菲菲的丈夫也开始试着倒腾点小生意，可是由于人太老实，钱没挣到，还把本钱陪了个精光，家里的日子开始捉襟见肘，好在是和父母住在一起，否则这日子还不知道怎么过呢。

时间可不等人。几年的时间一晃过去了，菲菲周围的人大都富了起来，可菲菲的生活依然还在挣扎之中，女朋友，女同学的丈夫们一个个不是总裁就是经理，他们腰里别着 BB 机，手里提着大哥大，有的人甚至还买了小汽车，神气活现。看到这些，菲菲心口上就像是堵了块石头，憋屈死了，她终于忍不住坐不住了，小两口开始经常吵架，这个时候她才真正知道了什么是一个男人的无能和窝囊。

在那个人人下海经商的年代，酒店成了商人们经常光顾的场所，而这些在改革大潮中首当其冲，率先致富的人们都是些有头、有脸、有背景，或者有胆子的人。菲菲是一个漂亮的女人，而漂亮的女人总是会有机运，就这样，菲菲很快被一个有钱的生意人、经常到酒店来吃吃喝喝谈生意的小老板洪先生看上了。

洪先生，酒店的姑娘们都叫他洪哥。洪哥比菲菲大十来岁，尽管过了不惑之年，并且已经开始发福，但依然可以看出他保养得很好。油滋滋的皮肤和那一身名牌着装，使得这个已经开始泄顶，但依旧红光满面，风度翩翩的大款看着非常引人注目。然而，自从第一次见到菲菲，这位洪先生的眼睛就再也无法离开这个丰盈性感的小少妇了。菲菲太让他动心了，他情不自禁地想摸她、想亲她，想把她搂在怀里。虽然他早已有了妻女，但不知道为什么，这个淫荡的邪恶念头始终日夜缠绕着他，令他寝食难安，于是，他暗下决心，一定要把菲菲搞到手。

为了能引起菲菲对他的注意和好感，洪先生更加频繁地出入酒店，并使出浑身解数，和饭店的姑娘们说古论今，谈笑风生。功夫不负有心人，经过半年的观察和试探之后，他欣喜地发现菲菲并不讨厌他，于是他开始寻找机会和菲菲单独相处，并经常找些借口送给菲菲一些女人们都喜欢的小礼物，像什么口红、洗面奶、羊毛围巾等等，有的时候干脆带着菲菲一起去逛商店，让菲菲自己挑选她喜欢的衣服、皮包、鞋子等等。

爱享受的本性，家庭生活的不如意，以及受了伤的虚荣如同梦陷入泥潭一般地折磨着菲菲，而这些东西又都是她渴望与追求的。菲菲没有拒绝洪哥的关照和慷慨礼物，她非常高兴地接受了这一切。看到菲菲没有拒绝他，洪哥的胆子更大了，礼物也更加贵重了，这位似乎腰缠万贯的洪先生出手之大方着实令菲菲感到惊讶和欣喜若狂。

和菲菲交往已经有段时间了，礼物也送了不少，为了最终达到目的，得到菲菲，洪先生挖空心思地决定来一场两个人独特的浪漫之夜。这天，洪先生来到酒店，他邀请菲菲下班后和他一起出去吃晚饭，似乎已经等待了很久似的，受宠若惊的菲菲不加思索地立即同意了。

另外一家高级酒店，洪哥已经为菲菲定好了一桌摆满鲜花的精美晚餐。美酒佳肴，菲菲尝到了被宠爱的滋味，她感到她的生活本来就应该是这样的，因为这才是她向往的生活。饭后，洪哥拉着她的手一起来到事先开好的房间，关上门后，洪哥拿出一盒小礼物让菲菲自己打开来看，待菲菲解开礼品盒后，洪哥看到了菲菲脸上那掩饰不住的惊喜。精致的小盒子里是一条非常昂贵的足金项链！哦！这是菲菲一直梦寐以求，而丈夫却无法满足她的。虚荣心掩盖了所有的事，菲菲感到从未有过的心满意足。她激动地手捧沉甸甸的项链，嗓音颤抖地问洪哥这项链是不是很贵。不贵，不贵，洪哥急忙说，只要她菲菲喜欢，再贵的东西他都愿意给她买，说着，洪哥拿起项链，亲手戴在了菲菲雪白的脖子上。

有时，一个瞬间会整个改变人的一生。这个晚上，洪哥如愿以偿，他得到了菲菲。而这时的菲菲却不知道，她的生活从此将发生移山倒海的变化。

丈夫人虽老实，但并不傻，他很快就发现了菲菲的变化，这么多值钱的东西那里来的？他问菲菲，可菲菲总是回避这个问题，搪塞地支支吾吾。终于，菲菲脖子上的那条金光灿灿的项链让夫妻二人的矛盾升级了，小家庭立即弥漫着火药的气味。

"菲菲，金项链哪来的？"丈夫问道。

"我自己买的，不行吗？"菲菲没好气地说。

"你自己买的？多少钱？你怎么会有这么多的钱？"

"我用我的奖金买的，怎么了？"

"我不信，你买之前为什么不和我商量一下？"

"为什么要和你商量，你又不挣钱，我还不能买东西了！"菲菲没好气地回答。

菲菲的话大大地伤害了丈夫的自尊心，"谁给你买的？！你是不是跟他上床了？！"从来没舍得动过菲菲一根手指头的丈夫无比愤怒，他抓住菲菲的衣领咆哮着。

"你管不着！"菲菲甩开丈夫的手冲进卧室，彭地一声巨响，门在菲菲的身后狠狠地关上了。由关门而引发的强烈震动，把挂在墙上的镶有他们结婚合影照片的镜框震到了地上，咣当一声，玻璃碎了一地。菲菲没有去收拾满地的玻璃碎片，而是一头扑倒在床上，抱着枕头伤心地哭了起来。

丈夫是个性格倔强的人，不久就最后摊了牌，他让菲菲必须在他和情夫中间挑选一个，否则坚决离婚。

菲菲知道洪哥已经结婚有家，在愉快相处了一段时间后，她觉着洪哥对她如此慷慨体贴，想必应该是愿意与她终生相守，所以，肯定会有那么一天，这位宠她如公主的洪哥一定会向她求婚，她会穿上最漂亮的婚纱，走进荣华富贵的殿堂。可是，不知道为什么洪哥却迟迟没有表达这个意愿，这不能不让菲菲感到心神不安。

丈夫提出通牒后，菲菲找到洪哥，哭着说她丈夫已经知道了他们的事情，并提出如果不断了和他的来往，他就坚决离婚。菲菲的话让洪哥第一次感到了危机，扪心自问，在和菲菲交往的全部过程中，他从来没有想到过要把他和菲菲的关系正式化，合法化，但强烈的占有欲又让他舍不得就这样放手菲菲，他希望菲菲能够永远属于他。因此，听完了菲菲的哭诉后，他搂着菲菲，拭去她脸上的泪水，安慰她说离婚就离婚，离婚后菲菲的生活他姓洪的责无旁贷。他请菲菲给他一点时间，他保证一定和他的妻子，那个乡下出来的黄脸婆离婚，然后和菲菲结婚，给她一个满意的结果。

误以为感官刺激就是心灵的真正愉悦，对物质的垂涎，成了菲菲痛苦的欲望，她被这欲望冲昏了头脑，无法摆脱。没房、没车、没钱，这些都让菲菲感到非常不幸，她的生活绝不应该是这个样子，不要说她的生活应该比别人的要好很多，至少也不能比别人的差很多。然而最让她无法接受的是丈夫似乎想都没有想到过她的感受，既没有改变生活的愿望，也没有试着去改变生活的勇气和行动。菲菲后悔嫁给了这么一个窝囊废，除了一副漂亮的外表，什么也给不了她，这让她在同学和朋友中间显得那样的穷酸没面子。如今，她的机会来了，一个有钱的男人喜欢她，并且发誓要呵护她，给她幸福，因此，在得到洪哥的承诺后，迷失在诱惑中的菲菲像是找到了方向、救星和希望，她相信洪哥是爱她的，因此，她相信了他的承诺，也相信他一定会让她满意。

菲菲决定离婚。她铁了心不想再过下去了，所以，无论是爸爸妈妈、还是哥哥嫂子怎么劝都没用，菲菲毅然决然地带着梅梅从婆婆家搬回了娘家。娘家住的并不宽敞，菲菲和梅梅晚上睡客厅，直到哥哥嫂子搬走，才腾出那间小屋，安顿了母女二人。一年后菲菲自由了。离婚后的日子倒是比以前宁静了许多，由于洪哥的慷慨，菲菲在经济上也阔绰了许多，她可以随便买她想要的东西，一切可以显耀的东西。

尽管金钱的欲望得到了满足，但菲菲的心里依然感到很不踏实，老住在娘家也不是长久之计，她想要有一个自己的家和一个婚姻保障，她不想永远当小三，做情妇，因此，每次见到洪哥，菲菲总是试着问及他的承诺，可是洪哥总是说他的妻子不同意离婚，他们两个人正在冷战，他劝菲菲再耐心等等，而每次听到这样的话，菲菲都会失望地努力劝慰自己，如果幸福真的是需要耐心等待的话，那么她就耐心地等待着这个时刻的到来吧。

洪先生的妻子是当年农村保送出来的工农兵大学生，精明强干，聪明过人，也是位识大体，顾大局的女强人，大学毕业后分在上海工作，经过多年的努力，现在是某区工商局的一个科级干部。当丈夫提出离婚的时候，作为一个有城府的女人，她没有痛哭流涕，也没有又打又闹，就像对待自己的下属那样，她只是冷冷地甩给丈夫两个字：不行！尽管姓洪的心急如焚，但妻子的强硬态度始终不变。夫妻间的冷战十分痛苦，这种状态僵持了很长一段时间之后，为了家庭，为了不影响即将上高中的女儿的学习，毁了孩子的前程，妻子原谅了丈夫的所作所为，她劝说谈判，苦口婆心，并委曲求全地为丈夫出了个主意，也给菲菲想了条出路。只要能把问题解决了，铲除隐患，出钱她也认了。

是的，姓洪的也知道，在他这边，他不仅有一个亲生骨肉，一个由法律保护的婚姻，还有一个他和妻子苦心经营了许多年的家庭。牵一发动全身，一旦离婚，不只是曾经的家不复存在了，更重要的是他们共同创造的财富和许多创造财富的资源也将不复存在了。因此，对于如何解体这个家庭，重组另外一个新的家庭，而又不失去已有的利益，在这个问题上，他始终没能想出一个两全其美的可行性方案，而且，他也不知道自己是否有能力收拾破坏后的残局。是的，在他看来，婚姻本身就是一个利益共同体，利益尚存，婚姻尚可苟延，终于，在慎重权衡利弊之后，姓洪的向妻子妥协了，放弃了离婚的打算。

这个周末，梅梅被她爸爸接走了，晚饭前洪哥打来电话，说要带菲菲出去吃晚饭。饭后，他们像以往一样开了房。一进门，洪哥就借着酒劲像疯了一样抱起菲菲，把她扔到床上，疯狂地亲了起来。他一边吻着，一边迫不及待地撕掉菲菲所有的衣服，也有了一些醉意的菲菲开始呻吟起来，任凭洪哥用他那散发着酒气的嘴和那双热辣辣的手搜遍她的全身，从里到外，几乎要把菲菲揉成碎片……

暴风雨过后，洪哥大汗淋淋，赤身裸体地躺在床上。菲菲身上盖着一条床单，露着她那象牙般的肩膀和胸脯。她侧着身子搂着洪哥的脖子，撒娇地在他耳边说道："梅梅今天不回家，洪哥，你就别走了好吗？"

洪哥转过身来，一脸为难地看着菲菲，好一会才说他要和她商量一件事。

　　"什么事？"菲菲紧张地问道。

　　"菲菲，"说着，洪哥把他的大肥脸埋在菲菲那道深深的乳沟里，轻轻地亲了一下，然后抬起头看着菲菲那双恐慌的眼睛，他知道今天无论如何非说不可了。洪哥沉思了片刻后终于开口了，他说："菲菲，你知道我爱你胜过一切，可我现在实在是有难处，离婚不容易呀！虽然我和我老婆这些年只不过是名义上的夫妻，貌不合心不合，但现在离婚还不是时候，孩子还小，等孩子上了大学，也许她就会撒手，否则她折腾起来，大家都没有好处，我不想让你卷进一个有纠纷的婚姻生活。我们不能逃避现实，再有，你知道我老婆是区工商局的，也是公司的合伙人，如果没有她的关照，我根本就没法做生意。自从我提出离婚后，她就把所有的财务都控制在她的手里，居然还骂我是一个臭流氓，她说这些年她对我的宽容已经达到了极限，为了一个骚女人就不顾孩子的感受，不顾多年的恩情，她还扬言说，如果我非要离婚，她就让我身败名裂，一分钱都得不到，而且也不许我看望女儿。我也想过和你一起私奔桃花源，到国外去，可是我公司的财务大权掌握在她的手里，所以现在跟你一起远走高飞也不是时候，我必须等我翅膀硬了才行，否则，没钱我们也不可能有真正的幸福。"

　　听到这里，菲菲不想再听下去了，她把勾在洪哥脖子上的胳膊抽了回来，难过地转过身去抽泣了起来。

　　"菲菲，我的宝贝，听我说完好不好，"洪哥把菲菲的身子翻了过来，用嘴把菲菲脸上的眼泪擦掉，"我想把你和梅梅先办到加拿大去，等我再多挣些钱，就去找你。"

把菲菲母女送到国外去生活，并给她一些钱，作为对菲菲的一种补偿，这是妻子给他出的主意，醉翁之意不在酒，她这样做是为了要让她的情敌远远地离开上海，离开她的丈夫。

"出国？！"

听到出国两个字，菲菲呼地一下子坐了起来，她张着嘴吃惊地看着仍然一丝不挂的洪哥。

"那你要是不来找我怎么办？"菲菲不放心地问道。

"菲菲！我怎么能不去找你呢？！我怎么会舍得你呢？！"洪哥假装责怪地小声地吼道。

菲菲沉默了，她将信将疑地看着洪哥，思前想后地琢磨着这件事的好处与可能性。出国？真的吗？带着梅梅和洪哥一起在国外生活，这是一个多么诱人的主意呀！现在很多人都开始移民出国了，这让菲菲羡慕不已，而现在她居然做梦般地也有机会可以风风光光地出国了，这怎么能让人不感到意外和惊喜呢，而且她也相信无论如何洪哥都不会离开她的，这点她菲菲还是有自信的。菲菲点头同意了，而天真的菲菲怎么也想不到这个好主意背后的真实意图。

说办就办，不到半年的功夫，移民公司就把菲菲和梅梅的材料准备好了，并且也递交了上去。在等待移民局最后通知的这段时间，菲菲辞了职，洪哥给她找了个英语学习班，因为在移民局最后审查的时候，加拿大移民官是要进行英语面试的，菲菲必须好好准备才行。从上交申请到最后拿到移民通知，菲菲度日如年地等了三年多，但是和那些苦苦等了七、八年的人来讲，菲菲算是很幸运的了。

在离开中国之前，似乎无所不能的洪哥托做生意时在香港认识的朋友，矮胖子李哥在加拿大给菲菲买了幢房子，并拜托他先照顾照顾母女二人。就这样，身上揣着洪哥给她的几万美金，带着和洪哥一同在国外生活的美好憧憬，菲菲告别了上海，带着梅梅登上了飞往温哥华的飞机。

第三章 噩梦

咚、咚、咚，有人在敲窗户，"菲菲，菲菲。"

是李哥。由于地下室很难听到门铃的声音，所以李哥绕到后院去敲菲菲卧室的窗户。

菲菲猛地醒了过来，她不知道几点了，但透过小小的窗户，她看到天已经亮了。哦，说好的，今天李哥要带她们去买东西，而且，李哥的太太李嫂说今晚要请她们过去吃晚饭，给初来乍到的菲菲母女接风洗尘。

匆匆梳洗之后，菲菲和梅梅跟着李哥来到中国城的一家中国超市。这家中国店虽然规模不大，但肉类蛋禽、瓜果蔬菜、冷鱼冻虾、锅碗瓢盆，应有尽有。菲菲买了些米、面、蔬菜和一些厨房用具，当然，她也没有忘记买几张电话卡，她要尽快给国内打电话，通知父亲、哥哥、洪哥他们，她和梅梅已经安全到达。

从中国店出来后，李哥又带着菲菲去了一家家具店，在那里菲菲订购了一套沙发和一个茶几，还有一张圆饭桌和四把椅子。暂时的必需品似乎已经购买齐全，回家的路上，李哥又向菲菲介绍了如何坐公交车去买菜，还带着她们到离居民区最近的一家洋人超市 Superstore 转了转，并告诉菲菲说，中国店比较远，这里也可以买到许多中国食品，需要的话在这里购物也是很方便的。

回家放下东西，菲菲便跟着李哥去见李嫂。

李哥家的房子坐落在一个新开发的居民区，这里环境优雅，房子也比较大，式样也比较新，比起菲菲的房子来要好得多。

李哥在香港时是个小商人，香港回归大陆之前，他们一家人担心回归后被大陆共产了财产，于是变卖了家当，不顾一切地移民到了加拿大。到加拿大后，由于英语不好，又没有什么学历和专长，所以，李嫂在缝纫厂做缝纫工，李哥则重操旧业，在购物商场里租了个店铺，开了一家小小的礼品店，从香港和大陆进些小玩意卖卖，生意虽然算不上红红火火，但十几年的苦心经营，日子也还算过得去。

菲菲和梅梅一进门，带着围裙的李嫂立即从厨房迎了出来。李嫂四十来岁，个子不高，瘦瘦小小，窄窄的脸，高高的颧骨，细细的眼睛，一看就是香港广东地方人的模样。

"菲菲？对不对呀？坐坐坐，不要客气啦，Make yourself home，"李嫂在围裙上擦了擦手，热情地用香港普通话掺杂着英语招呼着菲菲，说着，又是沏茶又是倒水，还拿出糖果招待客人。

菲菲不好意思地拉着李嫂的手说："谢谢李嫂，您不要客气，我们就是来拜访一下您，问个好。"

"好、好，那么先坐坐，我还要去厨房忙。"说着，李嫂把客人交给丈夫去照顾，自己又回厨房去了。

如果不是逢年过节，或者家里来了客人，谁也不会无缘无故做上一大桌好吃的。今天请菲菲到家里来吃晚饭，李嫂很高兴，因为这样她就可以借此机会在外人面前显摆一下自己的厨艺。为了不辜负这个机会，也为了自己的食欲，顺便也犒劳一下全家人，午饭后李嫂就开始忙碌起来了，她希望能把自己拿手的杰作尽可能地搬到餐桌上去。

经过一个下午的精心准备和烹饪，傍晚时分，李嫂大功告成，她热情地招呼大家上桌吃饭。餐厅里，一桌用精美的中国瓷器盛着的丰盛菜肴正冒着热气，香喷喷地令人垂涎欲滴。几天都没有好好吃过饭的母女二人肚子开始强烈抗议，咕咕地叫了起来。

李嫂招呼着吃晚饭了，她的两个大儿子不知道从什么地方冒了出来，他们友好地向菲菲点了点头，算是打过了招呼。大家纷纷走进餐厅，各自就座。看到人都到齐了，李嫂开始向菲菲逐一介绍起每一道菜肴的名称，"这是酸甜排骨、这是宫保鸡丁、这是炒大虾，还有金菇蒸鲮鱼……，"最后，李嫂指着一个热气腾腾的海鲜煲仔砂锅骄傲地说："这是我们香港人最拿手的海鲜煲仔砂锅，来来来，动筷子啦。"

女主人的友好和这丰盛的晚餐驱散了菲菲路途的疲劳和心中的感伤，也让菲菲暂时忘掉了初到异国的生疏与孤独。

在女主人的催促下大家开始吃了起来。

"好吃吗，梅梅？"李嫂看了看一直闷头吃饭的梅梅问道。

梅梅没有说话，她抬头看了妈妈一眼，小嘴一抿，不好意思地对着李婶点了点头，算是做了回答。

"那就好，那就好，多吃一点啦。"说着，李嫂用筷子指了指桌子上的那盘炒大虾，顺手夹了两只放在了梅梅的碗里。

"还不快谢谢李婶，"菲菲碰了碰梅梅，没等梅梅开口，菲菲接着又说："谢谢李嫂，让她自己来，真不好意思让您受累，做了这么多的菜。"菲菲对东道主表示感谢，而且是由衷的感谢。

"不要客气啦，应该的啦，你李哥和洪哥都是好朋友啦。"说完，为了证实她的话，李嫂用手拍了拍坐在身边的丈夫。

"是的，是的。"听到太太这样说，一看就是"妻管严"的李哥看了太太一眼，又看了看菲菲，尴尬地点了点头，呵呵地干笑了两声后，再也不做声了。

稍微停顿了一下，李嫂又说："你们刚来这里，可能会有些不大习惯，不过慢慢就会好起来的，我们刚来的时候也是这样的，要是有什么需要帮助的话就告诉我好啦，不要客气啦。"

"好的，谢谢李嫂。"

"哦，菲菲呀，你们要是感到无聊，周日可以和我们一起去教堂，在那里梅梅也可以和一些小朋友们一起做游戏，学习英语，你也可以认识一些教堂的朋友，大家相互之间都是非常友好的，如果有困难，教堂的朋友们也会相互帮助的。"李嫂满怀深情地说道。

虔诚的教民们总是喜欢积极主动地把他们周围的人，像邻居、朋友、熟人，特别是刚刚认识的朋友介绍到教堂去一起参加活动，而且，他们也总是为自己能够做一个使徒的角色而感到骄傲，因为这也是他们传播福音福祉的责任与义务。

上海也有许多基督教堂，但菲菲从来没有去过，也没有兴趣，不过到了这里，除了李哥李嫂，她什么人都不认识，也没地方可去，于是菲菲同意周日和李嫂一同去教堂看看。

周日到了，菲菲和梅梅带着好奇心跟着李哥李嫂来到教堂。

教堂坐落在大学附近的一个居民区里，从外观上来看其实只不过是一幢普通的民房，简陋的连个十字架都没有。到这里来的教民大都是在这里读书的新加坡大学生，除此之外也有一些来自香港、台湾和大陆的新移民。主持牧师姓张，大陆河南籍人氏，原只是一个中学语文老师，有一天，他突然对神学产生了浓厚兴趣，于是跑到新加坡学了个神学，毕业后来到这里，在这个小平房里办起了他的第一所教堂，开始了他的传教生涯。

教堂里，张牧师正在和一些文绉绉的年轻学生们忙活着，他们把折叠椅子一排一排地摆放好，讲台放在投影屏幕前面，一架立式钢琴从角落里推了出来。

"张牧师啊，我带来一个客人给你，"一进门，李嫂就大声地说着来到张牧师面前，"这是刚从上海来的菲菲，"李嫂转过身去把菲菲拉到张牧师的跟前后接着又说："菲菲，这是张牧师，一个很好的人啦。"

　　张牧师四十岁上下，中等个头，扁扁的脸刮得干干净净，一对小眼睛烁烁有神，一件雪白的衬衫系在笔挺的制服裤子里，皮鞋虽旧，但擦得锃亮，看着挺紧凑挺干练的。

　　听见李嫂叫他，张牧师直起身子抬起头，他看了一眼李嫂，然后又看了看菲菲，没等菲菲开口，张牧师就满面笑容地伸出手来说道："欢迎，欢迎！"。

　　菲菲看着张牧师那张庸俗的脸，觉得他的声音怎么不男不女的。

　　"你好，张牧师。"菲菲有点不好意思地和张牧师握了握手。

　　"你好，你好，"说完，张牧师低头看了一眼躲在菲菲身后偷偷看着他的梅梅，"这是你的女儿吗？"张牧师问道。

　　"是的，"说着，菲菲测过身子，把梅梅拉到身前，"叫叔叔，"菲菲命令道。

　　"你叫什么名字呀？几岁啦？"张牧师弯下腰来，友好地拉着梅梅的手，慈父般地问道。

　　"梅梅，十岁。"梅梅眨着眼睛，怯生生地小声说道，同时迅速地把手抽了回来。

　　"哦，十岁了。"

　　说着，张牧师搓了搓手直起身子，他转过脸去笑眯眯地对李嫂交待说："李嫂，请你带着梅梅到楼下去，认识认识小朋友们吧。"

　　"好的，好的，那您先忙着吧。"

　　李嫂带着菲菲，拉着梅梅的手来到了地下室。

　　地下室，一间很大的房间里，七、八个十岁左右的中国小朋友正坐在地上，他们围成了一个圆圈，每个人的面前都放着一本带有插图的儿童英文书，一个十六七岁，胖胖的白人姑娘坐在小朋友们的圆圈中，她正带着孩子们一起朗读做游戏。

李嫂向菲菲介绍说这个姑娘是来做义工的英语小老师，而这些中国孩子的父母有些人并不信教，但为了让刚来这里的孩子能多些学习英语的机会，周日他们也会把孩子送到这里来学习英语的。

一看到有和自己同龄的孩子，梅梅立即高兴起来，李嫂把梅梅介绍给老师和小朋友们后，梅梅也得到了一本书，并且立即加入到他们的圆圈中。

李嫂和菲菲返回楼上时，临时布道堂已经布置好了，大家坐下来之后，张牧师首先告诉大家，今天来了一位新朋友，并且邀请菲菲站起来和大家认识一下。菲菲站了起来，向大家鞠了个躬，为了表示欢迎，教友们热烈地鼓起掌来。

重新坐下来，一个小篓子慢慢递了过来，菲菲看到篓子里面有些五元，十元和二十元的钞票。接过篓子，菲菲不知道是什么意思，刚要问李嫂，李嫂赶忙拿过篓子说："捐钱是自愿的，你今天第一次来教堂，就不要捐钱了。"

哦，原来到教堂来还有捐钱的义务呀。

钱捐完了，一个年轻人开始发圣经，人手一本。之后大家开始聆听张牧师讲道。第一次听讲道，菲菲听不懂，她只觉着张牧师语无伦次，好像在说昏话。看看四周，人们捧着圣经，一脸的虔诚，菲菲也只好像大家一样也低下头来，假装看着手中的圣经，无聊的快要睡着了。

张牧师讲完了，接下来是教友们畅谈和见证主恩赐的时间。

第一个走上布道台的是一位老年妇女，她说，老父亲病重在床，去世之前，她请求父亲归顺主耶稣，父亲同意了，于是她请来了牧师为父亲洗礼，洗礼完毕后，她看到有一道光环围绕在父亲的头顶，她知道主已经接受了她的父亲，父亲可以去天堂了，为此她为父亲感谢主耶稣，也为父亲感到十分欣慰。

听到这里，菲菲觉得有些毛骨悚然。

老妇人像是头顶也罩上了圣光一样，带着一脸的满足于幸福，飘飘然地重新坐了下来。接着，一位中年大姐走了上去，她向大家讲述了几天前她亲自见证主的降临，对她关怀的一件小事：那天她去中国超市买菜，没想到停车场已经没有了停车位，她转了好几圈，还是没找到空位，这个时候她想到了主，于是她开始祈祷，果然很灵，很快就有一个人出来把开车走了，车位留给了她。

什么？主连这个也管吗？这可真是奇异恩典呀！菲菲心说，几乎差点笑出声来，可是不知道为什么，一个上午都没有想到洪哥的菲菲，这个时候突然想到了他，哦，要是主真的能够如此降幅与人，那她应该每天都向主祈祷一下，祈祷洪哥能够早日过来和她团聚。

教友们讲完了他们的见证，年轻学生收走了圣经，每人又发了一本赞美诗。一个戴着金丝边眼镜，文绉绉的小伙子走到钢琴前坐了下来，另一个眉目清秀，白白净净的女孩子用投影仪把赞美诗用中英文字样打在屏幕上，教友们纷纷站了起来，在钢琴的伴奏下齐声唱起了赞美诗-永世之光：

永世之光，永世之光

何等荣耀辉煌；

万主之主，万王之王；

……

菲菲不会唱，也不知道赞美诗的深刻含义，但她看着字幕，默默地听着，不知不觉，一种神秘的色彩逐渐包围了她，菲菲被这神秘的气氛所感染，忘记了焦虑，忘记了孤独，忘记了身在何处，她感到自己仿佛置身于一个超凡的世界，一切世俗的纷扰与诱惑，在这一时刻统统化为乌有，她的内心感到的只是一种从未有过的神圣与宁静。

十二点前，教堂活动结束了，梅梅欢蹦乱跳地从楼下跑了上来，小姑娘高兴地对妈妈说下周她还要来。

基本生活安排好以后，菲菲和梅梅的新生活开始了。除了每到周日李哥照旧会开车带她们去参加教堂活动外，平时李哥也会在百忙中抽个时间打个电话过来，询问一下菲菲是否有事需要帮助。语言不通，又没有亲人和其他的朋友，菲菲的新生活过得十分孤寂，因此她只能把她的时间和心思都用在女儿的身上。梅梅在附近的小学上学后，平日里菲菲也就是买菜、做饭、照顾梅梅。不过，在尽心尽职抚养女儿的日子里，菲菲把一个母亲所能拥有的热情全部倾注在了女儿身上，母爱也变得有趣和有滋有味起来。

菲菲自认平庸，因此她与世无争，也没有什么特殊的爱好和擅长，更不想去研究学问，出人头地做一番事业。在国内生活的时候，闲暇时间，菲菲除了读读琼瑶的小说和看看电视之外，没事也就是逛逛商店。在这里，尽管电视看不大明白，但菲菲还是让自己尽可能抽些时间经常看看电视，就当学英语，当然，她也照样会去逛商店打发时间。就这样，菲菲千篇一律地生活着，单调乏味，每天都像是上一天的翻版，一天又一天，无聊之极地默默忍受着孤独，静静地守候着她的希望，焦急地等待着洪哥的到来。

时间转眼逝去，度日如年的菲菲不知不觉已经出国一年了。刚来的时候，洪哥隔三差五地还会寄些东西和钱给她，可是慢慢的，这种喜悦间隔的时间越来越长，钱也越来越少了。菲菲给他打电话也是经常没有人接，有的时候，即便洪哥接了电话也是很不耐烦地敷衍两句，不是推脱要去开会，就是说老婆就要回家了，然后匆匆挂断电话，让菲菲在电话这头好不伤心。虽然菲菲已经对这种渐渐的冷落习以为常，但每当夜深人静，菲菲还是会经常独自落泪。那一个个沉沉的黑夜目睹了菲菲恐惧的精神痉挛。虽然提心吊胆，但无论如何，就像她相信洪哥是真心爱她一样，菲菲始终不相信洪哥会狠心地撇下她们母女俩不管不顾。

圣诞节到了。这是菲菲到加拿大后的第二个圣诞节。第一个圣诞节是在李哥家过的，这个圣诞节，菲菲要和李嫂一同去参加教堂的聚会。

平安夜，教堂举办了一个很大的聚餐晚会，教堂里的大嫂、大妈、大姐们各自拿出她们的看家手艺，做了一大堆中国南北家常菜，另外还有包子、饺子、馅饼、蛋糕等等，一应俱全。除了教堂的教友们，热心的新加坡留学生们还特地邀请了一些中国留学生，在这些中国留学生中，菲菲认识了几位新朋友，他们互相交换了电话号码，并约好了新年还要再聚一次。

新年的前一天，菲菲终于盼星星盼月亮地收到了来自洪哥的消息和寄来的东西，一封短信和一包茶叶。信中，洪哥告诉菲菲，离婚的事他实在是办不到，正在上大学的女儿知道他要离婚后，以死威胁，说如果他和妈妈离婚，她就自杀，死给他看。

读完最后一个字，菲菲使出浑身力气，愤怒地将洪哥寄来的茶叶和信撕了个粉碎，狠狠地抛向空中。菲菲的世界崩溃了，心也被撕成了碎片。尽管这已经是预感到的事情，但这坏消息还是如同晴天霹雳，把菲菲震得天昏地暗。她不愿意相信，也无法接受，她一直担心的事终于发生了，发生了！

她冲下楼去，扑倒在床上，撕心裂肺嚎啕大哭起来，泪雨滂沱。

　　菲菲是一根美丽娇柔的藤萝，需要一棵大树来倚傍，而洪哥就是她的撑天大树，菲菲喜欢舒适的生活，希望一个有钱男人的呵护，而洪哥就是她全部的希望。为了这希望，她抵押上了自己所能抵押的一切，付出了她所能付出的一切，把自己的大好年华和未来全都赌在了这个男人的身上，甚至连自尊也搭上了。可是，美貌没能征服世界和命运，就在这新年之际，天塌了，树倒了，希望像一个不堪一击的肥皂泡，嘭的一声，粉身碎骨地破灭了。

　　菲菲在绝望中伤心透了，这绝望令她破碎，她忍受着被肢解般的痛苦。她像一具死尸差不多，除了能感到自己的心在悲哀地呼叫和灵与肉正被肢解外，什么也感受不到了。

　　自从认识洪哥到现在已经七年多了，在这漫长的痴心等待之后，菲菲突然从梦中惊醒，她发现一切都是竹篮打水，一场空！她不仅仅被玩弄了，被欺骗了，最终被抛弃了。今后的生活突然变得如此的渺茫与无助，她该怎么办？她不知道。痛苦折磨着菲菲，而这痛苦是她从未经历过的，也是超出她心灵所能承受的，她自怨自艾，悔恨不该相信骗子的谎言，而这一切的一切又都是轻信的结果。这个负心汉怎么能忘掉他曾经的承诺呢！此时，他说过的话，做过的事，像过电影似的，一幕一幕地在菲菲的脑海中飘忽着，挥之不去。泪水蒙住了她的双眼，悲哀令她喘不过气来，无情的事实对菲菲的打击如同雷电击中了一颗树那样残酷无情，它彻底摧毁了菲菲残存的意志和希望。未来的岁月将步履艰难，生存将成为一场艰苦的搏斗，菲菲没有这个自信和勇气，此刻，她只有一个念头，那就是，死。

　　死？这个念头刚一闪现，菲菲就颤抖了一下，她想到了女儿，我死了，女儿怎么办？也许只有女儿是她唯一的希望，能够让她寸心不死，藉以为命。女人就是这样，其他一切感情或许都会枯萎，但在一个母亲的胸怀里，总有一个作为母爱的，既纤弱又坚强的天性，它是造物主在创造人类时特意赐与女人们的一片伟大的土地。想到这里，菲菲从内心发出一声呼喊：我不能死，我还有女儿！可是，不去死，又能怎样呢？绝望之中，菲菲像是一个被罚入地域受难的幽灵，她揪着自己的头发，想一会，哭一会，昏天黑地，死去活来。

第四章 新年伊始

新年的早晨，天还没亮，电话铃就响了。

"嗨，菲菲，你好，新年快乐，我是蒋毅楠。"

"蒋毅楠？"菲菲晕晕乎乎，她嘟喃地反问了一句，心说这名字好像在哪听说过。

哭了一夜的菲菲，口干舌燥地躺在床上，浑身瘫软，眼睛肿得睁都睁不开，鼻子也堵上了，不能呼吸。这会儿她脸黄眼肿，头疼欲裂，什么都记不起来了，她只记得自己遇到了巨大的不幸。

"菲菲，你可真是贵人多忘事，不记得了，教堂晚会上不是说好了新年再聚的吗？英惠让我联系你，问你来不来。"

哦，想起来了，蒋毅楠是在教堂圣诞聚会上认识的，据说是从北京来的访问学者。

"噢，是你呀，新年快乐。"菲菲有气无力，她闭着眼睛用嘶哑的声音说道。

"哟，你说话怎么这样，是不是生病啦？"电话那头关心地问道。

"没什么，就是有点不舒服。"菲菲瓮声瓮气地回答道。

"要紧吗？要不要去医院？"

"不用不用，我有板蓝根和感冒冲剂，没事的。"菲菲赶紧说。

"哦，那就好。今天你有安排吗？如果没有，我们几个人想一起去吃中餐自助，大家让我来通知你，怎么样，想不想去呀？"

菲菲依然沉浸在悲愤之中，她哪里有心思去吃什么自助餐，可是梅梅晚上要去好朋友杰西卡家聚会，这大过年的，自己一个人待在家里不是更加心烦意乱吗，再说，等会要是想不开了，说不定一冲动了，真会去上吊。菲菲深深地叹了口气，为了女儿，她必须打起精神来，与其在家胡思乱想，还不如和大家一起出去散散心，也许这样心里会好受些。

"你们几点去呀？我女儿下午要到同学家聚会。"菲菲想了想说。

"好，没事，下午我去接你，先把你女儿送去，咱们再去，你看好不好？"

"那好吧，你下午五点来接我行吗？"

"行，行，行，下午五点，不见不散啊。"

"不见不散。"

下午五点，蒋毅楠开着车准时来了。

上车后，菲菲让梅梅坐到后面，自己坐到了司机旁边的座位上。菲菲在教堂聚会上见过这位蒋毅楠，也聊过几句，虽然对蒋毅楠有些印象，但印象不是很深，这会，坐在蒋毅楠的身旁，菲菲开始偷偷打量起蒋毅楠。

蒋毅楠四十岁来岁的样子，长脸，中等个头，上身穿了件黑色夹克式羽绒服，身材不胖也不瘦，挺均匀，相貌算是比较清秀的那种，一头浓密的黑发修剪的长短合适。他鼻梁笔挺，浓浓的眉毛下有一对不大不小的褐色眼睛，从侧面看上去，与日本电影演员三浦友和倒有几分相像。尽管蒋毅楠身材并不魁梧高大，相貌也没有什么英俊特别的地方，但菲菲觉着他还是和别人有些不同，在他的神情中似乎有一种只有军人才有的特殊气质。

路上，蒋毅楠和菲菲好像谁都找不着话先开口，至少菲菲是这样，她的心情不好，而且也不知道该说什么好，所以每当蒋毅楠转过脸看着她，想说点什么的时候，菲菲就把脸拧过去看着窗外，她不想让一个陌生人这样近距离地看到她哭得红肿的眼睛和鼻子。

把梅梅送到好朋友杰西卡家门口，梅梅下车后，菲菲嘱咐梅梅，千万不要独自回家，一定要等妈妈来接她才能走，梅梅一边点头答应着，一边头也不回地跑进了杰西卡家的大门。

蒋毅楠带菲菲去的这家中餐自助餐馆是两个香港人合伙开的，十几年来生意一直不错，那里不光是中国学生们经常光顾的地方，而且许多喜欢中餐的洋人也经常去到那里吃饭。

当蒋毅楠和菲菲来到餐馆时，几个朋友已经先到了。参加小聚会的人不多，加上菲菲一共八个人。除了菲菲和蒋毅楠，其他六个人中有一对是中西结合的夫妇，女的叫英慧，来自台湾，教堂聚会上菲菲已经认识了，据说曾经是蒋毅楠的室友，那个男性洋人菲菲还是第一次见，是英惠的丈夫夏尔，土生土长的当地人；还有一对中年人，老胡夫妇，他们是蒋毅楠的朋友，也是来自北京的访问学者，说是刚刚拿下加拿大永久居民身份，春节前要回国搬家接孩子，蒋毅楠想请他们帮着带些他移民需要用的材料回来；另外还有两个是来读研的学生，一个来自宁夏，一个来自山西，他们是蒋毅楠现在的室友，准备春节前回国探亲，然后要把太太们接来陪读，走之前，大家凑个热闹一起吃顿饭，过个新年。

菲菲跟这些人只是一面之交，不太熟悉，好像也没什么可聊的，所以吃饭的时候她只是默默地听着这些天之骄子们天上地上地胡侃。当然，主讲是老胡，因为他已经成功地把移民办下来了，令在座的各位羡慕不已。整个晚上他手舞足蹈，一边吃，一边得意忘形，滔滔不绝地向这些急切想办移民的同伙们介绍着办移民的成功经验，并且极有耐心地回答着他们提出的各种问题，像是在开移民问题咨询会。菲菲对移民问题没有兴趣，而且一听到移民两个字，她就会联想到那个姓洪的骗子，然后就会立刻感到义愤填膺，悲伤地又要发疯，因此，那位老胡都说了些什么她根本没听进去，也不想听。

菲菲没有吃多少东西，尽管她一天都没有吃什么，但一夜没睡的菲菲实在是一点胃口都没有，本想出来散散心，可是并没有达到预期效果，听人家讲移民的事心里更烦了，她依然感到伤心难忍，打不起精神来，因此没等大家吃完就告辞了。

蒋毅楠陪着菲菲，接上梅梅，一直把母女二人送回了家。下车之前，菲菲客气地问蒋毅楠是否愿意到家里来坐坐，蒋毅楠想了想后说好吧，出于礼貌，那就坐一坐吧。

进门后，菲菲先下楼去安排女儿睡觉，蒋毅楠则站在客厅里环视着菲菲那间简单的客厅和厨房，猜测着菲菲到底是怎样的一个背景，怎么会住在如此简陋的小屋里，和他们几个学生的拼房没什么两样。

安顿好女儿，菲菲上楼来，看到蒋毅楠对着她的客厅正在发呆，她似乎知道蒋毅楠在想什么了。她来到蒋毅楠的身后，轻声问道："家里是不是太不像样子了？"

"哦，"听到菲菲的声音，蒋毅楠猛地转过身来，他不好意思地回答说："哦，不，不简陋，挺好。"

"坐吧，干嘛站着。"菲菲用她那上海人特有的吴侬软语邀请道。

看着蒋毅楠在单人沙发上坐下来后，菲菲在旁边的长沙发上也坐了下来，"你们聚会，为什么想到叫上我？"菲菲问。

"哦，不是我，是英慧让我叫你的，上次在教堂见到你，大家对你的印象挺深。"蒋毅楠看着菲菲，用他那磁性的男中音直率地说道。

"哦，听说你是访问学者，是吗？"菲菲又问。

　　"是的，我在美国已经做了一年的访问学者，不过我很想移民，美国移民等的时间太长，而且很不容易，所以我就联系了这里大学的一个教授，再待一年，看能不能把加拿大的移民办下来。"

　　"噢，你也想办移民，难吗？"菲菲问道。

　　"不知道，我正在准备材料，主要是我爱人的材料不好办，她是军人。"蒋毅楠说完，看了看菲菲问道："你有绿卡了吧？"

　　"是的，我是办了移民后才过来的。"

　　"哦，你爱人没一起来？留在国内挣钱是不是？"蒋毅楠假装漫不经心，玩笑似地问道。

　　其实大家都知道的，把太太和孩子送到国外生活，自己依然留在国内挣钱，这已经成为当今中国富豪们新的生活时尚。

　　蒋毅楠这么一问，菲菲脸上那难得的笑容立即又冻结了，本来已经平静了一些的菲菲又想起了她的不幸，她忍不住又热泪揪心地哭了起来。菲菲越哭越伤心，停都停不住，悲伤的程度连老虎见了都会跟着掉眼泪。

　　菲菲这一哭，吓坏了一向见不得女人流眼泪的蒋毅楠，他不知道是不是自己说错了什么，捅了什么篓子，于是他手足无措地赶紧抽了张纸巾递给菲菲，"哟，这是怎么了？对不起，我、我……"蒋毅楠结结巴巴不知如何是好。

　　一旦流下来的泪水，就再也止不住了。呜呜呜，菲菲一边哭着一边接过纸巾，她拧了一把鼻涕，接着又哭了起来。虽然已经过了一天一夜，但菲菲依然伤心欲绝，这个时候她多么希望能一吐为快，以此来缓解痛苦。菲菲需要释放，憋在心里实在太难受了，因此，如果能有个什么人可以倾听她的不幸，那感觉将会像是正在穿越骄阳似火的沙漠、口干舌燥之际，突然天降甘霖一样。也许人们对陌生人没有过多的期望吧，所以陌生人往往容易使人感到温暖。此刻菲菲的思想不能再支配她的行动了，她也无法控制自己的情绪了，她不顾一切地将她的苦水向这个刚刚认识的陌生人渲泄了一通。是的，让眼泪任意流淌好了，菲菲决意要哭个够。

蒋毅楠没有想到，菲菲会向他诉说她自己这样隐私的事情，他完全愣住了。蒋毅楠直挺挺地坐在沙发上，紧张地听着菲菲的诉说和咒骂，仿佛自己也置身于一个不幸的漩涡中。

终于，菲菲的哭诉被她自己的抽泣淹没了。

听了菲菲的诉说，蒋毅楠感到很吃惊，他万万没有想到，看着挺幸福的菲菲居然是在这样一个不幸的处境里，很显然，眼前的这个女子情感上受到极大的挫折和打击。蒋毅楠不停地搓着手，他想说点什么来安慰菲菲，可是他又能说什么呢？人生不容易，每个人都有着自己的苦恼和不幸，他蒋毅楠又何尝不是这样呢。

蒋毅楠也有他的苦恼。这次出国，访问学者的身份只是个幌子，想办移民才是他真正的目的。办移民对一般人来讲不容易，对他来讲就更不容易了，这是因为不光他妻子是军人，连他自己也是个军人，出国办护照的时候，所需的各种证明都是托姐姐单位给开的假证明。按道理，军人身份肯定是办不了移民的，不过如今他已经用假证明假身份出来了，所以他想试试，可是他妻子的假证明怎么办，这可是件极为头疼的事。刚才一起吃饭的那几位狐朋狗友们给他出了个馊主意，让他干脆来个假离婚，这样在办移民的时候就不需要他妻子的材料了，等他自己一个人利利索索地办完了移民再说。

说得容易。不管是真离婚还是假离婚，一听到离婚这两个字，蒋毅楠就开始浑身冒冷汗。吃饭的时候，他表面上不动声色点头不语，可内心却像头狮子般地怒吼着：妈的，要是能离这个婚，老子我早离了！

蒋毅楠和他妻子是同部队，同科室的同事。想当年，妻子和她同样是军人的前夫正在闹离婚的时候，一个细雨缠绵的周末，妻子没有回家，集体宿舍只剩下她和依然单身的他，就像菲菲现在这样，妻子伤心地向他唠叨着自己的家庭矛盾和丈夫的不是，而侠骨柔肠的蒋毅楠，偏听偏信，为她愤愤不平。就在那个寂静的夜晚，为了安抚这位不幸的女同僚，三十多岁，一直守身如玉的童男子蒋毅楠一下子帮过了头，两个人稀里糊涂地睡到了一块。用蒋毅楠后来的话说，她上错了床，他上错了人。

我们生活在这个社会中，表面上似乎并没有人专门盯梢你，但暗地里总是会有些人不知道躲在什么地方窥视着别人，因此，每一个人的言行永远不可能完完全全地包藏起来，个人隐私也不可能永远是隐私，你说过的话，做过的事，都逃不过无聊的闲人的对八卦的兴趣。这些人表面上道貌岸然，背地里却以风言风语为乐，大众的好奇心如同一张猎网，不但要扑捉你的行为，还要捕捉你的思想，倘若你的行为与所谓的道德相抵触的话，那么一定会有人站出来，代表正义，用蜚短流长和流言蜚语打倒你，让你吃些苦头，有的时候甚至还会惹来杀身之祸。蒋毅楠认为这无疑是人类残留下来的最野蛮的技能了。

不知道怎么搞的，关于俩个人风流韵事的流言蜚语如同传电的导线，很快传到了妻子前夫的部队，男方告到了他们部队，结果闹得是沸沸扬扬，妻子最终和前夫离了婚。和有夫之妇或者妇之夫染指是世所不容的，所以，这样的事发生在军队中无疑更是一件大事，不过，如果第三者是非军人，那么不管是谁的错，其结果一定是以非军方破坏军婚而定论，可是这事是发生在军队自己人当中，因此，作为第三者的蒋毅楠自然理当承担全部责任。

为此，部队进行了通报批评，蒋毅楠受到了记过处分。为了挽回不良影响，蒋毅楠被领导找去谈话，两个选择，要么结婚，要么转业。为了保住自己的军旅生涯，也为了不让她转业后回到山东农村老家，蒋毅楠最终选择了和带着一个男孩儿的她结了婚。

虽然他们结婚了，但这件事还是影响了他的仕途前程，单位几次加薪提职都绕过他，这不是挤搭人吗！职称职务上不去本来就够窝火的了，可妻子毫无同情之心，她不但老是拿他和她的前夫比军饷比军衔，还动不动就说他破坏了她的家庭，要不是因为他蒋毅楠，她也不会离婚的。更让他无法忍受的是，趁他出差不在家的时候，在他的家里，在他的床上，妻子和她的前夫居然又睡到了一起，没想到让提前回家的他撞了个正着。

离婚！这日子没法过了！蒋毅楠忍无可忍，坚决要求离婚，可是一提离婚，领导就上门来做思想工作，妻子呢，虽然也是军人，但发起飙来一点也不比草根泼妇逊色，她不是满地打滚撒泼，就是骑在阳台上扬言说要跳下去不活了，样子十分狰狞可怕，吓得蒋毅楠是心惊肉跳。他真害怕倘若她果真跳下去但又没死，弄成个残废，那他这辈子就真的交代了。蒋毅楠气死了，恨不能自己先跳下去，死了得了，简直丢不起这人。而更让蒋毅楠始终搞不明白的是，老婆这样做到底是爱他还是恨他，而且每次闹过之后，他都会慎重地审视自己面临的处境，痛苦地一忍再忍，心有余悸地一次又一次咽下自己酿的这杯苦酒。

菲菲还在垂泪，蒋毅楠紧闭双唇，他太理解那位洪先生的处境了，结婚容易离婚难呀！

"你今后打算怎么办？"蒋毅楠终于开口了。

"我不知道，"菲菲哽咽着说。

蒋毅楠没有再说话，他同情菲菲，但光是同情也无济于事，他想安慰菲菲，可又觉着只说几句空洞的漂亮话，还不如不说。

蒋毅楠看了看手表后站起身来，他对菲菲说，不早了，休息吧，以后要有什么事需要帮忙的话只管说，同是天涯沦落人嘛。

男人吗，生来就是有责任保护人间无依无靠的弱女子，就像当年一样，蒋毅楠又动了恻隐之心。一方面是出于同情，想给这个以泪洗面，悲伤到了极点的可怜女子一些关怀，当然，关怀并不单单是关怀，关怀之下他还有自己的打算。另一方面，在蒋毅楠心中，隐藏着一个情欲的大窟窿，极需填补，他突然觉着自己开始喜欢上菲菲了，天涯相遇，虽然算不上一见倾心，但对于两个身心都倍感孤独的人来说，这也许是个机会，或者也可以说是一个缘份吧。

从此，为了这些原因，蒋毅楠会经常给菲菲打个电话，问问是否需要帮助，例如扛米、换灯泡，通通下水道什么的，周末的时候，如果需要买菜，他也会开车和菲菲一起去超市。就这样，一来二去，两个人开始慢慢熟悉起来。蒋毅楠的陪伴与关怀大大减轻了菲菲精神上的痛苦，心情也逐渐平静了许多。在菲菲顺理成章地接受了蒋毅楠的帮助和陪伴之后，他们之间很快就建立起了一种貌似单纯的友谊，这温馨的友谊不知不觉地如同热带植物般迅速生长起来，两个人都沉醉在这新鲜的陪伴中，顾不上去想那看不见的前途与远景。

春节前，英慧在一家私人办的电话公司找了个工作，春节的时候，她请了几个朋友，包括蒋毅楠和菲菲一起到她家过春节，顺便也庆祝一下她新年开门红的好运气。

英慧三十来岁，个子不高，粗胳膊短腿，胖胖的圆脸上一对小眼睛，看着老是笑眯眯的。虽然英惠和菲菲同龄，但无论是长相还是身材，都无法与菲菲相比。英惠大学毕业后一直没能找到一个合适的工作，为了留下来，不久前刚刚嫁给了五十多岁的业余画家夏尔。

夏尔中等个头，五官端正，身材均匀，是一位皮肤洁白的男子。他两颊光滑，一双明眸带着淡蓝色的光，一头稀稀拉拉的栗色头发，总是梳理的整整齐齐。夏尔平易近人，脾性和气，说话慢条斯理，是个非常可爱的人。夏尔以前有过一次婚姻，前妻为了成全他的画家梦，婚后始终独挡一面，挣钱、管家、照顾孩子。可是几十年一晃过去了，夏尔就是没有成为画家的天赋，妻子最终失望地带着孩子们离开了他。没有了经济和生活上的帮助，已经快五十岁的夏尔学了个两年的护士专业，现在在一家大医院工作，自给自足，继续圆他的画家梦。

英惠一直忙着读书，没有时间考虑个人问题，所以不知不觉地成了老姑娘。在单身俱乐部和夏尔认识没有多久，两个性情柔软，善良的好人闪电般地结了婚。虽然英慧对丈夫从来不曾有过激烈的爱情，但她知道夏尔的善良对她来讲实在是难能可贵，英慧感激夏尔不顾她的身份跟她结了婚。虽然在年龄、文化背景、生活习惯上都大不相同，但是一个穷男，一个丑女，谁也不嫌弃谁。婚后，夫妇之间不曾有过任何风波，他们相互照顾，守在一块儿，既不十分了解，也不因此而感到有什么不安，无论是否有人在场，彼此的眼神里都会流露出只有他们自己才能意会到的，特有的和谐与默契。可以说，在大众的眼里，他们是天造地设，一对真正的模范夫妻。

夏尔热爱绘画，而且从来都不会放过任何一个向人们展示他绘画作品的机会，因此，晚饭前，夏尔带着客人们来到地下室，请大家去欣赏他的画作。

地下室的一间大房间是夏尔的画室，那里面横七八竖，到处摆放着夏尔的油画，有人物静物的，有城市街景的，也有自然风光的。夏尔的大半生都在模仿他所崇拜的大画家们的著名杰作，始终没能找到和创立自己的绘画风格，所以画了一辈子的画也没能成为一个真正的艺术家，到头来只不过是一个平庸的业余画匠而已。夏尔平时很少讲话，尽管算不上是什么出名的画家，但毕竟也是一生追求，画了大半辈子的油画，因此，一说起画，夏尔便滔滔不绝地向客人们介绍起他的作品来。

来到画室，夏尔兴致勃勃地指着一张风景画说："这是我去年画的一副风景画。油画分几种派别，像什么古典派 Le Classieisme、浪漫派 Romanticim、印象派 Impressiomnism 等等，不过，在这些派别中，我最喜欢的是浪漫派画法。法国浪漫主义的艺术，兴起于十九世纪二十到三十年代，浪漫派画法不只风靡于法国，也风靡整个欧洲，绘画特点主张有个性、有特征的描绘和情感的表达，要求构图变化丰富，色彩对比强烈，笔触奔放流畅，画面具有强烈的感情色彩和艺术魅力等等。也许因为我的祖籍是法国吧，所以代表人物中我最喜欢的是法国重要画家德拉克洛瓦，而他的代表作中我最喜欢的有《自由引导人们》、《猎狮》等，当然……"夏尔侃侃而谈，完全忘记了他的客人可能听不懂他说的这些。

看着客人们一脸的懵懂，英慧用手拍了拍丈夫说："亲爱的，他们不是画画的，听不懂你说的这些，你慢点，我可以试着给他们翻译一下。"

"对不起，"夏尔不好意思地道了声歉。

接下来，夏尔说一句，英慧就给大家翻译一句，有的时候英惠还要和夏尔讨论一下他到底说的是什么意思。

夏尔又指着另一张看着像是一张几何图形的画说："尽管我喜欢浪漫派的画法，但有的时候我也会尝试另外一种风格的画法，比如这张，就是抽象派 abstractionist 的画法。这种画法是二十世纪最流行、最具特色的艺术风格，需要画家从直觉和想象做为创作的出发点，将造形和色彩结合起来，组织在画面上，而表现出来的是纯粹的形和色。抽象派绘画大致分为两类，一类是抒情抽象，另一类是几何抽象，在这两大类中我比较喜欢几何抽象，而其代表人物蒙德里安，以及他的代表作《黄与兰的构成》也是我最喜欢的画家和作品之一。"

夏尔介绍的这副几何图形画引起了蒋毅楠的注意和兴趣。看上去它好想也没有什么固定的思想与情绪，但又好像包含着极其丰富的内心世界，而这些隐晦的情感表达似乎又都需要观赏者自己去想象和意会。它色彩缤纷，非常漂亮，远看，画面厚重并具有极强的立体感，近看，那些不规则的几何图形只不过是由一些混乱不堪、长短粗细不同的线条，和大大小小不同颜色的色块随意堆积而成的，就像是孩子们漫不经心的涂鸦画，和中国的细腻透明，但略显单薄的水彩画很不一样。蒋毅楠心想，也许在西方人的眼里，真正的自然美就是这样隐藏在这漫不经心的涂抹之中。

蒋毅楠一直想买一样礼物送给菲菲，而现在，他突然觉着眼前的这幅画也许就是最好的选择。它不但十分具有现代生活气息和思维意识，而且无论是画面的色彩和画幅的大小都非常适合菲菲那间小小的，没有任何装饰和过于单调的客厅。

想到这里，蒋毅楠问夏尔这张画卖不卖，要是卖的话，他很想买了这幅画。听到蒋毅楠想买他的画，夏尔即高兴又有些为难，他说他现在还不能给他这张画，因为他和几个朋友正在准备一个画展，这些画都是要参展的，画展开始后，他请大家一定要去给他捧捧场。

"我们是一定要去的，别忘了把这幅画给我留着，到时候你要是成了大画家，那你的这幅画可就值大价钱了。"蒋毅楠说。

"没问题，画展结束后我一定会把这幅画给你们送过去，"夏尔说。

　　画展还没开始，已经卖掉了一幅画，夏尔自然很高兴了。

　　看了夏尔那孩童涂鸦似的油画，尤其是听了惠阿姨的介绍以后，小姑娘梅梅突然对抽象派油画产生了浓厚兴趣，她缠着妈妈，吵着闹着非要跟夏尔叔叔学油画不可。夏尔画了几十年的画，一直无人赏识，没想到他的画居然在一个中国小姑娘这里得到了共鸣，夏尔大为感动，他当即爽快地答应教梅梅画油画，两个人还约好了，梅梅每周来学画一次。

第五章　征服

　　自从接到洪哥的绝情信之后，菲菲一直郁郁寡欢，尽管蒋毅楠经常过来帮帮她，但菲菲还是感到生活突然变得没有了着落。无依无靠的菲菲不知道没有了经济来源今后该怎样生活，洪哥给的钱总有一天是要花光的，父亲和哥哥也给不了她多少帮助，她和梅梅总不能坐以待毙等死吧。思前想后，菲菲觉着她无论如何应该找个工作才对。

　　由于梅梅每周要去跟夏尔学画画，因此菲菲很快就和英惠成了无话不说的好朋友。听说英惠在电话公司工作，菲菲对英惠说她也很想找一个这样的工作，靠积蓄过日子心里没底，英惠答应说如果公司再招聘，她一定会最快地通知菲菲去试试。

　　由于这种工作人员流动性很大，三月份，在英惠的帮助下，菲菲也在同一家电话公司得到了一个电话员的工作。尽管电话员的工资不高，但这毕竟是菲菲到加拿大后得到的第一份工作，这无疑大大地鼓舞了菲菲，更减轻了她经济上的压力。

　　冗长的冬季终于过去了。

　　和风习习的四月天不仅是郊外踏青的好时候，也是去河里捞鱼的好季节。这个周末，蒋毅楠约上菲菲和几个朋友一起去捞鱼。一大清早，菲菲和梅梅就跟着蒋毅楠，还有另外几个中国留学生结伴而行，大家带着地图，三辆车一路向西。由于几次迷路，所以开了三个多钟头才找到捞鱼的地方。当大家千里迢迢赶到河边的时候，已经是中午时分，河岸上早已聚集了不少前来捞鱼的人们。

　　尽管刚刚化冻不久的河水依然冷冽如冰，但是当前来捞鱼的人们看到河里那一堆一堆的鱼扑扑通通地从上游滚滚而下时，别提多激动了。男人们立即卷起裤腿，脱掉鞋子，换上长筒雨靴，不顾一切地下河啦！

几个捷足先登的当地农民在河道中央栏了一条大鱼网，大家眼睁睁地看着他们把大部分的鱼给拦走了。虽然这条河不大，但河水挺深，穿着雨靴也无法站到河中央去，因此没有网的人也就只好在河边小打小闹地捞些挣破渔网和一些溜边的漏网分子。

菲菲从来没有见过如此壮观的鱼群，她没有长筒雨靴，也没有捞鱼的工具，所以她没有下河，只是和梅梅在岸边笑着跳着，这里转转，那里瞧瞧，帮着大家看管着鱼篓子，不让那些活蹦乱跳的鱼跳出来，其兴奋程度一点也不亚于那些下河抓鱼的人们。

玩起来时间总是过得飞快，不知不觉已经是傍晚时分，黄昏的暮色开始在四月的天空中蔓延。夕阳收获了一天的繁忙与欢乐，捞鱼的人们也感到了又累又饿，大家开始收拾东西，准备打道回府。来了一趟，总不能空手回去，由于当地人不吃猫鱼，所以，农民们便把捞到的猫鱼很便宜地就地卖掉，回家之前，菲菲用一块钱一条的价格从渔民手里买了几条两尺多长的大猫鱼，算是她的收获。打点完毕，大家满载而归，意犹未尽，有些人还信誓旦旦地说，如果明年不离开这里，一定还要再来捞鱼，太好玩了。

蒋毅楠自认为做得一手好菜，把菲菲送回家后，他觉着自己一个人回去也没意思，于是就自告奋勇地说要露一手，用这种大猫鱼给菲菲做鱼丸子。听说蒋毅楠要当大厨烧鱼，菲菲自然很高兴了。两个人说干就干，蒋毅楠主刀，剔肉剁泥，酱油料酒，喊里喀嚓。菲菲打下手，切葱剥蒜，两个人配合默契，很快，一条大猫鱼就变成了一大碗烧鱼丸子。除了鱼丸子，蒋毅楠还做了几碟小菜。看不出来，蒋毅楠还真有两下子，看着那一桌色香味俱全的经典佳作，菲菲一高兴，大方地贡献出一瓶法国干红葡萄酒。

酒饭之后，两个人都有些微醉。菲菲说蒋毅楠做的饭，那么就应该由她来洗碗，她让蒋毅楠坐下来先喝点茶，醒醒酒后再开车回去。酒后驾车属于犯法，要是让警察抓住了可不是闹着玩的，罚款不说，闹不好还要被驱逐出境，那他蒋毅楠可就彻底别想移民了。

菲菲低着头在厨房洗碗，坐在客厅里的蒋毅楠默默地看着菲菲的背影，这个时候的他已经完全忘记了自己置身于哪里，这安逸、宁静的气氛，蒋毅楠只觉得温情洋溢。这里没有叫嚷，没有争吵，也没有相互伤害，整个房子都像菲菲一样可爱。这是一个真正家的感觉，是他蒋毅楠无论是婚前，还是婚后都没有过的家的感觉。

蒋毅楠是在部队大院长大的，父母都是军人。当他记事后不久，文革开始了，不知什么原因父母被下放到了五.七干校劳动改造，全家人也都跟着去了苏北农村。那个时候生活条件很差，一间农舍全家人住，后来姐姐们都相继插队走了。上中学后，他就开始在县城中学住校，后来就是参军、上大学、读研，他一直住的也是集体宿舍。文革结束后，落实政策，父母又回到部队大院，那个时候他最多也就是每年回家探亲一次。父母去世后，除了姐姐家，实际上他属于无家可回，所以他不曾记得有过一个属于自己的家和家的温馨。

好不容易结了婚，有了一个自己的家，可是那个家总是在吵吵闹闹中，总是在老婆的不满、抱怨，和那些动不动就寻死觅活的心惊肉跳中，而多年来，他的良心也总是徘徊在破坏了别人家庭的自责和内疚中。

　　酒后温淡的兴奋是那样的令人难耐，七情六欲使得蒋毅楠突然激情荡漾，他感到身体里一阵阵的性欲在躁动，这躁动在男人看来无疑也是一种爱情，而这突如其来的爱情如同狂风暴雨一般，横扫一切，把他的意志连根拔起。尽管蒋毅楠已经努力把情欲的发展压制了又压制，但葡萄酒的力量还在继续发酵，他又快活又发慌，就像他曾经有过的经历一样，他知道自己的心灵将再一次跌入万丈深渊，行为又要陷入世所不容的道德禁区，越过底线。可是这一切都没能阻挡住他作为一个男人原始的动物的本能和试一试的勇气，他犹豫了一下之后，最终还是鬼使神差地站了起来，惦着脚尖走到菲菲身后。蒋毅楠屏住呼吸轻轻搂住菲菲，把嘴贴在菲菲的肩头上，等着她转过身来抽他个大嘴巴。

　　可以说，在以往的接触中，菲菲并不讨厌蒋毅楠经常来找她，但平日里的蒋毅楠总是一脸严肃，一副不食人间烟火的样子，因此，对于蒋毅楠这突如其来的大胆举动，菲菲感到十分惊讶，她哆嗦了一下，心猛烈地跳了起来，像是怀里揣了一只受到惊吓的小兔子。

　　菲菲已经很久没有这样怦然心跳了。

　　女人的心很容易被怜悯和爱抚征服。在忍受了孤独与痛苦之后，菲菲是多么地渴望爱与被爱。此时，菲菲的心就像是一块极需爱情的海棉，只需一滴温情，便会立即膨胀，因此她无法拒绝蒋毅楠给予的温情，她希望这温情可以抹平她心头的创伤。菲菲低头不语，她没有回身抽蒋毅楠的嘴巴，而是慢慢放下手里正在洗涤的盘子，用一只胳膊勾住蒋毅楠的头，肩膀微微耸动着，抽抽噎噎地哭了起来。

　　菲菲没有拒绝蒋毅楠，这让蒋毅楠十分意外，也十分高兴，他先是不敢相信地楞了一下，然后慢慢地把菲菲的身体转了过

　　来，他看着菲菲的眼睛，含情脉脉耳语道："嗨，菲菲，别哭，有我在，牛奶会有的，面包也会有的。"

　　"牛奶会有的，面包也会有的"这句话是苏联电影《列宁在1918》里的一句经典台词，七十年代在中国几乎家喻户晓。听到这句话，菲菲笑了，她觉着蒋毅楠实乃上帝送来保护她的男神，于是，她紧紧地搂着蒋毅楠，仰望他的脸，秋水迷蒙，温柔地用她那纤细的手指抚摸着蒋毅楠浓密的头发。

　　菲菲这个亲昵的动作更加鼓舞了蒋毅楠，他捧着菲菲的脸，征求同意似地凝视着她，在那双漂亮的眼睛里，他看到到了她的欲望，而他自己也在燃烧。突然，蒋毅楠再一次鼓起勇气，他猛地把自己灼热的嘴唇压在了菲菲的唇上，那红红的唇就像是春天里的花朵，蒋毅楠尽情的吻着，先是轻轻地吻，接着就是猛烈地吻，把他慌乱的颤抖传遍菲菲的全身，令菲菲无法自主地用同样的激情回吻着。

　　呼吸的交融，令人头晕目眩，透不过气来，但菲菲却希望这吻永远都不要停下来。

　　所有的感官悦动了起来。受到压抑的情欲，就像欢腾汹涌的喷泉，一下迸发了，两个人都如饥似渴地享受着这突如其来的爱抚。蒋毅楠放开菲菲，拉起她的手，不顾一切地向楼下跑去。菲菲不记得他们是怎样跑下楼梯，又是怎样穿过走廊来到卧室的，她只记得他吻了她，热辣辣的，触电一般传遍她的全身，这吻，唤起了她从未体验过的感情，将她心头所有的伤痛与孤独一扫而光。

　　蒋毅楠觉着做爱就像饮酒，怎能一口喝干，倒头去睡，那是粗人干的事，他蒋毅楠绝不是这等粗俗之人。在蒋毅楠的眼里，菲菲就是一杯香醇的美酒，他要慢慢斟，细细品，悠悠地去醉，慢慢地去死。为了这醉生梦死，他极力克制着自己，不想肆意挥霍掉积蓄已久情欲。

蒋毅楠自认为他是懂得性爱艺术的，所以他要把这男欢女爱做得如同潺潺流水，演绎得淋漓尽致。

关上卧室的门，蒋毅楠一边耐心地为菲菲宽衣解带，一边像一个鉴赏家似地欣赏着菲菲的胴体。哦，多么美妙！这是一个天生为了欢爱绸缪而生的躯体！蒋毅楠在心里暗暗赞叹道。他抱起菲菲，轻轻地把她放到床上，之后才三下五除二将自己的衣服裤子一股脑地扯掉。蒋毅楠俯下身去，吻如雨下般地吻遍菲菲全身，他小心翼翼，甚至带着一丝羞涩，虽然那令人心醉神迷的刺激与那羞涩是完全不相衬的，但是仅仅这羞涩，就足以让菲菲为之神魂无主了。

在这洪荒世界里寂寞与孤独的方舟中，两个身体交融为一体，彼此完全被对方占有，一同向快乐的颠峰攀登。

菲菲是一个懂得欣赏自己的女人，当初和洪哥在一起的时候，她感到自己像是一朵鲜花，被疯狂的蹂躏着，占有着，菲菲体验到的不是幸福，而是短暂的迷醉罢了。而现在，和蒋毅楠在一起，她感到自己就像是一首描写春天的诗，被歌唱，被赞美，她的身体，她的灵魂不由自主地随着这歌唱，为这赞美而疯狂地颤抖着。

爱情的深渊，不！那不是爱情，那是千百倍炽热于爱情的情欲之火，它把菲菲的灵魂和生命重新点燃。像是从沉睡百年的长梦中苏醒，肉体的复活，有如生命的再生，思想被情欲的巨潮卷走，胸中那道如火如荼的激流奔腾着。然而，就在最后的一瞬间，一阵寒噤象波浪般流过她的全身。仿佛与世隔绝，世界消亡了，意识消失了，她忘却了一切，感到自己正在深渊中坠落。

　　这是一个伟大的日子，这是一种至高的极乐境界，菲菲感到她甚至可以为这瞬间去死，为这神奇的、终极的欢愉去死。菲菲被这极度的满足征服了。

　　人们在寻求爱的借慰时是需要理由的。男女之间爱情的产生不外乎有两种理由，一种是灵魂的共鸣，一种是肉体的吸引，然而，对于依然有着一个受法律保护的婚姻关系的蒋毅楠来讲，和菲菲这种肉体上的关系，从法律的角度上来讲是不道德的，是不忠诚的，是地地道道的背叛。是的，为了情欲，蒋毅楠违背了他理应操守的道德标准，但蒋毅楠顾不上这么多了，出国两年多了，这还是头一回，他毫不犹豫地出轨了，翻车了。尽管如此，蒋毅楠并不懊悔，他很快乐，这快乐像是从雾霭中透过来的一缕阳光，带着人生难得的醉意，诗意盎然，放着异彩。另外，蒋毅楠也无法抗拒菲菲带给他一个家的温馨，自己的家好比一座活火山，随时都有岩浆四射的危险，蒋毅楠感到累极了，他想歇息，想永远待在这里，待在菲菲的怀抱里。

　　躺在菲菲身边，蒋毅楠简直不敢相信刚刚发生的这一切，这一切来得太突然，太不可思议了。蒋毅楠没有回去，实际上他根本就没打算回去，他多么希望能在这温柔乡中长眠不醒呀。

　　由于孤独，人们往往会有一种需要爱的强烈的愿望，因此，有些人会不加思索，不顾一切地爱上一个什么人，或者以为爱上了一个什么人（随便什么人都行），就好像爱在频临死亡之前抓到的一颗救命稻草，希望能在爱一个人的过程中得到些许宽慰。在孤独中苦苦挣扎的菲菲，爱情这朵芬芳四溢的玫瑰正渐渐走向死亡。自从离婚后，多少个春夏秋冬，多少个寂寞难眠的漫漫长夜，其中的寂寞与心酸只有她自己知道，因此，无论是身还是心，她都需要一个男人的爱情来滋润。她曾经是那样急切的期待洪哥的到来，可是没想到等来的却是另外一个人，一个和洪哥完全不一样的人。菲菲不知道这一切都是怎样发生的，就像是上帝的赐予，蒋毅楠从天而降，坠入她的生活，并给她带来了久违了的愉悦。

菲菲感到她和蒋毅楠之间的关系从根本上来讲完全不同于她和洪哥之间的关系。与洪哥的关系可以说是一种财色相互诱惑的交易，按照世俗的看法那无非是一个"淫妇"通奸偷情，是堕落，它不仅违背了传统的道德观念，同时也自食其果地伤害了自己。而她与蒋毅楠之间的关系是一种顺其自然，完全建立在一种情感需要基础之上的、没有物质利益作为诱饵的感情上的依恋，然而，自然吸引产生的爱情，在被观赏时会更加令人心旷神怡。他们远离家乡，远离亲人，孤身生活在异国他乡，他们相遇了，相遇在一个陌生的国度，相遇在心灵空缺的时候。尽管他们之间的关系名不正，言不顺，但他们并没有感到肮脏，逆天和不道德，他们觉得非常美好。

菲菲靠着床头坐了起来，她把被子往身上拉了拉，扭过头去目不转睛的看着躺在身边的蒋毅楠，一种不踏实的感觉突然涌上心头，菲菲感到好像有一种既危险又令人兴奋的事情已经开始了。

蒋毅楠抬头看了一眼菲菲，他轻声地问道："高兴吗？"

"我不知道，喜忧参半吧。"菲菲想了想后说。

"哈哈哈，为什么？"蒋毅楠笑了起来。

菲菲迟疑了一下，突然问道："你爱我吗？"

菲菲的问话，把蒋毅楠从心荡神驰中唤醒了，他不觉一愣。浪漫过后，沸腾的热血平静了下来，重新回到现实中的蒋毅楠，也能用脑子思考了。今天发生的事，看似不过是一时的冲动，但是，自从见到菲菲之后，蒋毅楠就立即感到在菲菲的身上似乎有些什么东西吸引着他，也许是菲菲的文静，但又不失活泼的性格，还有菲菲身上的那天生的娇柔，而这种娇柔对于一个女人，就好象香气对于花朵一样必不可少，蒋毅楠不由自主的喜欢上了菲菲的一颦一笑，并且身不由己地想和她接近。不过到目前为止，蒋毅楠还没有来得及仔细想过是否爱她。我爱她吗？我能爱她吗？蒋毅楠这样问自己，如果爱呢，那将意味着什么呢？离婚？结婚？蒋毅楠不敢往下想了，他不知道菲菲是否值得他再次不顾一切地去折腾，他也不知道他是否能够逃离那苦海无边的婚姻，因此，对菲菲的问题蒋毅楠实在是不知道如何回答才好。

沉思了许久之后，像是怕菲菲听见似的，蒋毅楠小声地说道："我想我现在可能还没有这个权利，但是，只要曾经在一起，为什么非要地久天长呢？你说对吗，菲菲？"

菲菲认为蒋毅楠的含糊其辞简直就是一句不负责任的混帐话。菲菲之所以这样问，并不是她希望得到婚姻，而是她不希望自己只是男人的工具，因此，她想知道蒋毅楠是否爱她，因为，她认为，在这种关系上，至少他应该爱她。不过，菲菲已经无所谓了，哀大莫过于心死，被抛弃之后，她已经不再相信爱情，也不再奢望婚姻，更不会轻信誓言与承诺了。

菲菲不再说话了，她就是这样的一个女子，在这种事情上她永远都不会闹腾，也不会威逼，因为，她不想让强求来的爱把自己拖入情感的灾难之中。

菲菲闭上眼睛，喃喃地说了句，"哦，我懂了。"

"菲菲，有机会我会告诉你我的情况，可是我现在不能说，也说不清。"蒋毅楠看出了菲菲的不愉快，连忙坐了起来，为难地看着菲菲解释说。

"那好吧。"菲菲淡淡地说道，然后背对着蒋毅楠躺了下来。

　　蒋毅楠给菲菲盖好被子，小心翼翼地在背后搂着菲菲，他在菲菲的耳边轻轻地说了声，菲菲，我为什么这样喜欢你呀，之后就睡着了。

　　蒋毅楠睡着了，可菲菲却久不成眠。与蒋毅楠的一番对话，使她陷入了沉思，黑暗中，菲菲大瞪双眼望着墙壁，听着身后蒋毅楠均匀的呼吸声，心情非常复杂，她觉着自己就像是饥饿中的偷窃，她突然为自己没能阻挡住情欲的诱惑而感到了羞愧和后悔。

第六章　　生日

　　四月的冷雨变成了五月的阳光，春天带着她饱含生命的气息扑面而来。对于菲菲来说，五月份有两个节日，一个是母亲节，另一个是她的生日。

　　今年是菲菲的本命年，过了这个生日她就 36 岁了。虽然这两个节日不在同一天，但也就是几天之差，所以梅梅一定要把妈妈的生日提前，放在和母亲节那天一起过。

　　蒋毅楠结婚的时候，妻子带来的那个男孩儿已经六七岁了，由于当时独生子女的国家政策，他答应妻子不再要孩子，但是蒋毅楠喜欢孩子，再加上他在他家里三个孩子当中不仅是最小的，而且也是唯一的男孩，所以一提起这事，两个姐姐就埋怨他对家庭不负责任的婚姻选择，而他自己也觉着没个孩子人生的确是有些缺憾。蒋毅楠喜欢梅梅，到底是女孩子，十分乖巧，不像他那个已经长大了的养子，只要他们夫妻两一吵架，他就会立即站出来保护他妈妈，摆出一副要揍他的架势，这让蒋毅楠感到十分寒心。

　　似乎已经习惯了这里的生活，蒋毅楠越来越不愿意想起自己的家和自己还有个妻子，尽管菲菲的生活依然十分简单，但这里快乐，因此蒋毅楠已经不知不觉地把这里当成了自己的家。为了菲菲的生日和母亲节，蒋毅楠和梅梅早早地就开始商量到底是在外面吃呢，还是在家里自己做。在外面吃饭，不能喝酒，因为喝了酒不能开车，所以他们商量来商量去，最后还是决定在自己家里给菲菲过生日。

　　在买什么礼物这件事情上，梅梅和蒋毅楠也动了一番脑筋。为了这份礼物，蒋毅楠瞒着菲菲，带着梅梅偷偷去了商场，两个人在商场里转悠了大半天，礼物挑好了，还特意买了礼品袋，把礼物装了进去。回到家后，梅梅立即把准备送给妈妈的生日礼物藏到了她那间小卧室的壁橱里。

母亲节那天，中午饭后，蒋毅楠就从大学溜了出来，他去超市买了些菜，还特意买了一个大蛋糕。菲菲不会开车，所以也没有车，梅梅上学都是校车接校车送。四点钟，当黄色的校车准时停在菲菲家门前时，蒋毅楠的车已经等着了。菲菲还没有下班，梅梅用挂在脖子上的钥匙把门打开后，蒋毅楠两手拎着几个塑料袋在前面走，梅梅抱着那个大蛋糕，一蹦一跳地跟在后面，两个人进屋放下东西，立即动手开始准备晚饭。为了妈妈的生日，梅梅担当起了帮厨的角色，然而，有这么一个天真活泼的小姑娘陪在自己身边，转来跳去，叽叽喳喳，也让蒋毅楠感到了难得的天伦之乐。

快到下班的时候，蒋毅楠带着梅梅到电话公司去接菲菲回家。以前，蒋毅楠从来也没有接送过菲菲，不过今天是个特殊的日子，所以，蒋毅楠觉得最好来接一下，免得菲菲坐公交车回家太晚饭菜都凉了。

回到家，菲菲一开门就看了到饭桌上摆好的生日晚餐，幸福的暖流即刻涌上了心头，这都是女儿和蒋毅楠亲手为她准备的呀！以前在上海的时候，每次过生日，洪哥都是带她去酒店。一年多来的海外生活，菲菲感到家里虽然简陋，但在家里过生日，还有一桌专为自己烹饪的家常饭菜，倒显得比那些大酒店里的美酒佳肴更让人感到贴心与温暖。

在蒋毅楠和梅梅地催促下，菲菲匆匆洗手就坐。梅梅给妈妈倒了杯葡萄酒，然后自己用可乐和妈妈碰杯，先祝妈妈母亲节快乐。菲菲容光焕发，高兴地一仰脖子，一口喝干小酒杯里的葡萄酒。大家开始吃饭，吃饭的时候梅梅不停地叮咛妈妈不要吃太多了，还有生日蛋糕等着呢。梅梅太想吃蛋糕了，她已经馋得不行了，所以一吃完饭，梅梅就立即把蛋糕端了上来。

"梅梅，唱生日歌吧。"梅梅点好蜡烛后，蒋毅楠说。

"你和我一起唱吗？"梅梅歪着头嗲嗲地问道。

"梅梅，你就自己唱吧，别为难你蒋叔叔了。"说着，菲菲转过脸去小声地问蒋毅楠，"你会唱歌吗？"

听到菲菲的问话，蒋毅楠默默地看着菲菲，半天没有说话，突然间他仰面大笑起来，笑得菲菲和梅梅莫名其妙地也跟着笑了起来。

蒋毅楠心说，看来菲菲还真不了解他，想当年上中学的时候，他蒋毅楠还参加过学校文艺宣传队呢，他，何止是会唱歌，还会跳舞呢。参军后，每年部队春节晚会他都会登台献歌，像什么《打靶归来》、《我是一个兵》、《我爱祖国的蓝天》等等之类的军营歌曲。回忆让蒋毅楠又想到了他的军旅生涯、他的部队和他的未来，蒋毅楠收起笑容，脸上浮起一丝淡淡地惆怅。

梅梅大声地唱完了生日歌后，又对菲菲说："妈妈，生日快乐，吹灭蜡烛许个愿吧。"

菲菲看了看蒋毅楠，又看了看女儿，在女儿的帮助下，菲菲把蜡烛吹灭了。

"许个愿吧，妈妈，许个愿。"梅梅催促着。

"许个什么愿呢？"菲菲问梅梅，又好像是在问自己。

"随便，妈妈，许一个好的愿望。"

"好的，那我就许一个好的愿望。"说完，菲菲紧握双手低下头，沉默了半分钟。

菲菲许了个什么愿，她没有说。许完了愿，梅梅立即大声宣布现在是送礼物的时候了，说完小姑娘飞快地跑到楼下她的卧室，一眨眼的功夫就把为妈妈准备好的礼物提溜了上来。只见从楼下冲上来的梅梅两只手各举着一只漂亮的礼物袋，来到妈妈面前，她对着左手的纸袋子点了点头说：“妈妈，这是我送给你的，”说完，她又把脸转过去对着右手的纸袋子点了点头说："这是他送给你的。”说着，梅梅把两只纸袋子一起递给了菲菲。

来加拿大之前，梅梅和妈妈一直是和外公住在一起的，虽然每周都要和父亲见见面，但那个时候梅梅还小，所以现在的梅梅对自己亲身父亲的印象已经十分模糊了。自从蒋毅楠进入她们的生活以后，梅梅就把蒋毅楠看做父亲的形象，梅梅喜欢这个又和气，又会烧菜，还能开车带她们出去玩儿的叔叔，但梅梅从来没有把蒋毅楠叫过叔叔，当她对妈妈说到蒋毅楠的时候就把蒋毅楠称作“他”，当她和蒋毅楠说话的时候就把称呼全都省了，白搭话。尽管菲菲经常提醒梅梅要有礼貌，但是梅梅还是觉着怎么称呼蒋毅楠都别扭。因此就选择了没有称呼。

“妈妈，先看我的，先看我的。”菲菲接过纸袋后，梅梅嚷嚷着说。

“好，先看女儿的。”说着，菲菲把蒋毅楠的礼物代放在一旁，打开了梅梅递给她的礼物袋。

梅梅送给妈妈的是一瓶香奈儿牌的香水和一张生日卡。卡上用孩子稚嫩的笔迹用英文写着：

Happy Birth Day Mom

I Love you。

梅梅抢过生日卡，大声地念了起来。

看着聪明活泼的梅梅，蒋毅楠突然感到了一阵酸楚。他太想留在加拿大了，不知道从什么时候开始，他竟莫名地想像着也许有一天他能和菲菲一起在这里生活，恩爱到死，做一对长生不老的情侣。加拿大没有一胎政策，要是能留下来，蒋毅楠甚至还幻想着或许菲菲能给他生一个像梅梅这样可爱的女儿，弥补一下自己没有儿女的人生遗憾，创造一个有血肉联系的生命延续。

菲菲把梅梅楼进怀里，在女儿的脸上吻了一下说："谢谢你，还是女儿好。"说完，菲菲觉得当着蒋毅楠的面这样说不太合适，于是不好意思地对着蒋毅楠笑了笑。

"妈妈，妈妈，"梅梅挣脱妈妈的怀抱说："快看看他送给你的礼物吧。"说着，梅梅把另一只纸袋塞进了菲菲的手里。

菲菲首先拿出来的是一张生日卡，打开生日卡，上面很简单地写着：

"菲菲：生日快乐

蒋毅楠"

接着，菲菲拿出来的是一个精致的长方形小盒子，菲菲突然感到心跳加速，她看了一眼蒋毅楠，猜不出来这会是一件什么东西，也不敢猜这是什么东西。当菲菲慢地打开了小盒子的时候，她惊讶地看到，睡在小盒子里面是一根银光闪闪，十分精致的脚链。

菲菲的眼睛湿润了，她小心翼翼地把脚链捧在手心里，一个字也说不出来。显然这根银脚链的价值没有洪哥送的那条金项链贵重，但菲菲却觉得，这是她一生中收到的最高雅，最漂亮，也是最珍贵的礼物。

"喜欢吗？"坐在一边的蒋毅楠微笑着问道。

菲菲抬起头，泪光盈盈地点了点头。

"帮你戴上？"蒋毅楠又问。

"我来，我来，"梅梅扑上来一把将脚链抓了过去。

"轻点，梅梅，别弄断了。"菲菲责怪地说。

"不会的呀，妈妈。"说着，梅梅蹲了下来，把脚链戴到了妈妈的脚腕子上。

　　"妈妈，妈妈，你们也亲一个。"给菲菲戴上脚链后，梅梅突然起哄地嚷嚷道。也不知道梅梅的小脑袋瓜里都在想些什么。

　　菲菲和蒋毅楠相互对视着，有些尴尬，不过蒋毅楠还是走到菲菲面前，在她的额头上轻轻的吻了一下后说了声生日快乐。

　　一件礼物，一声祝福，一个亲吻，此情此景，万般动人，这让菲菲神采飞扬。菲菲感激地看着蒋毅楠，她怎么也想不到，这样一个一脸严肃的人，居然也能营造出这样一个温馨时刻，这让她感到无比幸福。这是自妈妈去世后菲菲度过的最美好的一个生日，这幸福重又激起了她对爱的渴望，初次与蒋毅楠在一起后的悔恨这个时候已经荡然无存，菲菲内心深处的爱情之火再次点燃。

　　尽管舍不得离开，但和菲菲亲热之后，蒋毅楠还是没有留下过夜，他满腹心事。昨天，妻子在电子邮件中说，部队领导找她谈话了，说蒋毅楠在国外的学习已经超期半年，至今还没有回去，也没有和单位联系，领导找不到他，只能要求他妻子通知他，希望他能尽快给领导一个答复，什么时候归队，所以，他今天必须要给家里和部队打个电话，希望部队领导批准他再延长一年的学习时间。

　　老胡两口子上个月带着孩子已经从北京回来了，并且把蒋毅楠办移民需要的材料也都带来了。拿到材料后，蒋毅楠一分钟都没耽搁就把材料整理好了，而且已经寄到了加拿大移民局。尽管蒋毅楠心急如焚，不知道要等多久才能得到移民面试的通知，但他认为有一年的时间，移民情况应该会有消息的，如果在一年之内还批不下来，估计基本就没戏了，到时候只好再做打算。

　　蒋毅楠实在不想回国。今天菲菲的生日，更让他坚定了这个想法。他太希望能有个安宁的家和一个自己的孩子，就像梅梅这样的女儿，如果老天能成全他，那么他蒋毅楠一定会把他的女儿像掌上明珠一样捧在手里，含在嘴里，他一定会为她上天摘星星，下海捞月亮。

　　这是一个静谧的夜，月色撩人，令人遐想。蒋毅楠匆匆走后，菲菲又陷入了沉思。刚才的幸福转眼即逝，菲菲此时此刻才了解到她对蒋毅楠那不该拥有，但又不愿放弃的依恋越来越强烈，越来越折磨人了。菲菲还不能确定这依恋是感激还是爱情，但是她想，如果只是感激，那又有什么关系，可是，如果是爱情呢？想到这里，菲菲不敢再想下去了。从今天开始，她已经 36 岁了，人到中年，没有岁月可以等待，但是自己依然家不成家，业不成业，生活连个希望都没有。菲菲的心是那样的荒凉，就像是一个孤独的流浪者，跋涉在一望无际的沙漠中，她需要希望的指引，需要一双手帮她一把，需要一个坚实的肩，让她在累了的时候可以靠一靠。

第七章　画符

　　这是一个人们盼望已久的长周末。尽管正值仲夏，但并不炎热，生活在城市中的男女老少们纷纷走出家门，或在街头公园，或去乡间湖畔，品尝阳光的味道，聆听鸟叫与蝉鸣，享受着大自然赐予的生机与盎然。

　　梅梅一直想去动物园玩玩，这个周末蒋毅楠没什么安排，他答应等梅梅上完了绘画课就带她去动物园。吃过早饭，菲菲把梅梅送到英惠家去学绘画之后便和蒋毅楠一起来到街头公园，等着梅梅下课。

　　天空一清如洗，如同一条精美的东方壁毯悬挂在城市的上空。街头公园，菲菲提着野餐篮子，挽着蒋毅楠胳膊来到一棵大树下，她拿出一条野餐用的毯子，铺在了草地上。蒋毅楠伸开双臂，懒懒地躺了下来，舒适地像是睡在宝宝的摇篮中。绿草清香，暖风轻轻吹过，大树枝繁叶茂，树影婆娑，摇曳着撒在他的脸上，温暖的阳光透过树干附在他的肩头和身上。蒋毅楠眯着眼睛，出神地凝视着天空，似乎魂不附体，哦，天是这样的近，但又是那样地遥不可及。蒋毅楠触景生情，心头不由得升起既有此生难得的满足，又有好景不长的担忧，而这担忧弄得他抑郁寡欢，想到自己要办的那些事，还有想要实现的梦想，他的心头就不由得又是一阵阵抽搐般地发紧。

　　那天从菲菲家回去后，蒋毅楠立即给部队打了电话，希望部队允许他再多待一年。单位领导说这事他们做不了主，希望他能打个报告，他们要报到上一级领导批示。第二天，他把留下来再学习一年的理由，以及前一年访问交流的总结写成报告，发回部队，并焦急地等待着部队的批准。可是时间已经过去快一个月了，他仍然没有接到部队的任何消息，蒋毅楠的心里七上八下，他不知道等待他的是凶是吉。

菲菲坐在了蒋毅楠的身边，目不转睛地看着他的脸，脑海里出现的却是一个玫瑰色的天空，一个红花绿草的伊甸园，和蒋毅楠在一起已经成了菲菲生活中的乐趣和不可或缺的一部分了。蒋毅楠发现菲菲正出神地盯着自己，于是便不再去注意那富有浪漫色彩的天空和白云，他转过脸去，望着菲菲疑惑地问道："看什么呢？我脸上有什么东西吗？"

"你脸上什么东西都没有。"菲菲摇着头，一脸的天真无邪。

"那你盯着我看什么呢？"说着，蒋毅楠下意识地抹了一把自己的脸。

"就是喜欢看你呗，看不够。"菲菲温情地说道，满脸写着爱意。

"得了吧你。"

蒋毅楠笑了，他一把将菲菲拉进怀里，开始咯吱她。菲菲也笑了，她奋力反抗着，两个人像孩子似地在草地上打起滚来。挣脱了蒋毅楠，菲菲气喘吁吁地在蒋毅楠身边趴了下来，这个时候，菲菲突然发现蒋毅楠的胳膊上有一道长长的，暗褐色的伤疤，足有三英寸长。

"哟，你这是怎么了？"菲菲不笑了，她惊讶地指着伤疤问道，奇怪自己为什么从未注意到过这道长长的伤疤。

听到菲菲的问话，蒋毅楠的笑声嘎然而止。他收起笑容，低头看了看伤疤，又抬头看了看菲菲，然后转过脸去，脸上浮现出一丝难以名状的痛苦。

"小的时候跟人家打架留下的吧？我哥哥小的时候也常和别人打架，有的时候是替我打架，我小的时候特别怂，"菲菲自顾自地说着，她认为男孩子要长大成人，总是要有些伤疤留下来的。

"打架？我小的时候胆小如鼠，是个所谓的好孩子。我是家里最小的，而且是唯一的男孩，所以都是姐姐们保护我，我不会打架。"蒋毅楠不好意思地说。

"那这伤疤是怎么回事？从树上掉下来树枝刮的？"菲菲发挥着她的想象，努力猜测着，想知道这道可怕的伤疤到底是怎样留下来的。

"都不是，是我老婆拿菜刀砍的。"犹豫了一下之后，蒋毅楠终于带着怨气说出了原因。

"什么？！菜刀？！"菲菲盘腿坐了起来，她大瞪双眼，吃惊地看着蒋毅楠，战战兢兢地问道："为什么？"

"她说她恨死我了。"

"恨死你了？你怎么得罪她了非要动刀子不可？"蒋毅楠的回答让菲菲感到愤愤不平，她简直不相信这样一个温存的男人，怎么会被自己的妻子恨到这种地步，好像不杀之不足以平怨恨似的。

"因为我要离婚。"蒋毅楠的眼睛依然看着天空，平静地说道。

"离婚？为什么？"听蒋毅楠说到离婚二字，菲菲更加诧异了。

蒋毅楠没有说话。

看到蒋毅楠没有回答，菲菲小心翼翼，迅速地用手抚摸了一下那道疤痕，然后哆哆嗦嗦地说："啊哟，你们家的刀这么锋利呀，我的刀可没这样快，切个肉都挺费劲的。"

蒋毅楠扭头撇了菲菲一眼，他觉着菲菲这话说的好像是幸灾乐祸似的起哄。

　　"疼吗？"菲菲恐怖地盯着伤疤，又问道。

　　"伤疤早就不疼了，但心上留下了永远的痛。"

　　"你太太不是个当兵的吗？怎么这样凶猛呀？"

　　"菲菲，咱们不说这些伤心的事了好不好，每次说起这些事我都要难受好几天。"蒋毅楠恳求道。

　　"好吧，好吧，那就不说了。"

　　这大概是菲菲知道的、最恐怖的家暴了。菲菲头皮发紧，她翻身在蒋毅楠的身边躺了下来，满怀同情地忍不住又嘟囔了一句，"怎么会是这样，好可怕哟。"

　　都是那个刀疤惹的祸，蒋毅楠一脸的乌云，一整天都是阴沉沉的。菲菲心想，自己离婚的时候，虽然也是闹翻了天，但也没有闹到如此暴力的地步，因此，她不能想象蒋毅楠的婚姻关系到底有多么糟糕，吓得她从此再也不敢问及任何一点关于他和他妻子的事了。

　　九月的凉爽已过，转眼到了金色十月。中秋节的时候，蒋毅楠在菲菲的小屋里度过了一个非常幸福的夜晚。良辰美酒，明月撩人，两个人如胶似漆，难舍难分。中秋过后，蒋毅楠邀请菲菲周末一起去郊外照相看红叶。周日吃过午饭，菲菲把梅梅送到英惠家去学画，并告诉英惠说她和蒋毅楠想到郊外去照红叶，可能会晚一点来接梅梅，等梅梅上完了课，请英惠照顾她几个钟头。英惠满口答应，说没有问题，放心玩去吧，梅梅就留在她家里吃晚饭好了。

　　两个月前蒋毅楠就收到了部队的批准，同意他再学习一年的申请。这让蒋毅楠喜出望外，不过，虽然部队已经又批准了一年的学习时间，但教授只答应再给他半年的助学金，而且这钱眼看就要停发，所以他必须尽快找到一个工作，把学签改成工签，这样他才能继续留下来，等待移民局的通知。收到部队的批准后，蒋毅楠就立即开始寻找工作了，简历发出去后，他很快就接到了外省市的几个面试电话，一家公司人事部来人面谈后，蒋毅楠幸运地得到了他期待的正式应聘。工作定下来了，但蒋毅楠没有立即告诉菲菲，因为他一直在考虑如何处理他和菲菲的关系，从此了结，一走了之，还是把这段感情继续下去。

蒋毅楠和菲菲已经相识快一年了，尽管两个人接触频繁，也很亲密，但并不是天天见面，周周做爱，他们只是每天晚饭后通个电话，始终保持着朋友的关系，也可以说只是性伴侣的关系，而且双方都心照不宣地极力回避着一个敏感的话题，那就是婚姻。一方面时机尚未成熟，两个人都还没有考虑好是否应该继续加深他们之间的关系，因此，如果唐突地介入这个问题，也许会伤害彼此的感情，破坏了两人之间的友谊。

蒋毅楠喜欢菲菲，而且越来越喜欢，能和菲菲在一起生活当然是件求之不得的事，但一想到离婚两个字，他就头疼、就肝颤。根据他以往的经历，他知道只要他一提离婚的事，他的那个家就像是遭遇了八级地震外加十二级强台风似的，因此，他实在是不知道自己是否有这个勇气，也不知道离婚将会有多么大的伤筋动骨，他害怕，害怕婚没有离成，没准会弄得个家破人亡，同归于尽。另外，自己的移民身份尚未确定，何去何从尚不明朗，万一移民失败，留不下来，他断定菲菲肯定是不会愿意和他一起回国生活的，当然，他也没有权利要求菲菲为他做出这样的牺牲，到那个时候他们又该怎样收场呢？蒋毅楠拿不定主意，更不敢许诺，他似乎在等待一个外部的压力，或者一个什么好运气的到来，准确地说也就是移民的成功。但是，眼看就要离开温城，他总不能一声不响失踪般地走掉，当然，在走之前，蒋毅楠除了想知道他自己的真实感情外，他更想知道菲菲到底是怎样想的。今天，他约菲菲出去，就是想和菲菲谈谈这件事。

　　秋天是一个多愁善感的季节，她即带着收获的喜悦，又带着百花凋零的无奈。

　　从英惠家出来，蒋毅楠带着菲菲驱车来到郊外，沿着高速公路漫无目的地向东一路驶去。

　　开阔的田野在车窗外掠过，举目望去，蓝莹莹天上白云朵朵，公路两旁的枫叶或黄、或绿、或红，色彩斑斓。肥沃的土地上点缀着撞撞农舍和浓密的树林。已经收割了的田野金灿灿一片，一架大型联合收割机正演奏着一首欢快的田园交响曲，轰隆隆地收割着最后的一片玉米地。被碾碎的玉米杆喷洒出来，画出一道彩虹般的弧线，在收割机的后面飘扬着，散发着浓郁醉人的香气。不远处，一个木头栅栏围起来的农场里，一群奶牛正低头悠闲地吃草，在那一眼望不到边的草地上，准备给奶牛过冬用的剁草卷，星星点点地撒满田野。路边一座维多利亚式乡村小教堂矗立在枫叶丛中，古老优美，圆拱形的窗户像是沐浴在上帝的阳光之中。在太阳的辉煌之中，神圣庄严的教堂尖塔至高无上地指向天空，石头堆起的围墙围绕着长满野花的墓地，几只乌鸦呱呱地叫着，绕着大大的圆圈在教堂周围的树梢上盘旋着，让人感到仿佛置身于一副悲凉的风景油画之中。

　　一路上，菲菲和蒋毅楠都不说话，他们各有各的心事，而且好像谁都不想首先打破这沉默。

　　菲菲睁大眼睛望着窗外，却视而不见窗外那美丽的景色，她微微皱着眉头，沉思着，猜测着，忐忑不安。蒋毅楠几次欲言又止，好像有什么话要对她说，那么他要告诉她什么呢？后悔了？不再来往了？还是移民被拒，或者学习结束，要回国了？

　　菲菲六神无主，她不能想象没有蒋毅楠的陪伴她的生活将会是个什么样子。将近一年来的时间，尽管她和蒋毅楠并不是朝夕相处，也从未谈婚论嫁，但可以说，他们就像一对年轻的初恋情人那样，也算得上是恋得炽热。爱情真是一种甜蜜的痛苦，因此，无论蒋毅楠是人走还是心走，对于菲菲来说都是一件难以接受的事情。也许是因为在蒋毅楠的身后依然还有着一个婚姻关系的缘故吧，菲菲从来就没有想要和他有什么婚姻的结果，她只是想单纯地享受和他在一起的时光，对于菲菲来讲这就足够了。

蒋毅楠一边开着车，一边想着如何开口，他想菲菲可能也已经预感到了什么，他怕菲菲难过，又怕菲菲不在乎，他希望菲菲真心爱他，但又担心他无法回报，蒋毅楠几次话到嘴边，又咽了回去。就这样，他们一路上时而下车照照枫叶，时而手拉手漫步在已经不再生机盎然的田野上。菲菲不时地弯下腰去，随手捡起几片飘落在地上的枫叶捧在手里，看着手掌中的红叶在太阳的照射下发着金色的光芒，菲菲说是她要带几片回去给梅梅做书签。就这样，两个人东拉西扯，一路上都是说些无关紧要的废话，就是没有勇气说点正经事。

落日正在西沉，辉煌地挂在天边。蒋毅楠把车开进一条砂石小路后停了下来，一泓湖水蓦地展现在他们眼前，岸边是一个幽静的沙滩和一片枫叶飘飘的小树林。晚霞中，枫叶倒映水中，湖水波光粼粼，几只小船点缀在湖面上，一艘快艇飞驰而过，掀起串串白色浪花。天已渐冷，沙滩上没有一个人，菲菲和蒋毅楠并肩坐在湖边，静静地看着茫茫湖水，聆听着波浪的拍击和低语，还有海鸥们伤感地鸣啭。

"菲菲，等我拿到了移民身份，咱们也去买一艘游艇，你看怎么样？"蒋毅楠喃喃道。

咱们？这分明是话中有话，蒋毅楠好像有意在安慰她。菲菲看了一眼蒋毅楠，她知道，蒋毅楠把她带到这里，不只是来看湖水照枫叶的，他一定是有什么事要说。菲菲没有说话，她仰面朝天躺在沙滩上，半阖着眼睛，半张着嘴，吟味着掠过两颊的秋风，等待着蒋毅楠最后的摊牌。

见菲菲不说话，蒋毅楠俯下身去轻轻地吻了一下菲菲那红红的嘴唇，"嗨，菲菲，挺冷的了，小心着凉，起来吧。"

蒋毅楠把菲菲从沙滩上拉起来后，终于鼓起了勇气说道："菲菲，有点事要跟你说，咱们走走好吗？"

菲菲的心剧烈跳动起来，她害怕听到就要听到的谈话内容，哦，她希望一切都不要改变，永远都不要改变。她祈求时间为她停止，祈求蒋毅楠永远留在这里。菲菲不敢看蒋毅楠的脸，她挣脱他的手，仰着头，伸展着双臂，像一只在暴风雨来临前迎风飞翔的海鸥，沿着湖边跑了起来。水浪宁静而富有节奏地拍打着沙滩，在她的脚下四散飞溅。

蒋毅楠追了过去，他一把拦腰抱住菲菲，"菲菲，别跑了，我有事要和你说。"

菲菲停下脚步，她转过身来看着蒋毅楠，声音有些颤抖地说："我知道你有事要跟我说，是不是要走了？"

尽管菲菲最不想听到的就是这个，但她知道她必须面对。

"菲菲，我在多伦多一家美国公司找了一个工作，年薪七万，我很满意这个工作，是的，"蒋毅楠停顿了一下之后才说出最关键的四个字，"我要走了。"

"哦，祝贺你呀。"说完，菲菲在蒋毅楠的脸上轻轻地亲了一下，转身就走。

对于这个消息，菲菲并不感到十分吃惊，她知道这是迟早的事。菲菲强装高兴，不想让蒋毅楠看到她就要掉下来的眼泪，更不想让他看出她无法留住他的痛苦。

　　"你跟我来吗？要是想跟我来，你和梅梅就要准备一下了。"蒋毅楠跟在菲菲身后这样说道。说完之后，蒋毅楠吃了一惊，他被自己脱口而出的话吓了一跳。

　　终于说出来了。菲菲停住了脚步，她转过身去凝视着蒋毅楠，心中翻江倒海。她感激蒋毅楠能这样对她说出来，她又何尝不想永远和他在一起呢，可是菲菲已经懂得了，靠谁都不如靠自己，她在这里有工作，有房子，如果她不顾一切，冲动地放弃能让她独立生存的这一切，那她不是傻了就是疯了。想到这里，她小声地对蒋毅楠说："对我来说说走就走可没那么容易，所以，你得容我好好想想，行吗？"

　　"来吧，菲菲，跟我来吧。"蒋毅楠带着恳求，又是自己意想不到地补充了一句，他自己也不知道他为什么要这样说。

　　"我想我不能跟你去，"菲菲最后还是摇了摇头，"你的移民身份还没有下来，要是哪天你必须回国了，那我怎么办呢？如果你移民成功了，你太太来了，那我又该怎么办呢？我是你什么人？为什么要跟你走？"菲菲终于说出了她一直憋在心里的委屈。

　　"菲菲，我已经决定离婚了，这你是知道的，我早就想离婚了。"说完这话之后，蒋毅楠如释重负，这大概就是他真实的想法吧，多少年来，他一直被这个想法折磨着。如今他人在加拿大，也就没什么可担心的了，另外，他似乎突然明白了他已经找到了他所需要的动力，这动力就是菲菲。蒋毅楠突然相信他对菲菲是真的动了感情，是的，他爱菲菲。

　　"你只是决定离婚，可你不是还没有离吗？！等你自由了以后再来跟我谈这件事吧！"菲菲对着天空痛苦万分地吼道。

　　"菲菲……，"蒋毅楠垂头丧气地叫了声菲菲。一想到自己目前的处境，蒋毅楠刚刚鼓起来的勇气和决心又没了一半。

　　"我没有逼你去离婚的意思，也没有说一定要嫁给你，关于婚姻这件大事，我们都需要慎重考虑。梅梅还小，正在上学，她需要一个稳定的生活环境，所以，在事情没有想好之前我不能再让她跟着我东奔西跑，流浪人似的。这样吧，你先去，容我想想，好吗？"就要分手，菲菲不想在这个时候跟蒋毅楠争论什么。

　　蒋毅楠不再试图说服菲菲了，菲菲是对的，他蒋毅楠的心里也很清楚，尽管他真的希望菲菲能跟他一起走，但现在，在他的身份没有确定之前，他的确也是没有能力承担一个家庭的责任。而他现在又不能跟老婆提离婚的事，他知道，如果老婆知道了他要离婚，那他办移民的事将会彻底毁在她的手里，不过蒋毅楠暗下决心，如果移民办下来了，他绝不把老婆带到加拿大来，给她一些钱，作为赔偿，把这个劳什子的婚彻底离掉。想到这里，蒋毅楠不再说话了。

　　天光渐渐隐去，四下暮霭茫茫。该回家了，蒋毅楠拉起菲菲的手向路边走去，细沙悉索作响，在他们身后留下了四行弯弯曲曲的脚印。菲菲松开蒋毅楠的手，走到他的身后，像儿时玩老鹰抓小鸡的游戏，她拉起蒋毅楠衣服的后下摆，像个孩子似的低头跟着他，一步又一步，把她的脚踩进蒋毅楠留在沙滩上的脚印中，四行脚印变成了两行，两对脚印变成了一对。菲菲边走边回头，忽然间，她感到好像曾经在什么地方见到过这情景、这脚印。在哪里？在梦里还是在潜意识中？她想不起来了。菲菲停下脚步，转身凝视着那些脚印，这些脚印就像是印第安人的一种符号，似乎在预示着什么，神秘莫测。

　　然而，不知道为什么，这沙滩，这脚印，都深深地印在菲菲的脑海中，在以后很长的一段时间里，它们经常出现在菲菲的睡梦中，菲菲想要破解这些符号，但又始终茫然不得其解。

第八章　　无悔

　　蒋毅楠在网上找好了住的地方之后，把车卖了。这辆二手破车是他刚到温城时花几千加币买的，毛病很多，在城里开开还凑合，但是能不能开到多伦多去，蒋毅楠心里就没数了，他担心车坏在路上，耽误了他的行程，不过他想，如果移民批下来了，他就可以去买一辆好车了。

　　为了和菲菲联系起来方便省钱，蒋毅楠帮着菲菲买了一台电脑，安装好了之后就开始教菲菲如何使用，在这之前，菲菲还从来没有接触过电脑。蒋毅楠先设置了谷歌（Google）作为首页，然后在雅虎（Yahoo）上给菲菲注册了一个电子邮箱，当然，蒋毅楠也没有忘记教会菲菲如何使用银行网上付账，这样，菲菲就可以不用跑到银行去付款转账了。另外，蒋毅楠还给菲菲下载了一个免费的语音聊天功能（Free Call），说用这个功能可以像用电话一样的聊天，这样可以省掉很多长途电话费用。走之前，蒋毅楠还留给菲菲一件东西，一个小巧、精致的磨刀器。蒋毅楠把磨刀器递给菲菲的时候，他一本正经地对菲菲说她的菜刀的确太钝了，这个磨刀器非常好用，有时间把刀磨一磨，说不定还可以用来防身，而这个只有他们两个人才能听懂的黑色幽默，让菲菲觉得又好笑又难过。一切都安排好了，过完了感恩节，蒋毅楠离开了温城，走的那天，是老胡开车送他去的机场，菲菲没有去机场送行，她害怕她会当着老胡的面哭出声来的。

　　蒋毅楠走后，菲菲感到心里空落落的，就好像蒋毅楠把她的心也带走了似的。菲菲一整天都恍恍惚惚，无精打采，晚上下班回家，她突然想起蒋毅楠让她不要关掉电脑的叮咛，因为他可能会随时上网和她说话，想到这里，菲菲立即把放在客厅里的电脑打开了，没想到，刚一接通电脑，就听到 Free Call 的铃声嘟铃铃，嘟铃铃地响个不停，哇！真的是蒋毅楠。菲菲高兴极了，她用鼠标点了一下电脑下边的那个小喇叭，蒋毅楠的声音立即从电脑上的麦克风里中传了过来，"嗨，菲菲，我到了，你在干什么？我已经叫了你半天了。"由于线路质量的原因，蒋毅楠的声音听着有些颤抖，断断续续。

"我刚下班回来，你怎么样？还好吧？"菲菲迫不及待地问道。

"还行，明天我就去报到上班，不过我住的地方离上班的地方挺远的，要有一个多钟头的路程。"

"噢，都安顿好了吗？"

"好了，一个人也没什么好安顿的。今天晚饭你们准备吃点什么呀？"

"不知道，没有你，我六神无主，都不知道该吃点什么好了。"菲菲开玩笑地说道。

"哈哈哈，"电脑里传来蒋毅楠快活的笑声，"哦，说到吃饭，我得去买点吃的，趁超市还没关门，赶快去，不然人家要关门了。"

"那你就快去吧。"

"好，一会聊。"

"好吧，一会聊。"

"那我下线了，88，想你。"

"88。"菲菲学着样子，也来了个88后，蒋毅楠下线了。

梅梅已经睡了，菲菲仍然独自坐在客厅里，没有困意。她眼睛盯着电视，却不知道电视里演的是什么，因为她满脑子里想的都是蒋毅楠。

自从那天湖边蒋毅楠说他要走了之后，菲菲的心里就一直乱糟糟的。想当年，和洪哥在一起的时候，她快乐过，但并不感到幸福。对于洪哥，菲菲只是一种依赖，准确地说，是物质上的依赖，菲菲从来都没有问过自己是否爱他，而如今，扪心自问，她还是不知道她是不是曾经爱过他。然而，当蒋毅楠一场梦般地进入她生活之后，菲菲感到了从未有过的幸福，一种梦寐以求的幸福。蒋毅楠是她的朋友，更是她的精神支柱，近一年来，蒋毅楠给了她许多帮助、许多陪伴，还有许多温存，而菲菲只想把余生都给他，只要他能为她留下来。

情不知所在，却一往深情，菲菲爱蒋毅楠，但又说不清为什么爱他，她只觉着凡是她喜欢的，蒋毅楠的身上都有，他黑黑的头发、严肃的表情、温柔的眼睛，他的耐心、他的随和、他会做鱼丸子的手艺，还有和别人不一样的军人气质，甚至那道可怕的刀疤，在菲菲看来这一切都是蒋毅楠的魅力所在。是的，在菲菲的眼里，蒋毅楠是那样的完美无缺。爱情令人陶醉，幸福却如此短暂，蒋毅楠走了，菲菲心中一片狼藉，思念的痛苦挥之不去，如影随形。

菲菲没有把电脑关上，晚饭后她一直坐在客厅里，因为她有一种直觉，蒋毅楠一定还会上网来找她，他一定也睡不着。也许这就是一种心灵感应吧，果不其然，菲菲等到了，十点多钟的时候，电脑中的铃声又响了。

接通了 Free Call，菲菲立即听到了蒋毅楠的声音，"菲菲，怎么还没睡呀？"

"睡不着。"菲菲老老实实地说。

"为什么？"

"心里乱乱的。"

"我也是，想你，菲菲。"蒋毅楠声音沉沉地说，口气里没有一点玩笑的成份。

　　菲菲没有说话，她不知道说什么好。虽然才分开一天，可是这个时候的她已经觉得自己又积攒了许多温柔，只想给他，不顾一切地立即给他。爱情，特别是从沉睡中唤醒的爱情，使菲菲的内心充满了阳光，这阳光溢满而出，撒向人间。

　　"菲菲，我想你，想抱着你。"蒋毅楠又重复了一遍。

　　"我也想你。"菲菲对着电脑有些羞涩地喃喃说道。

　　"哎，菲菲，我突然希望每天都能见到你，每天都能听到你的声音，知道你都在干什么，不知道为什么，以前我好像从来也没有过这种感觉。"

　　蒋毅楠叹了口气，他的声音是那样的性感好听，带着一丝忧伤，远远地从电话那头飘过来，说得菲菲心里好难过，眼泪都要掉下来了。是呀，菲菲又何尝不想这样呢。

　　"我还能再见到你吗？"菲菲有些犹豫地问道。

　　"看你说的，怎么不能，你要是一时半会不想过来，我就去看你。"

　　"真的？"菲菲有简直不敢相信自己的耳朵。

　　"真的，你说你想让我什么时候去看你吧，明天我就订机票。"

　　本以为和蒋毅楠分手后，今生难以再见，可没想到蒋毅楠居然主动提出专门来看望她，这让菲菲大为感动，如此说来，蒋毅楠对她还是有感情的。想到还可以再见到蒋毅楠，菲菲百感交集，顿感生活又变得美好了起来，离别的忧伤猛地一扫而光，变成了有生以来最强烈的鼓舞。

　　"真的？别骗我。"菲菲掩饰着自己的高兴，将信将疑地又问了一遍，她还是不能相信这会是真的，因此她想让蒋毅楠再说一次。

　　"不骗你，春节好不好？"

"哦，春节？那要到一月二十四号了吧，还要等好几个月呢。"菲菲真是恨不能立即见到蒋毅楠。

"菲菲，我刚工作，不好立即请假，不过我保证，春节我一定会去看你。"蒋毅楠说。

"那好吧，不许骗人，到时候你要是不来，我一辈子都不再理你了。"菲菲撒娇地说。

自从梅梅开始学画画，周日菲菲也就没有时间再去教堂了，再说，梅梅也没有必要再到教堂学英语、找小朋友了。梅梅已经有了学校的同学和朋友，所以现在的菲菲，每天上班下班，买菜做饭，照顾梅梅，千篇一律，除此之外，唯一能让菲菲高兴的事，就是向以往一样临睡前在电脑上和蒋毅楠说说话。他们经常聊到深夜，要不是第二天都要去上班，他们是不会下网的。

蒋毅楠告诉菲菲说，他工作的这家公司是美国一家比较大的IT 公司，在很多国家都有分公司，很正规，虽然工资待遇很好，但要求也十分严格，可以说近乎于苛刻，因此工作压力很大。由于是跨国公司，很多会议都是在视频上召开，这对英语听力不是很好的蒋毅楠来讲还是有些困难的，所以他经常因为听不懂而感到十分苦恼。由于公司离住的地方比较远，上下班都是公共汽车加地铁，每天要花三四个小时在路上，在加上新工作带来的挑战和压力，耗费了蒋毅楠大部分的时间和精力。另外，最让他着急的是移民的情况，自从申请递交上去后，已经好几个月了，可还是没有任何消息，他已经打电话去移民局问过两次，而每次移民局官员的回答都是一样的：耐心等待。据公司里的中国同事说，即便就是在加拿大申请移民，最快也要等一年多的时间才能有消息。不过，尽管这样，蒋毅楠还是非常高兴每天能抽点时间，在睡前和菲菲说说话，哪怕就是几句话，要不然，他睡不着。除此之外，蒋毅楠隔三差五地还必须要和国内联系一下，给妻子打个电话，不能让妻子起疑心，总而言之，他说他活得挺累，也很扭曲。

不知道从什么时候起，菲菲就已经开始喜欢毫无顾忌地对蒋毅楠唠唠叨叨，柴米油盐，家长里短，大人孩子，琐琐碎碎，好像蒋毅楠和她就是一家人，他就是这个家的男主人，只不过是出差在外而已，这让蒋毅楠感到十分亲切。

菲菲告诉蒋毅楠说，她也非常想念他，以前，蒋毅楠在的时候，她没觉着什么，可现在，蒋毅楠走了，又离得这样远，她感到生活非常寂寞，每一天的时间都仿佛过得那样漫长，不过毕竟是做母亲的，菲菲说的最多的还是梅梅。菲菲说，前两天，卧室的灯泡又憋了，是梅梅换上的，而以前这些事都是蒋毅楠来帮着做的，这让菲菲更加想念他了。菲菲还告诉蒋毅楠说，前些日子，梅梅放学回家，一扫以往的欢蹦乱跳，进门把书包往沙发上一摔，坐下来就开始玩儿游戏机，一句话也不说，像是得了自闭症似的，令人十分担心。菲菲问她为什么不高兴，梅梅总是回答说没什么，菲菲追着问了好几天梅梅才说，好朋友杰西卡退学了，而且全家都搬走了。菲菲问梅梅为什么，梅梅说，杰西卡怀孕了，因此遭到了同学们的歧视和欺辱，她妈妈没办法，就把她给带走了。怀孕了？！这事让菲菲感到非常震惊，虽然杰西卡比梅梅大一些，但也只有十三岁，还是个小姑娘呀！怎么就怀孕了呢？而且据梅梅说杰西卡的男朋友也是一个未成年的孩子。

刚到这里上学的时候，由于对环境的生疏，加上语言不通，梅梅感到十分孤单，是杰西卡第一个伸出友谊的手，并成为梅梅第一个，也是最要好的朋友。杰西卡走了，梅梅怎么能不难过呢，而且，在梅梅看来，做妈妈很不容易，所以她担心杰西卡不会照顾宝宝，担心她的好朋友永远不能再上学了。看到梅梅为好朋友的担心，除了对小姑娘杰西卡表示同情之外，最让菲菲担心还是自己的女儿。杰西卡搬走了，菲菲暗自庆幸，因为，菲菲觉着和这样的孩子在一起是一件非常可怕的事情，同时也是一件很危险的事情，孩子们在一起的时间长了，多多少少都会受到影响。所以，菲菲告诫梅梅，千万不能出这样的事，不要到时候毁了自己，也毁了妈妈。

没想到，听了菲菲的话，梅梅嘴角往下一撇，一脸不在乎地说她才不稀罕什么男朋友呢，有男朋友等于没有男朋友，没有男朋友，所有的男孩子都愿意帮你拎书包，为你去打架，也就是说等于有很多的男朋友。而且，她觉着他们学校的那些男孩子都傻呼呼的，她一点都不喜欢他们。梅梅的这一番议论让菲菲吃惊的下巴几乎掉下来了，她在心里感叹道，现在的孩子怎么了得，这么小小的年纪就知道关于男朋友的事，而且还有自己的想法，简直太可怕了。

关于梅梅的那一番话，蒋毅楠则认为小姑娘说的蛮有道理，他说，没想到梅梅居然是个情场老手，所以，他劝菲菲不用担心，这丫头将来不会吃亏的，等着瞧咱们的梅梅怎么把那些小男孩们玩的滴溜溜转吧。

菲菲对蒋毅楠的不以为然很有意见，她责怪地说，这样严肃的事情怎么可以随便笑笑，女孩子不严加管教怎么行，不管怎么说，对梅梅的约束一点也不能懈怠，因此，她说，作为妈妈，她还是要经常叮嘱梅梅，放了学就回家，不经她的同意，哪里都不能去。好在梅梅的确是非常着迷于绘画，这占用了她不少时间，而且自从杰西卡搬走后，梅梅也没什么地方可去，所以，放学后她很少出门，自己在家里画画，听音乐，玩游戏，这让菲菲放心了许多。

时间似乎过得很慢，菲菲和蒋毅楠度日如年，期盼着再次相见。在春节到来之前，有两个节日，一个是圣诞节，一个是新年。对于菲菲来讲，圣诞节没什么好过的，但梅梅受邻居、学校和同学们的影响，非要把圣诞节过得和别人家一样像模像样，所以菲菲只好买了一颗圣诞树，照着梅梅的主意用彩灯，小饰物装点了起来。另外，梅梅还根据学校烹饪课上学到的手艺做了一些圣诞树模样的小饼干，花花绿绿非常可爱。平安夜，菲菲邀请了英慧两口子到家里来做客，一来感谢英慧经常照顾梅梅，二要感谢夏尔教授有方，现在的梅梅，油画已经画得非常好了，前些日子，菲菲挑了一些梅梅自己满意的画，用镜框镶了起来，准备年前把这些油画挂起来。而这个圣诞节，菲菲最大的收获就是跟夏尔学会了烤火鸡。

新年除夕夜，英慧邀请菲菲和他们一同去夏尔的画家俱乐部参加新年晚会，由于晚会不允许带小孩，菲菲又不想大过年的把梅梅一个人留在家里，所以谢绝了，没有和英慧他们同去。正好，菲菲也要给上海家里打电话，问候家人平安，另外，她也和蒋毅楠约好了，除夕要在电脑上一起听新年钟声，共同迎接新的一年的到来。

除夕这天，吃过早饭，菲菲和梅梅就开始忙碌了起来。她们把小屋的楼上楼下，里里外外都打扫了一遍，还把已经镶好了的油画挂了起来。很快，客厅、走廊、卧室到处都挂上了梅梅那些带着天真童趣的绘画，这些画不仅减少了房子里原有的简陋感，同时也给节日增添了许多欢快气氛。挂好了画，娘俩和面拌馅，准备下午包饺子。下午，蒋毅楠打来电话，问菲菲在干什么，菲菲说，都准备好了，一会就可以包饺子了。蒋毅楠问菲菲准备包什么馅的饺子，菲菲说她准备用白菜和香菜包饺子，而且，她还准备在每个饺子里都放上一粒虾仁，菲菲说她想象着味道一定很好，因为她和梅梅两个人吃不了多少，剩了又要吃好几天，所以她不打算再做别的什么菜了。蒋毅楠说他一个人过年，好无聊，所以他真是恨不能立即飞过去和她们一起过年包饺子，不过，房东太太说晚饭请房客们出去吃，等他吃了饭回来，就上机陪着菲菲过新年。

十点多钟，蒋毅楠和菲菲上机了。

蒋毅楠说房东老两口是从台湾来的，人很好。老头老家本是河北唐山人，国民党撤退去台湾的时候，他被劫持一样地跟了过去。在台湾几十年，他一直是一个军医，退休后，老医生想回唐山老家，可是拧不过太太非要到加拿大来养老，所以举家移民加拿大。老两口的房子很大，除了自己住的房间，他们把多余的房间都租了出去。由于平时早出晚归，蒋毅楠从来也没见到过任何一个住在一起的其他房客，不过今天算是见全了，有北京来的，上海来的，五湖四海，加上房东两口子正好八个人，凑了一桌。房东太太非常热情慷慨，点的菜也很不错，鸡、鸭、鱼、肉、螃蟹大虾，估计把一个月收来的房租全花掉了。

差几分钟十二点的时候，菲菲打开电视，电视里正在实况转播美国庆祝新年的活动。时报广场上灯火辉煌，人头攒动，大苹果正在徐徐降落，最后十秒钟的时候，倒计时开始了，成千上万的人齐声欢呼着：十、九、八……三、二、一、零！咚！当辞旧迎新的钟声敲响的瞬间，广场上一片沸腾，彩色的纸屑像蝴蝶般飘散开去，漫天飞舞，融入夜空。人们相互拥抱着，亲吻着，欢呼声经久不息，新的一年开始了！

钟声一落，电脑里立即传来了蒋毅楠的声音，"菲菲，新年快乐！记住再有三周，我就去看你，好好等着，我要送你一件让你惊喜的礼物，我爱你。"

自打第一次冲动后蒋毅楠就从未有过片刻的后悔，但轻易说出一个爱字来，对于蒋毅楠来讲也并不是件容易的事，不是他不想说，而是他不敢说，他不想让人抓住他说话的把柄，将来要挟他，再次毁了他（尽管他已经被毁得差不多了），另外，他是否能够承担得起这个爱的责任，他也一直没有把握。两个多月来的分别，让蒋毅楠有时间，有空间，好好地整理了一下他的情感，说出这个爱字来之前，他是仔细想过的。是的，他实在是不想回到过去的生活中去了，在他看来，他的那个婚姻像是一座坟墓，耗尽了他对爱的热情，埋葬了他对美好生活渴望，残酷地吞噬着他热血滚滚的生命。

听了蒋毅楠的话，菲菲热泪盈眶，她幸福地哭了。自从认识蒋毅楠到现在，菲菲还是第一次听到蒋毅楠说他爱她。菲菲知道，说出这句话，对务实的蒋毅楠来讲是多么的不容易呀，这是需要勇气的。菲菲相信，这不是蒋毅楠一时激动脱口而出的话，因此，无论这份爱最终是否能够修成正果，她菲菲都无怨无悔地接受了。

第九章　　承诺

　　春节，终于在菲菲和蒋毅楠苦苦等待中到来了。

　　为了这次旅行，蒋毅楠也是望眼欲穿地盼望了很久。机票，刚到多伦多的时候就已经定好了。在北美，一些比较大，比较正规的公司，是允许少数民族雇员放一天假庆祝自己的传统节日，所以，蒋毅楠很容易就请了一天假，加上周末和一天的年度假，他可以有四天的时间来回一趟，去温城看望菲菲了。

　　飞机是下午两点多的，年三十的早上，蒋毅楠睡了个懒觉。起床后，他收拾好了行李，其实也没什么可收拾的，因为只有三个晚上，所以蒋毅楠只带上了洗漱用具和几件换洗的内衣裤，当然还有给菲菲和梅梅买的礼物，东西不多也不大，一个双肩背包足够了。不到十二点，蒋毅楠就来到机场，安检后他在候机大厅免税店买了一瓶威士忌，准备晚上和菲菲一醉方休。

　　登机后，蒋毅楠找到了自己座位。座位是靠着走廊的，蒋毅楠把书包扔到行李架上后便坐了下来。看了看表，还有二十多分钟才起飞，于是他闭目养神，心想再过几个小时他就又可以见到菲菲了，那是真实的菲菲，而不是每天想象中的菲菲。昨天，菲菲问他是否需要到机场去接机，尽管蒋毅楠是那样地希望一下飞机就能看到菲菲那张可爱的脸，但他还是劝菲菲说她没车不方便，他又不是小孩子，知道该怎么走，他让菲菲不要到机场去了，在家里等着他就好。话虽这么说，但蒋毅楠心里总觉着菲菲一定会到机场接他，因为菲菲曾经说过，她不喜欢送人，但总是会去接人。

　　正在胡思乱想，蒋毅楠觉着有人碰了他一下，睁眼抬头，他看到站在他身边的是一位穿着时髦的中国女子，这女子正在吃力地往行李架上放行李箱，蒋毅楠想了想，站起身来接过行李箱，帮女子把行李放进了行李架。

这位中国女子，浓妆艳抹，三十来岁的样子，高挑的个子，缎子般的皮肤收拾的柔软细腻，飘逸齐腰的长发黑玉般闪闪发亮，一双丹凤眼的眼角微微向上翘着，两道弯弯的眉高高挑起，给人一种冷若冰霜的感觉，虽然五官看上去并不是那种标致的漂亮，但在她的脸上却有着一种孤芳自赏，洛洛难合的神情，而且浑身上下都带着那么一股子劲，一股自认为她是世界上最有魅力的女人，可以让普天下男人们为她神魂颠倒的那种自信。

靠窗坐下，女子向蒋毅楠道了声谢谢后，便首先自我介绍说："阿萍，从深圳来的。"说着阿萍五指并拢，指尖向下，像一个老练的生意人那样，向蒋毅楠伸出手来，微微一笑。

"哦，你好。"蒋毅楠说着，也伸出手来和阿萍握了握。阿萍的那双又细又软的手，让蒋毅楠感到握在手里仿佛立即要化掉了似的。

"回家过年？"阿萍问道。

蒋毅楠懒得解释，敷衍地回答说，"是的，"为了表示礼貌，他简短地问了声，"你？"

"哦，我刚从中国来，我老公在这里。"阿萍的口气里有一种说不出来的感觉，骄傲？得意？好像都有点，说不清。

"哦，那有人来接你了？"

"是的，你呢？"

"还不知道呢。"

"噢，要是没有人来接你，坐我老公的车，我们可以送你一下。"

"哦，不用不用，谢谢你的好意。"

　　蒋毅楠不喜欢打扮得妖里妖气的女人，他觉着眼前的这个女人矫揉造作，特别是那张几乎没有下巴的脸，让人感觉有些怪怪的，另外，她身上那股强烈的脂粉味道，刺激的蒋毅楠头疼。蒋毅楠没有兴致再继续搭理这位香包似的邻座，他看了看表，又闭上了眼睛。

　　飞机起飞后，看到蒋毅楠没有再和她聊天的意思，阿萍转过脸去，面对舷窗，就像一路从中国过来时一样，始终凝视着窗外厚厚的云层。

　　经过三个小时的飞行，飞机准时到达终点。虽然不喜欢阿萍的样子，但飞机停稳了后，蒋毅楠还是帮着她把箱子从行李架上拿了下来，然后远远地跟在她的身后下了飞机。

　　尽管菲菲没有明确地告诉蒋毅楠她会到机场来接他，但为了给蒋毅楠一个惊喜，菲菲还是提前半小时就来到了机场，翘首等待着蒋毅楠的出现。飞机到达后很久，乘客们才陆陆续续地出现在出口的电梯上，在看到蒋毅楠之前，款款而下的阿萍首先进入菲菲的视野，不知道是阿萍的那身妖艳时髦的打扮和这里的时尚格格不入如，还是她的气质真的迷人，阿萍的出现不仅着实让菲菲眼前一亮，同时也吸引了整个接机大厅人们的注意，连空气似乎也为之凝固了几秒钟。女人才最懂得欣赏女人，哇！好时髦好漂亮呀！菲菲心里惊叹地嘀咕了一句。

　　一踏上接机大厅的电梯，蒋毅楠就看见菲菲那张可爱的脸庞正挂着微笑远远地望着他。正像他猜到的那样，菲菲还是到机场来了。蒋毅楠这会可没有耐心等着电梯一节一节慢慢地往下挪，他三步并作两步冲下电梯，一个健步来到菲菲面前，一把将菲菲抱起来，高兴地原地转了两个圈。

　　这真是连年怨阔别，一朝喜相逢。

　　"不是说好不让你来的吗？"蒋毅楠假装责怪地说。

"我知道你是希望我来的，所以反正也没什么事，就来了。"

"还是菲菲懂我，我的确是想一下飞机就见到你的。"蒋毅楠笑着老老实实坦白地说道。

"既然希望我来接你，那为什么又要虚伪地说不要我来呢？"说着菲菲娇嗔地用拳头轻轻地捶了蒋毅楠一下。

蒋毅楠没说话，只是嘿嘿地傻笑了两声。

"你看，这女的好时髦呀。"菲菲回头看了一眼正在和一个洋老头说话的阿萍。

"哦，中国人，和我坐一块的，好看吗？你不觉得太妖艳了些吗？品味不高，一看就是个不正经人。"

"就你品味高，就你正经！你怎么知道人家不是正经人，人不可貌相，你懂不懂。"菲菲反驳道。

"好好，我不懂，不过我不喜欢打扮成这个样子的女人，你天生丽质，用不着打扮都比她漂亮。"

"你可真会说话。"菲菲不好意思地说道。

"真的，我说的是实话。走走，咱们走吧，在我眼里你最漂亮，别羡慕别人了。"蒋毅楠笑嘻嘻地说。

说着，蒋毅楠拉起菲菲的手走出了机场接机大厅。

冬季夜长日短，天黑得早，两个人到家的时候，外面已经漆黑一片了。一进大门，蒋毅楠就吃了一惊，原来的那间客厅，已经今非昔比，除了沙发上面那张他从夏尔那买来送给菲菲的油画外，客厅四周的墙上又新添了几幅梅梅的油画。另外，窗帘也换了，菲菲还在李哥的礼品店买了一个中国传统图案，古香古色的屏风，档住了一进门就一目了然的厨房，和厨房里那些乱七八糟的锅碗瓢盆。

“哟，变样了，不错不错。”蒋毅楠点着头赞不绝口地说道。

“那当然，总不能老是像住在贫民窟里似的吧。”蒋毅楠的夸奖让菲菲感动十分得意。

“哇！真没想到梅梅现在画画得这样好了，不错，真不错。”蒋毅楠仔细地看着墙上梅梅的每一张油画，由衷地称赞道。

“是的，梅梅的确画得很不错了，夏尔也是这样说的。”菲菲很是为自己的女儿骄傲。

放下背包，蒋毅楠问晚上准备吃点什么，他来做。菲菲说，饺子早就包好冻在冰箱里了。因为上次蒋毅楠说过也很想尝尝白菜香菜馅的饺子，因此这次菲菲不但专门为他做了白菜和香菜馅的饺子。中国人过年讲究“年年有余”，所以菲菲还特意买了条整鱼，如果蒋毅楠愿意，就再做两个菜好了。说干就干，蒋毅楠挽起袖子，立即动手，很快，两个菜，一条茄汁全鱼，加上饺子，一桌丰盛的除夕晚餐大功告成。

吃罢晚饭，蒋毅楠把送给梅梅的耳机给了梅梅后，小姑娘连声谢谢都没顾上说就欢天喜地地一脑袋扎进她的小屋听音乐去了，再也没有出来。梅梅走后，菲菲开始收拾餐桌，蒋毅楠劝菲菲说明天再收拾吧，说着拉着她也下了楼。

在电话公司上班到现在，已经快一年了，尽管工资不高，但菲菲的收入除了用于交房产税、水电费和买食物杂货之外，她和梅梅也就没什么更多的花销了，所以菲菲现在的经济状况不但比以前好多了，而且还有了些剩余。菲菲的这栋房子是当年洪哥一次付清买的，虽然菲菲用不着付银行贷款，但破屋烂舍的住得总让她感到十分寒心，因此，菲菲很希望能改变一下她们娘俩的居住环境，而且她现在已经有这个经济能力了。

　　圣诞节后的第二天是加拿大的节礼日（Boxing Day），商店里的东西到处都在打折。这天，娘俩也去了商场，除了给梅梅换了一套新的床单被单外，菲菲也给自己买了一套质地上乘的床上用品。这套纯棉五件套是梅梅帮着挑选的，到底是学绘画的，梅梅在色彩和图案上都有着自己独到鉴赏，菲菲当然也非常满意女儿的选择。除此之外，菲菲还买一个小梳妆台和一个黑色的铁艺床头，换了一个漂亮的，带着玻璃串的小吊灯，另外，她还买了一副很大的窗帘，像是一幅幔帐，把卧室靠窗户的那面污涂涂的墙壁整个遮挡了起来。室雅不在大，菲菲的卧室比起以前可是大不一样了，尤其是那床白底印着五颜六色小碎花的新被单，在柔和的灯光下，像是春天的烂漫山花，衬托得整个房间温情四溢，暖意浓浓。

　　来到楼下卧室，一进门蒋毅楠的眼前又是一亮。卧室也变样了，以前那间寒碜的卧室，如今精致的像是一间新婚洞房。蒋毅楠轻轻把门关上，他看了看菲菲，又环视了一下四周，哦，无论是女主人的微笑，还是这间已经认不出来的小屋，都让蒋毅楠感到温馨和安谧，而他一走进这间小卧室就再次被幸福的气氛感染。蒋毅楠没有说话，他将菲菲紧紧地搂进怀中，热烈地亲吻着她。难以抑制的亢奋使得菲菲周身疲软，她无力地瘫倒在蒋毅楠的怀抱中。几个月离别集结在他们身体中的欲火终于得以发泄。

　　波澜壮阔之后，蒋毅楠对躺在自己腋窝里的菲菲说："菲菲，我要送你一样东西。"

　　"我先来，"一听这话，菲菲立即坐了起来，她一边嚷嚷着说要先给他看，一边用手捂着蒋毅楠的眼睛说："不许看，不许看。"说着，菲菲从枕头底下拿出一个扁平的长方形盒子放在蒋毅楠的肚子上。

蒋毅楠用手摸了摸盒子，坐起来问道："现在可以看了吗？"

"看吧。"菲菲松开手。

蒋毅楠慢慢打开盒子，盒子里是一副高级的男式真皮手套。

"哟！真漂亮，"说着，蒋毅楠在菲菲的额头上吻了一下，表示感谢，"干嘛买这么贵的东西，你一个人带着孩子挺不容易的，以后不要再给我买东西了，再说我也用不上，你要给自己留点钱才行，懂吗，傻丫头。"

"没事，我知道，我就是想送你点东西嘛，要是用不上，就留着做个纪念好了。"菲菲说。

"谢谢你，菲菲。好了，现在轮我了，你自己把眼睛蒙上。"

"什么东西呀？"菲菲双手蒙着脸问道。

"不许偷看啊。"说着，蒋毅楠下床去拿东西。

"好，我不偷看。"说着，菲菲还是张开手指，从指间缝里偷偷地看了一眼，只见蒋毅楠背对着她，正猫着腰在书包里掏东西。

蒋毅楠重新回到床上后，把一件什么东西放在了菲菲的腿上后说："好了，现在你可以看了。"

菲菲放开手，低头一看，她惊呆了。那双刚刚放下的手立即又捂在了嘴巴上，几乎叫出声来。菲菲简直不敢相信她的眼睛，在她的眼前，是一只海蓝色金丝绒面的小方盒子。菲菲打开盒子，里面是一枚镶着钻石的戒指。没有过多的装饰，但那颗钻石是纯白的，是最令人赏心悦目的颜色，熠熠发光，耀眼夺目。钻戒用磨光刻花法切成多边型，造型大方，美得令人难以置信。看着戒指，菲菲简直不知道该说什么好，她惊喜交集，眼里噙满泪水，这泪水就像是早晨花瓣上一滴凝结了的露珠，一眨眼这哆哆嗦嗦的泪珠就会滚落下来。

"喜欢吗？"蒋毅楠轻声问道。

"喜欢。"菲菲依然捂着嘴，她喃喃说道，好像是说给自己听的。

"给你戴上好吗？"

戒指是一件神圣的信物，岂能随便许之。按照西方人的风俗，这种式样的戒指是一枚订婚戒指，难道他蒋毅楠是在向她求婚吗？这梦幻般的幸福让菲菲感动，也让她为难，甚至恐慌。她心里明白，这是一个多么荒诞的、令人尴尬的求婚，好像是一个玩笑，一个小孩子们玩过家家一样的游戏。因此，如果是玩笑的话，不必当真，但不是玩笑的话，又如何当真？

"你知道这种钻戒的意思吗？"菲菲放下捂在嘴上的手，所问非所答地问蒋毅楠，眼睛仍然盯着那枚闪亮的钻戒。

"我知道。"蒋毅楠说这话的时候没有丝毫的犹豫，也很自信。

"我怎么可以接受你这样的东西呢？你不是一个自由的人，你给不了我一个神圣的婚姻承诺，"为了缓和一下气氛，不至于伤害蒋毅楠，菲菲半开玩笑地又说："再说了，人家求婚是要跪着仰面恳求的。"

"你要我给你跪下吗？那好。"说着蒋毅楠掀了被子就要下床。

"谁要你下跪了，我的意思是，你让我没法答应你，这不是儿戏。"菲菲一把拉着起来要去下跪的蒋毅楠。

"菲菲，我知道我现在还没有权利这样做，但是……"

"可是你知道你这样做，让我心里有多难受吗？"说到这里，菲菲的眼睛又湿润了。

　　"你不想要吗？"蒋毅楠似乎很失望也很难过，他认为看一个女人是否真心爱你，就要看她是否愿意嫁给你。

　　"我怎么能不想要呢，我只是无法接受一个咱们两都无法承诺的契约，"菲菲的声音颤抖了。也许蒋毅楠是真心的，可是菲菲怎么能够接受一个有妇之夫的荒唐求婚呢。

　　"我可是认真的，但是如果你不想要，那我就把它扔到厕所里去。"蒋毅楠真的动了气。

　　"别，别扔呀。"

　　"菲菲，我给我老婆都没买过戒指。就全当为了我，戴上吧，求你了，你总不能辜负了我的一片诚心诚意吧。"蒋毅楠央求道。

　　"那好吧。"菲菲沉思了一下，为了不破坏好不容易在一起的快乐，菲菲同意留下戒指。

　　"这才是我的好菲菲。"蒋毅楠又高兴起来，"买戒指的时候，店员问我你的手指什么号码的，我说我不知道，人家笑话我，说不知道号码就来买戒指，我把你形容了半天，人家说亚洲妇女和她们白人妇女不太一样，亚洲妇女的手指比较纤细，所以还是不能确定什么号码适合你，最后，我说就用我小拇指的号吧。店主说，要是不合适，可以拿回去修号。"蒋毅楠一边絮叨着，一边把戒指戴在了菲菲的手指上。

　　戒指的大小正合适，像是量指订做的。菲菲伸着手仔细打量着这枚漂亮的订婚戒指，心里是五味杂陈。这难以割舍，但又看不到前途的"婚约"，焚心煮骨地折磨着菲菲，让她痛苦万分。她真担心到时候蒋毅楠不是离不了婚就是移民失败留不下来，那自己岂不又是空欢喜一场吗，菲菲不想再一次守候着一个没有希望的婚约。

　　"漂亮吗？"蒋毅楠拿起菲菲的手端详地看着戒指问道，是的，他真的是想让菲菲高兴。

　　"漂亮。"菲菲点了点头，心情沉重地回答说。

　　"爱我吗？"

　　"爱不爱你，你心里知道，还用说吗？可是……"说着，菲菲委屈的眼泪又涌了上来。

　　"菲菲，我知道，等着我，等我把事儿办完了，我向你保证，菲菲，我真的很爱你……"

　　在蒋毅楠喋喋不休的山盟海誓中，两个情人像是相隔了半个世纪似的，再一次不知疲倦地颠鸾倒凤。

第十章　　异国婚姻

当阿萍胳膊上搭着她的那件貂皮大衣从电梯上缓缓飘然而至时，她那身超时髦的打扮，在这个到处都是牛仔裤 T 恤衫的世界里，如同来自外星球的怪物，整个接机大厅里，人们的目光一下子都被吸引到了这位穿着入时的中国少妇身上。

大厅内不远的地方，一个个子高高大大，有些臃肿的洋人老头正仰着头向前张望着。看到阿萍，老头的脸上立即堆起了笑容。等到阿萍甩着水蛇腰，扭摆着媚态的身姿，拖着一个精致的小箱子来到大厅的时候，老头满面春风，一瘸一拐地迎着阿萍走了过去。来到阿萍面前，他神出双臂，紧紧地拥抱住阿萍，并在她那涂得血红的嘴唇上轻轻地吻了一下。

阿萍的脸红了，她羞涩地轻轻把老头推开，扭头看了一下四周。

"Dear 萍，WelcomeHome 。"说着，老头又把阿萍揽在了怀里。

这老头叫戴维，已经六十多岁了，退休前在一家大公司做业务员，年轻时曾经结过一次婚姻，但由于业务员总是出差在外，加上婚后多年没有孩子，老婆终于耐不住寂寞离婚嫁了别人，走的时候还分走了戴维辛辛苦苦挣来的半个家当。离婚后，戴维再也没有结婚，一是工作性质顾不上家，二来害怕再被分一次家产。年轻时的戴维可不是现在的这个臃肿的样子，当年的戴维不但人长得帅，而且也是风流倜傥。业务员的收入比较高，加上又没有家庭负担，所以跑车、游艇、摩托车，戴维样样喜欢，也玩得起。戴维并不是天生残疾，而是在一次摩托车事故中摔断了一条腿，从此成了瘸子。

一直再没有成家的戴维，提前退休后觉着一个人生活形单影只，倍感孤独，再好的家也像是一个没有炉火的窝棚，他思前想后，突然想娶个媳妇，家里家外有个人陪着，生炉点火，热热乎乎，有点人气。听朋友说中国女人温柔、贤惠、又体贴又会烧菜，于是戴维就跑到广州，看能不能在中国找个对象，经人介绍，就这样认识了一门心思想出国的阿萍。认识戴维的时候，阿萍刚离了婚，丈夫得到了女儿的抚养权，而本是西安人的阿萍则自己一个人在深圳做服装生意。经过几次见面，双方都很满意，准确地说是戴维很满意。对于阿萍和戴维来讲，他们之间没有爱情只有交易，婚姻是他们共同的目的，至于将来的生活，他们都没有认真去考虑，所以既然双方都满意了，两个人便闪婚广州，阿萍硬是嫁给了比自己大三十多岁、足可以给她当爹爹的老戴维，而老戴维娶到了一个花瓶娇妻。婚后戴维立即返回加拿大，着手办理阿萍的移民事宜，一年后，作为夫妻团聚，阿萍的移民申请批下来了。临走前，阿萍告诉女儿说，等她在加拿大站稳了，一定回来接她。今天，带着对新生活的憧憬与未知，阿萍如愿以偿地登陆加拿大。

阿萍终于等到了自己的行李，取了行李箱后，便跟着戴维上车回家。一路上激动不已的老戴维不停地问寒问暖，旅途是否辛苦，是否都很顺利，语言上有没有困难等等，阿萍的英语并不是很好，所以半懂半不懂地只能 Yeah，Yeah，No，No 地应付着，弄得戴维也不好再继续问下去了。

戴维的房子坐落在红河边上，是一座上下两层独立式的小楼，由于房子的年代比较久了，所以，车库和房子不是连体的，房子也不是很大，上下两层只有两间卧室，一间卫生间，但由于房子是靠着红河的，风景很好，当年买房子的时候，也是价格不菲。

　　跟着戴维进门后，阿萍四下打量着自己所谓的新家：一楼是厨房、餐厅和客厅，客厅里倒是什么都有，但无论是地毯，沙发、还是家具、电视，甚至房子的内部装修和布局都是三十年以前的式样，连墙上的装饰画也都发黄了，一看就是多年没有换新。很明显，这里是一个典型的老人居住的房子，尽管和自己想象的相差甚远，很是令人失望，但阿萍庆幸好在还不算太破。虽然房子和东西都比较陈旧，但为了阿萍的到来，也为了迎接一个梦想中的新生活，老戴维还是花了几天的时间，累得腰酸背痛，把整个房子上上下下都打扫了一遍，希望不要看着不够整洁，让新娘子嫌弃，初来乍到的感到不舒服。

　　放下行李，稍微喘了喘气，戴维说晚饭到外面去吃，他要带阿萍到Ｋ＆Ｇ去吃牛排。卧室和卫生间都在楼上，阿萍上楼洗了洗脸，补了补妆后就跟着戴维又上了车。

　　Ｋ＆Ｇ是这个城市里最好的烤牛排西餐餐馆，由于精选的牛排原料，加上厨子的高超手艺，因此那里总是人满为患，如果不事先定餐，临时决定去吃牛排，是要等很长时间的。戴维带着阿萍来到牛排店的时候，像往常一样，那里的人已经排到了门外。因为戴维几天前就订好了座位，所以他们一来，就直接被前台招待小姐领到了已经为他们留好的包厢式座位上。

　　一般来讲，西餐馆里有两个区域，一个是餐厅，一个是酒吧。酒吧那边，电视机里体育比赛的声音总是震耳欲聋，坐在酒吧那里的人大多是男人，他们一边喝酒，一边大喊大叫地为比赛加油助威，所以，和酒吧比起来，餐厅这边就要安静得多，暗淡的灯光下，客人们低声细语，尽量不去打搅邻座。

　　西餐馆的小费数目可观，所以在这里工作的男女招待大都是大学生，利用业余时间打工挣学费的，而这些年轻的学生们个个都极具青春活力。戴维和阿萍落坐后不久便有一位年轻漂亮的招待小姐拿着菜单过来了，她把菜单和餐具放在桌子上后，笑容可掬地问他们想喝点什么，戴维看了看阿萍，想了想后说，一瓶红葡萄酒和两杯可口可乐就可以了。女招待热情地说了声好，稍等一下，然后精神抖擞地走掉了。招待小姐走后，戴维拿起菜单递给阿萍一本，让阿萍看看自己想要吃什么。阿萍接过菜单，装模装样地打开来，一页一页地翻看着，实际上，她也只能看看那些五颜六色的图片，具体叫什么她实在不知道。阿萍心想，如果一会问到她要点什么菜都时候，就指指图片好了，至于是否好吃，那也就只能听天由命了。

　　很快，招待小姐端着一个大圆盘又来了，她把一瓶红葡萄酒，两只高脚杯，还有两杯插着吸管，加了冰的可口可乐放在桌子上，然后笑着问戴维是否可以点菜了。戴维点了点头，微笑地看着阿萍，意思是女士优先。看到戴维在征求女士的意见，善解人意的招待小姐转过脸去，笑盈盈地问阿萍想要点什么。阿萍听不懂，但又不想让人看出来，于是，她优雅地对招待小姐微微一笑，然后保持着风度，继续低头翻看着菜单，想找一个她看着顺眼一点图点上得了。招待小姐看阿萍没有说话，她扭头看着戴维，一脸的疑惑。看到阿萍不做声，戴维猜想一定是阿萍没有听懂，因此，为了掩饰太太听不大懂英语的尴尬，他赶紧接过话来，替阿萍解围，他对招待小姐说就来两份牛排吧，招待小姐问牛排是要半熟的还是全熟的。想着中国人吃不了那半生不熟的牛肉，戴维说来一份全熟的给他太太（阿萍），另一份半熟的给他自己，土豆嘛，都要土豆泥好了。招待小姐又问甜食要点什么，蛋糕还是冰淇淋？对于这个问题，戴维吃不准了，他问阿萍，阿萍虽然不太懂英语，但英语的蛋糕和冰淇淋她还是可以听懂的，阿萍要了一份冰淇淋。

招待小姐走后不一会就端上来两份蔬菜沙拉，外加一小筐刚刚烤出来的，香喷喷的圆面包和奶油，并请他们稍等一下，牛排很快就好。招待小姐走后，戴维为阿萍和自己各斟了杯酒，举杯祝贺阿萍的到来。大概是饿了，戴维三下五除二地就把蔬菜沙拉给吃掉了，然后，小面包涂上奶油，很快一个小面包也下肚了。说是牛排很快就到，但他们还是等了一个多钟头。

吃牛排，阿萍这还是第一次，而且也不知道该怎样使用刀叉，还有这里人吃饭的规矩，不过阿萍多少也算是个见过点世面的聪明女人，不知道没关系，她会模仿。看到戴维左手拿着叉子，右手握着带齿的牛排餐刀，把牛排切成一小块一小块地放进嘴里，然后抿着嘴，慢慢地咀嚼着。哦，原来是这样，于是阿萍也学起了样子，只见她微微翘起小拇指，用她那纤细的兰花指拿着刀叉，斯文地切着牛排，然后慢慢放进嘴里，不张嘴，不露牙地咀嚼着，吃相地道的比洋人还地道。看着太太吃相如此文雅，戴维很高兴，他一边吃，一边喝，一边不停地问阿萍味道怎么样，而阿萍总是妩媚一笑，点点头而已。虽然阿萍什么都没说，但此时此刻，她的虚荣心得到了极大的满足，大有一种贵夫人的感觉。

吃罢牛排，时间已经很晚了。回到家，阿萍环顾这个陌生的家，刚才吃饭时的美好的感觉瞬间荡然无存。家？这就是我的家？她问自己，可是她为什么一点回家的感觉都没有，这里所有的东西既不是她喜欢的样式，也不是她喜欢的颜色，跟她实在毫不相干，特别是房子里那腐朽的气味更让挑剔的阿萍感到极不舒服。

　　跟着戴维来到楼上，阿萍想收拾一下行李，可戴维说时间不早了，明天再收拾行李吧，他让阿萍洗个澡，赶快休息了。听了戴维介绍如何使用卫生间后，打开箱子，阿萍拿出几件换洗的内衣，洗了澡，换上了她新买的真丝睡衣走进卧室。卧室里，老戴维已经在床上等着了，看着戴维那张肥头大耳，皮肤松弛的脸，阿萍突然觉着一阵阵的恶心，她不爱戴维，甚至连喜欢都谈不上，所以她一丁点想和他亲近的感觉都没有，她甚至连装都装不出来。

　　阿萍站在床边看着戴维，她犹豫着不想上床。戴维看着满脸通红的阿萍站在地上不上来，以为那是亚洲女人的羞涩，于是温柔地催促阿萍快点休息吧，已经很晚了。勉强上了床，戴维把阿萍紧紧搂在怀里，开始亲吻，这个时候的阿萍紧张地开始哆嗦，她瑟瑟发抖，下意识地使劲把老戴维推开，嘴里还不住地说：
"No，No，我很累，"戴维没有勉强阿萍，其实不是他不想跟阿萍亲热，而是一方面这几天打扫房子太累，另一方面也是由于多年没有性生活，他发现自己已经没有了这种能力。哎，看来这种事不是想干就能干的了的，老戴维叹了口气，十分沮丧，他放开阿萍，在她的额头上轻轻吻了一下，说了声，"OK，Dear，Good night"后，关上台灯，闭上了眼睛，很快就打起了呼噜。

　　为了讨好阿萍，和妻子建立一个亲密的关系，祖籍乌克兰人的戴维挖空心思，他除了带着他的新娘逛商店，买首饰和衣服外，他还经常带着阿萍出入的室内音乐厅，去听古典音乐，而每次去听音乐会，戴维不但自己西装革履，而且也总是让阿萍打扮得像是一个俄罗斯伯爵夫人似的，这让他的老朋友们羡慕不已，而阿萍身上的那件真正的貂皮大衣，更是让那些去听音乐会的太太们又是艳羡又是嫉妒，老是用白眼球招呼她。

　　刚来时的新鲜感很快就过去了，生活开始趋于平常。小地方，没有几个大商场，可以逛的地方不止一次地逛过了，想买的东西也都买了，最好的西餐也吃了，接下来的生活开始变得无聊了，阿萍除了在家里做饭洗衣收拾房间，就是陪着戴维看电视。

　　陌生的环境，于世隔绝和没有感情的生活，使得阿萍感到十分孤寂，然而，最让阿萍无法忍受的是对依旧留在国内的女儿的思念。她和戴维商量了很多次，希望戴维能想办法尽快把她的女儿也接来，可是当初戴维娶媳妇的时候根本就没打算稍带个孩子来，因此戴维始终不接这个话题，这让阿萍极为不满。戴维不想帮忙，阿萍便暗自下决心自己来办，可是要办理女儿移民的事，谈何容易，首先，她必须要把女儿的抚养权从前夫那要回来，然后，自己还得有一个固定的工作和稳定的收入，可是找工作，不会说英语又不行，于是阿萍决定天暖和了，先去学英语。

　　洋人对中国女人的审美和中国人的不一样，越是中国人觉着难看的，他们就越是觉着好看。年过花甲的戴维，捧回这么一个他认为年轻貌美，花瓶似的小娇妻，岂能不心花怒放，虽然身子骨已经不行了，但花了那么多钱和工夫娶回来的媳妇岂能真的只当花瓶摆着看呀，试了几次没有成功后，戴维就到家庭医生那开了些壮阳药，服用后，效果很好，于是夜夜求欢，天天要和阿萍做爱。可是阿萍这边，一是想惩罚戴维不帮她办理女儿移民的事；二来，由于戴维没完没了地缠着她，让她疲惫不堪；加上戴维非常刺鼻子的腋下狐臭，也让阿萍头晕目眩；还有，睡着了的戴维打呼噜的鼻息声异乎寻常的响亮，而且怪异，简直不像是人的呼吸，听得阿萍毛骨悚然，头发都能竖起；然而，最让阿萍忍无可忍的是那个没有爱的做爱，对于阿萍来讲，简直如同酷刑一般。终于，阿萍借口戴维呼噜声太响，影响她睡觉，于是不顾一切地睡到了客房，拒绝再和戴维同房同床。

　　为这事老戴维极为恼火，可是他又不敢强迫，所以只能忍着。当然，老头心中的不满越积越多，家里阴云密布。春天到了，红河上的冰雪开始融化，可是阿萍和戴维的关系却越来越冷，几近冰点。这天，阿萍告诉戴维说，她要去学校学英语，找工作，自己来办女儿移民的事。一听这个，戴维心中的怒火终于爆发了，他说在家里跟他也可以学英语，没有必要非要出去学，他坚决不同意阿萍去学校学英语。他收走了阿萍手里的大门钥匙，并警告阿萍从此不会再给她一分钱，还宣称没有他的陪伴，阿萍不准跨出大门一步。

　　不给钱，阿萍不害怕，做服装生意的，还能没几个钱？来的时候，阿萍自己带了几百美金，而且还留了一手，一直没有告诉戴维。不过，没有独自出门的自由，这可让阿萍感到无比愤怒，她恨恨地想，我又不是中国中世纪不识字的小脚女人，更不是你戴维的性奴、烧饭婆和洗衣妇。中国女人善良贤惠，不等于能够容忍欺辱，戴维你也太低估现代中国女人的能力了，于是，两个人各不相让，小楼里开始硝烟弥漫，像是点着了的炮楼，随时都有爆炸的危险，家庭战争一触即发。

　　戴维拒绝帮助，阿萍决心自己来，在国内做生意，走南闯北，什么不都得自己干吗，这点事还能难得倒她阿萍。电话簿上，阿萍找到了 ESL（English Second Language) 英语第二语言学院的电话号码和地址，这天，阳光明媚，是个好天气，阿萍决定到学校去看看，报个名，参加英语学习。早饭后，阿萍收拾了收拾，挎了个小包出门了。满以为阿萍身上没钱出不了门的戴维，没想到她居然自己跨出了大门，而且连说都没有跟他说一声。老头火冒三丈，立即冲了出去，他咆哮地问阿萍要到哪里去，阿萍没有回答他的问题，只是狠狠地瞪了他一眼，继续走她的路，这可把戴维给惹急了，他一把抓住阿萍的胳膊就往家里拽。岂有此理！阿萍心想，你戴维有什么权利限制我的人身自由！于是两个人在街上撕扯了起来。到底戴维要强壮得很多，最终，戴维硬是把阿萍拽回了家，并锁上了大门。为了争取人身自由，极具反抗意识的阿萍立即拿起电话，拨打了911。警察来了，戴维被判实施了家庭暴力，被带到警察局给关了二十四小时，并白纸黑字记录在案。

第一个回合下来，阿萍胜利了。回家后，戴维老实多了，他不得不同意阿萍去学英语，而且还带着阿萍去学校报了名。

第十一章　　语言学校

　　春节的四天假很快过去了，临走的时候，蒋毅楠邀请菲菲五月份到多伦多去过生日，他说要带她去看瀑布，飞机票他来买，菲菲同意了。尽管两个人已经约定好了下次见面的时间，可是从一月份到五月份，将近半年的时间，这对菲菲和蒋毅楠来讲，就如同这里的冬天，漫长的没有尽头。

　　人生中总是会有一些意想不到的事情发生。三月份，菲菲工作的电话公司突然倒闭了，菲菲和英惠都失业了。虽然失业后可以领取失业金，但菲菲还是感到焦虑不安，她担心如果一年的失业金停发后她仍然找不到一个工作，那她该怎么办。没有了工作，等于没有了经济来源，菲菲不像英惠，好歹还有个人暂时养活着，可是菲菲没有，她不但要养活自己，还要养活孩子，因此，对菲菲来讲，工作权意味着生存权，其重要性不言而喻。

　　菲菲没有把失业的事情告诉蒋毅楠。也许是因为在蒋毅楠的身后依然有着一个婚姻关系的存在吧，而他的那个婚姻关系就像是一座无法逾越的大山，一条无法跨越的大海，横在他们两个人中间，令菲菲望而生畏。蒋毅楠给予的精神支持已经让菲菲感激不尽了，因此她不想给蒋毅楠平添烦恼，也不想让蒋毅楠觉着她是想利用他。经济上的来往，往往会破坏感情上的平衡，蒋毅楠毕竟不属于自己，他没有责任和义务赡养她们，另外，他蒋毅楠未必就有这个经济能力，而且，即便他蒋毅楠可以资助，他又能帮多久？依靠别人的帮助决不是长久之计，菲菲已经懂得了幸福必须掌握在自己的手中，是建立在自身独立基础之上的，没有完全的经济独立就不可能有完全的幸福和尊严而言，因此她必须依靠自己，尽管这是极脆弱的倚傍，但她没有别的选择，她必须为自己打拼出一条生存之路，而且，她相信自己应该是有这个能力的。

周末，菲菲带梅梅去学绘画，她征求了一下英惠和夏尔的意见，看他们有没有什么比较好的建议。根据自己的经历，夏尔说他觉着菲菲的性格比较适合做护士，护士这个职业不但收入比较好，而且也比较容易找到工作，因此，从长远考虑，他建议菲菲应该去学护士专业。菲菲信任夏尔，因此她毫不犹豫地接受了他的建议，决定去学护士。由于想学护士的人比较多，所以菲菲虽然已经报上了名，但还需要在等待名单上等上一年。为了不浪费这一年的时间，菲菲决定利用这段时间先去学英语。

听说第二语言学院有一个学制一年的护士英语班，这个班是为准备学护士专业、英语是第二语言的学生专门开办的，菲菲也报了名。护士英语班要到九月份才开学，学校建议菲菲先去学几个月的基础班，这个基础班四月初开班。由于护士英语班的程度较高，难度也比较大，所以这个基础班实际上也是学校为护士英语班开设的基础课，九月份正式进入护士英语班学习的时候，学生们会减轻很多困难和压力，而护士英语学习结束时，也就是明年的九月，菲菲正好可以接上为期两年的护士专业学习。

基础班开课那天，菲菲走进教室的时候，教师里已经坐了几个人。菲菲环视了一下教室，看到其中有一个和自己年龄相仿的女人，看样子也像是个中国人。菲菲愣了一下，心说好像在哪见过这个女的？菲菲一边回想着，一边在这个女人身边的一个空座位上坐了下来。菲菲坐下后，两个人互相对视着笑了笑。

"Chinese（中国人）？"菲菲试探地问道。

"Yes（是的）。"

两个人咯咯地笑了。

"好像在哪见过你？"菲菲说。

"是吗？我好像没有见过你。"

"……，哦，想起来了，机场！"菲菲想了一会突然说道。

"是吗？我来的那天你也在机场？"

"是的，我接朋友去了，他说你和他坐一起的。"

"哦，那是你朋友啊！男朋友吧？"

"就算是吧。"菲菲有些不好意思地说。

"哦，还是他帮我把行李放到行李架上的，人挺好，长的也挺精神的，但不爱讲话。"阿萍对蒋毅楠不理她记忆深刻。

"是吗？我倒没觉着他不爱讲话，"菲菲呵呵笑了两声后，接着自我介绍说："叫我菲菲吧。"

"你好，叫我阿萍好了。"

"哦，阿萍，你好，你从哪来的呀？"菲菲问道。

"深圳，你呢？"

"哦，我从上海来的。"

"你来这儿多久了？"

"两年多了，你呢？"

"哟，这么长时间了，我刚来几个月，你以前上过这种英语班吗？"阿萍问。

"没有，第一次。"

"哦，我也是。"

"不知道难不难。"

"不知道。"

两个人说着话，陆陆续续地又进来了几个学生，接着，老师进来了。老师是一位胖肚子的中年白人妇女，五十来岁的样子，个子不高，五短身材，红头发，满脸雀斑，脖子上的皮肤也是红红的，而且皱皱巴巴，粗糙的像猪皮。只见老师手里抱着一摞书，大跨步地走进教室，看到老师来了，同学们安静了下来，不再叽叽喳喳地说话了。

女老师站在讲台前，脸上的表情凶巴巴的，她非常严肃地看了一下教室里的学生们后开始自我介绍。她说她是这个班的老师，叫琳达，说着，她把她的名字写在了黑板上，然后接着又说，她将和大家一起度过这个学期，如果大家对教学有什么意见，可以直接向她提出来，以便改进。老师说接下来她要点名，点完了名之后，她要请每一位同学用英语介绍一下自己，下午要有一个小小的测试，她让大家不要紧张，这个测试不会作为成绩，她只是想了解一下在座各位的英语程度，以便在制定教学方案时有所参考。

点名开始了，当老师点到某个学生的时候，这个学生就把手举一下，说一声 Yes。正在点名的时候，突然门开了，一个短头发，中国人模样的女学生进来了，进门后她楞了一下，然后说了声，"哟，我迟到了。"

老师停了下来，转过脸去看着她，问道："你叫什么名字？"

"易真。"

菲菲看了阿萍一眼，心说，看来也是中国人了。

老师低头看了看名单说："好，坐下吧，以后不许迟到了。"

"对不起。"说完，易真随便找了个空位子坐了下来。

点完了名，同学们一个接着一个地开始介绍自己了。班上一共有十个学生，除了菲菲，阿萍和易真三个人是来自中国的外，其他的还有来自俄罗斯、波兰、韩国、越南等国家的。来自俄罗斯的两个漂亮姑娘原本是医生，她们准备上完了护士英语班后，直接去考医生执照；韩国来的姑娘原来是护士，她打算上完了护士英语班后，直接去考护士资格；波兰来的姑娘说她准备去上医学院；而越南来的姑娘说，她要去学妇产士；班上唯一的一个黑人小哥是从苏丹来的，他的计划是去学药剂师专业，来自波多黎各的姑娘和菲菲一样，打算护士英语班结束后，去学护士专业，至于阿萍和易真，她们还没有想好将来要干什么，参加这个班主要是因为下一个基础班开课要到九月份了，她们不想浪费这段宝贵时间而已。

下午还有两小时的课，中午休息的时候，大家来到休息室吃午饭。一下课，菲菲、阿萍和易真三个中国女人立即凑到了一起，她们找了张桌子坐了下来。菲菲不知道要上一天的课，本想着第一天也就是报个到，不会很长时间，所以没有带午饭。中午饭，菲菲只是买了一块批萨饼和一瓶水，阿萍怕胖，只带了一个苹果和几块饼干，只有易真带上了自己做的午饭。

易真是东北人，和菲菲、阿萍是同年生人。易真肤色微黑，脸上有些几乎看不出来的小麻子，一对纹过的眉毛，像两条大豆虫似的又粗又浓，一双纹了眼线的眼睛藏在近视眼镜片后面，神经质地一眨一眨的。虽然易真长的算不上漂亮，但她身材修长，特别是那两条均匀的长腿，给人一种亭亭玉立的感觉，而她那一头齐耳朵根的短发，更让人觉着她是一个非常利索能干的人。易真有着典型的北方人性格，有些楞头愣脑，完全没有菲菲的温柔和阿萍的妖艳，但她活力满满，做事麻利，说话直来直去，性情豪爽。

"带的什么饭呀？"菲菲问易真。

"米饭，还有我自己炸的豆腐块，尝尝不？"易真用她那地道的东北口音说道，顺手把饭盒递到菲菲的眼前。

"不，不，谢谢，你自己吃吧，从东北来的吧？"

"恩那，沈阳来的。"

"来多久了？"阿萍问。

"我都来了三年多了，不过我是去年才从温哥华到这儿来的。"

"哟，都三年多了，温哥华不是挺好的吗，干嘛到这儿来呀？"菲菲问道。

"唉，别提了。"

易真大学毕业后，先是在一家国企工作，后来她辞了国企，就职一家外企公司。易真的丈夫是她大学的同学，他们有一个比梅梅小一岁的男孩，儿子两岁的时候，丈夫下海去了深圳，之后，三年都没有回过一次家，第四年，易真去深圳探亲，丈夫死活就是不愿意和她再同床了，后来，她发现有了第三者，丈夫另有所爱，而且，生米已经成了熟饭，丈夫和那个女的已经有了一个女儿。易真是个爽快人，想的开，按她的话说，既然没感情了，还黏糊啥呀，那不是耽误事吗，于是两个人和和气气，不吵不闹迅速离了婚。离婚后，虽然前夫愿意抚养儿子，但易真担心儿子跟着后妈会受气，所以坚持要自己照顾儿子，既然如此，前夫也就顺水推舟，不管了。

婚姻上的失败，加上外企公司里同事之间的明争暗斗，关系复杂，易真说话又过于直率，在公司里得罪的一些人，结了一些冤家，所以处处都可以感到敌意，因此，无论是生活上还是事业上，都让易真感到不尽人意。

听说加拿大有技术移民政策后，对国内生活感到十分厌倦的易真决定移民，带着儿子远走高飞，到加拿大去闯天下，希望能够彻底改变自己的生活和命运。易真找了个移民中介咨询，中介说她的条件很好，但单身办移民比较困难，建议她最好能有一个婚姻关系，这样好办些。就这样，易真不但委托中介给她办移民，而且还委托中介帮她找个愿意移民的"郎君"，和她一起办移民。由于前夫长得比较精神（她自己是这样认为的），所以，为了证明自己依旧具有魅力，易真这次择偶的条件很简单，只有一个，那就是要帅。

很快，中介就给她物色了一个人选，没说的，按照易真的要求，小伙子的确长得很帅。不过，经过了解，易真发现这个家伙是个无业游民，花花公子，高中毕业后，没有考上大学，上了个中专还是肄业，所以从来也没有过一个正儿八经的工作，不是这儿混混，就是那儿混混。可是为了移民，易真也顾不得许多了，真结婚假结婚，反正是为了办移民，只是事先要说好，移民办完了能过就过，不能过就散，只要能把移民办下来。

一听说有人要出钱带他移民加拿大，花花公子乐坏了，简直搞不明白上辈子积了什么德，怎么能有这样的洪福大运，居然会有这等好事，于是当即答应下来。两个人见了面，条件也都谈妥了，爽快地领了结婚证之后，各自回家，等着移民批下来。由于中介给力，易真的移民只用了四年就批了下来，之后，像很多中国人一样，他们一到加拿大便落脚温哥华。

到了温哥华，易真很快在一家中餐馆找了个洗碗的差事。江山易改，本性难移，到了国外，花花公子仍然还是什么都干不了，实际上他是什么都不想干。易真离婚后一直没有性生活，多年来对于性的饥渴始终折磨着她，因此，尽管花花公子不愿意出去打工挣钱，但这小子绝对是一个做爱能手。除了床上，他们俩经常冒着五脏六腑错位的危险，用各种能做到的姿势，七颠八倒地把所有能想到的地方都震遍了：公园、沙滩、地板、沙发、车厢、洗澡间、甚至厨房的灶台上，他们俩决不会放过任何一个可以随时做爱的地方和机会，如果有可能的话，两个人恨不能上飞机，下潜艇，坐着飞船到月球上去折腾折腾。和花花公子一起生活的那段时间里，易真得到了前所未有的性满足，并重新找回了一个做女人的幸福感觉。

为了感谢花花公子，易真用她大部分的积蓄给他买了辆车，可是，在一起生活了两年后，眼看积蓄就要花光，花花公子提出了要分手。本来两个人结婚就是为了移民，既然目的已经达到了，所以，当花花公子提出分手的时候，易真一点意见都没有，也不恨他，尽管易真还真有点舍不得这小子，但易真明白，她不是富婆，养不起这位小鲜肉，于是两个人和和气气分了手。易真祝他靠着天生的资本，傍个富婆什么的养着吧。而离婚后，花花公子立即消失得无影无踪，去向不明，再也没有任何消息，从此失联。

洗碗这活非常辛苦，两只手每天要长时间地泡在热水里，干的时间长了，手都泡的没了样子，所以，洗了两年碗的易真是够够的，一天都不想再干了。和花花公子分手后，易真换了个工作，跟着一个台湾老板来到温城，她的工作是替老板到各个商店购买打折的婴儿纸尿裤，老板再成批寄回台湾去。易真喜欢这个工作，不脏不累，挺自在，可谁想，好景不长，半年后，老板突然不干了，回了台湾，估计这营生不挣钱。

老板走了，易真留了下来，她很快找了个清洁工的工作，一方面有点收入，另一方面，她还有着一个灰姑娘的梦想，天真地希望没准哪一天，哪个有钱的雇主看她干活卖力，"万一"喜欢上了她，那么她就用不着再这样辛辛苦苦地干活了。可是干了一年的清洁工，有钱的雇主始终没有出现，清洁公司还关门了。现在的易真，也是拿着失业金，和儿子住在政府给低收入和拿救济金家庭提供的公寓里，她打算先学英语，然后去学个什么职业培训，于是就到这个班上来了。

　　易真不愿意说她的那些伤春悲秋的事，因为每每想起来，都还是满肚子的甜酸苦辣咸。所以，当菲菲问她为什么到这里来的时候，她只是含糊其辞地说，她是跟着老板来做生意的，老板不干了，走了，她就留了下来。其实这也是实话。

　　下午考完了试后，老师总结了一下，给每人发了一本书，留了些家庭作业，放学了。当菲菲、阿萍和易真三个人一起走出学校大门的时候，戴维的车已经等在了门口。看到戴维的车，阿萍的脸一下子涨得通红，她知道，戴维这是在跟踪她，因为他不许她放学后到任何地方去，必须立即回家。阿萍老大不情愿地对菲菲和易真说，这是她老公，接她来了，说了声明天见后，阿萍上了车。

　　阿萍上车后，向菲菲和易真挥了挥手，车子就呼的一声扬长而去。菲菲和易真不知道阿萍身后的故事，看到阿萍还有老公专车接送，实在是羡慕不已，她们觉着阿萍肯定特满足，特幸福。

　　阿萍走后，易真问菲菲怎么回家，菲菲说她坐公共汽车，易真说她有车，可以送菲菲回家，菲菲客气地谢绝了，说她已经坐惯了公共汽车。

第十二章　　　欲罢不能

五月份终于等到了。过完了母亲节，菲菲就要动身到多伦多过生日去了。

自从到了加拿大，菲菲就没有出过远门，而这次出行，菲菲已经焦急地等待了将近半年的时间。启程的前几天，菲菲就激动不已地开始准备行装。商店里她看上一条淡橘红色的连衣裙，她觉着这个颜色配她的肤色非常好看，于是她毫不犹豫地买了一件。在挑选裙子的时候，菲菲看到一件男式纯棉睡裤挺不错，于是给蒋毅楠买了一条，做为礼物。为了照相，菲菲还专门到美发店收拾了一下头发，好让自己显得更加精神和漂亮。

两周前，菲菲就把假请好了。梅梅要上学，不能跟着妈妈一起去，实际上菲菲也没打算带梅梅去。据蒋毅楠说，他只是租了一间很小的房间，梅梅也是个大姑娘了，住起来很不方便的，所以，走之前，菲菲少不得要请英惠照顾梅梅几天。英惠两口子没有孩子，也乐得有个孩子来家里住上几天，自然一口答应了下来。英惠让菲菲不用担心梅梅，说梅梅从此就是他们的女儿了，并且还开玩儿笑地说，如果菲菲喜欢多伦多，那么就留在多伦多不要回来了。

很久没有出远门了，菲菲担心自己动作慢，如果遇到什么麻烦事，错过了飞机起飞的时间，所以去多伦多的那天，她提前好几个小时就来到机场。好在检票、安监一切都很顺利地通过了。来到登机大厅，时间好像过得特别的慢，菲菲坐卧不安，她不停地看着时间，焦急地等待着登机，似乎这几个小时的等待比那几个月的等待还要令人难熬。

终于，登机了。快速滑行之后，伴随着震天的轰鸣声，大型喷气式飞机气势如虹的腾空而起，菲菲的心也跟着悬空而起。在一阵难以承受的耳压之后，飞机很快钻进了云层，平稳地航行在蓬松如絮的浮云上面，朝着多伦多的方向飞去。

凝视着窗外，菲菲任由思绪漫游。自春节蒋毅楠离开温城后，他们就没有再见过面，记忆中蒋毅楠的样子已经模糊，她极力回想着蒋毅楠的样子，想象着见到他的那一时刻会是怎样的一种感受。

到了，到了！多伦多到了。一走出接站口，菲菲就看见蒋毅楠乐呵呵地站得远远地已经等着了。来到蒋毅楠的面前，两个人都有些不好意思的相互看着对方，交换着儿童一般快活的目光。分开的时间太长了，两个人似乎都感到有些陌生。

"你瘦了。"菲菲伸出手来摸了摸蒋毅楠的脸说道，眼里充满了快活与羞涩。

"是吗？不会吧？"蒋毅楠也摸了摸自己的腮帮子，列了列嘴。说着，他拉起菲菲的双手，上下打量着菲菲，"新裙子，很漂亮。"

"没人给我买，那我只能自己给自己买一条啦。"菲菲娇嗔地说。

"礼物给你买了，回去给你看，走，走，走，先去租辆车。"说着两个人手拉着手走出了接机大厅。

他们来到全球性汽车租赁公司 Hertz 的停车场，蒋毅楠很快租了辆车。上车后，蒋毅楠嘱咐菲菲系好安全带，然后拉起菲菲的手在自己的嘴上捂了一下，菲菲不好意思地笑了笑，伸过头去，在蒋毅楠的脸上迅速地吻了一下，然后才把安全带系上。车子缓缓开动了，蒋毅楠一只手放在方向盘上，另一只手依旧紧紧地握着菲菲的手，他一边开车，一边还不时地用手使劲捏一下菲菲的手，而后两人相视一笑，好像千言万语都在这小小的动作和相视一笑之中。菲菲和蒋毅楠都无法掩饰重又见面的激动，他们此时此刻的心情是用任何语言都难以表达的。久别后的重逢多么的美妙，曾经、未来、梦想统统融化在这心醉神迷的脉脉含情之中。

"梅梅怎么样？没有闹着要跟你来？"蒋毅楠问道。

"没有，能在她惠阿姨那住几天，她都要高兴死了，恨不能让我别回去了。"

"哈哈，孩子大了大概都是这样的吧，我小的时候也有这种感觉，就喜欢住到别人家去。"蒋毅楠说。

"没错，她老嫌我管着她，不自由。"

"你怎么样？还好吧？工作怎么样，忙吗？"

菲菲没有立即回答这个问题，她把脸转过去看着窗外的城市，想着怎样回答这个问题。

"为什么不说话呀，菲菲？出什么事了？"

"没什么，我们公司已经倒闭了。"

"哟，倒闭了？什么时候？为什么？"

"三月份就倒闭了，我想可能是因为小公司竞争不过大公司吧，再加上现在大家都像咱俩是的，电脑上免费聊天了，谁还打电话呀。"说完，菲菲咯咯地笑了。

"也是啊，你为什么不早点告诉我？"蒋毅楠责怪道。

"跟你说也没用啊，我自己的事还是要我自己来解决的。"

"菲菲，你需要经济上的帮助吗？我给你一些钱吧？你现在在干什么呢？要不然，你们就干脆过来吧，多伦多也有很多这样的电话公司。"

　　"谢谢，不用不用。我是这样想的，我不能老是这样混来混去的，我需要一个事业，也就是说一个必不可少的、能够托付我生命、用来维系我生活、与我将来的命运相关的工作，你懂我的意思吗？工作，这个工作，也可以说这个事业应该比我所迷恋的一切都更加重要，因为，只有这样的一个工作才能让我和梅梅生活的安宁与安全。我现在正在上英语课，准备明年去学护士，所以，我哪里也不想去。你刚上班，还要租房子、办移民，也不宽裕，我现在有失业金，还过得去。你是不能想象依靠别人的施舍度日是什么样的感觉，而且不管那种设施有多么慷慨都是被动的，不踏实的，所以，只要我自己能够挣钱养活自己，我就不需要去感激别人的施舍，只要感激自己，或者感激上帝就行了，因此，你不知道我是多么渴望能够独立。你不必为我担心，我会成功的，只要努力，我总是有办法活下去的，"说到这里，菲菲不好意思地看了蒋毅楠一眼，接着用开玩儿笑的口吻说："再说了，实在不行，我还可以把房子卖掉，买的时候是两万，听说现在都值五万了，其实我比你有钱。"

　　听完菲菲的话，蒋毅楠感到十分惊讶，他没有想到从前那个娇气爱哭、貌似没有头脑的菲菲如今已经变得如此有想法，实在是令人刮目相看。菲菲的心灵不再是浅水一滩，那里已经变得深不可测了。

　　"呵，没想到我们菲菲还挺有主见的，一套一套的。"蒋毅楠半开玩儿笑地称赞道。

　　"哪呀，这都是英惠和夏尔他们给我的建议，要不然我还真不知道该怎么办好了。英慧两口子给了我许多帮助，我非常感谢他们。"菲菲诚恳地说道。

　　"是呀，的确是两个好人，"蒋毅楠点了点头，"哦，菲菲，你的学费怎么个交法？"蒋毅楠问道。

"英语课是免费的，护士课的学费我可以申请政府的学生贷款，以后慢慢还贷，这里的人上学不都是这样的吗。"

蒋毅楠用一种询问的眼光看着菲菲，像是刚刚认识她似的，他从她的眼神中和她的精神面貌上看到了某种不同以往的性格正在成长起来，而这种精神上和意志上的成长，不能不令人肃然起敬。而蒋毅楠曾经被菲菲内在单纯的自然所唤起的爱情，已经不再是一个男人对于自己喜欢的女人的那种怜悯般眷恋的感情了，爱的意义似乎又上升了一个高度，蒋毅楠感到他更加珍惜菲菲了。

"那就好，如果你需要帮助，可一定要说呀。"蒋毅楠想了一下后说道。

"我会的。"菲菲答应着，然后换了个话题问道："你猜我在英语班遇见谁了？"

"遇见谁了？我认识吗？"

"当然，你还记得在机场见到的那个时髦的中国女人吗？阿萍，她说你和她坐在一起的。"

"哦，是她呀，看来打扮时髦的确会给人留下深刻的印象。"

"她嫁给了个老外，老公每天接送她上学，好像对她挺好的。"

"嫁给老外？"蒋毅楠一脸鄙夷地说道："我最看不上中国女人嫁老外了。好了，管她嫁谁，跟咱们也没关系。"说完他使劲捏了一下菲菲的手，对着菲菲笑了笑后问道："晚饭想吃什么？咱们去吃西餐怎么样？"

"西餐？我还从来没吃过西餐馆的西餐呢，不过我还是喜欢吃你做的饭。"菲菲不想让蒋毅楠为自己太破费了。

　　"我住的地方旁边有家华人超市，明天是你的生日，看完了瀑布，咱们去超市买点东西，我再来做，今天我们去吃一次西餐牛排，开它一回洋荤，你看怎么样？"

　　"恭敬不如从命，那好吧。"菲菲咯咯地笑着同意了。

　　说罢，蒋毅楠开车直奔他事先找好的一家西餐餐馆。这家西餐馆好像是意大利哪个山区偏僻小镇子上的小饭馆，很小，也谈不上雅致。蒋毅楠和菲菲走进去的时候，餐厅里一个客人都没有，好像要倒闭了似的。站在灯光黯淡的餐厅中央，菲菲第一眼就看到了四周墙壁上挂着的几幅蹩脚油画，她怎么看怎么都觉着还没有她的宝贝女儿梅梅画得好。虽然这是一家餐馆，但它的肃穆和安静倒像是一家殡仪馆。

　　找了个靠窗的座位坐下来后，一位个子不高，结结实实，看着像是意大利人的中年男子立即走了出来，他身穿一件白色的大围裙，估计是厨子，但又好像也兼做招待，估计是生意不好，一个人就够用了，不过，看到此人恭恭敬敬的样子，菲菲想，说不定他还是老板呢。在那男子的帮助下，蒋毅楠和菲菲点好了餐，但东西好像是事先都准备好了似的，很快就端了上来，西餐的量很大，但味道却不能恭维，对于第一次吃西餐的菲菲来讲，可以说简直是难以下咽。菲菲一边吃一边皱着眉头摇着脑袋，不停嘟喃地说好难吃。担心被老板听见了，蒋毅楠在桌子底下用脚轻轻踩了一下菲菲，让菲菲小声点，不要让老板听到了。看到蒋毅楠一脸认真的样子，菲菲觉着好笑，她说老板又听不懂中国话，怕什么。

　　两个人很快就吃完了饭，但剩了一大堆。结帐前，厨子兼招待又来了，他端着一个咖啡壶问二位是否要杯咖啡，蒋毅楠看了看菲菲说，快要到晚上了，喝了咖啡今天就别睡觉了，所以谢绝了。付了帐，两人个离开餐馆，一出门，菲菲就开始唠叨了，她说这顿饭吃得真不值，牛排嚼都嚼不动，而且，就那么一块老牛肉，一勺土豆泥，加上一点煮豆角，硬是花了四十刀，尤其是那盘所谓的菠菜汤，不知道厨子在里边放了什么东西，味道奇怪无比，难吃不说吧，还楞是要了二十刀。菲菲说她长这么大，还从来没有吃过这么难吃的东西，这顿西餐简直太坑人，花了那么多钱，别提多后悔了。

听着菲菲絮絮叨叨地像个老太婆，蒋毅楠哈哈大笑，他笑话菲菲大上海来的小姐怎么变得这样小气，这样土气了，他发誓说以后一定要经常带菲菲出来转转，见见世面，不能老呆在家里了。不过，蒋毅楠也不得不承认，这顿饭实在不好吃，自己楞是没吃饱。为了安慰菲菲，蒋毅楠对菲菲说，今天就算一次经历吧，下次要吃牛排，一定要找个有名的牛排馆。

很久没有开车了，一是想过过开车的隐，二来也想让菲菲领略一下多伦多的市容，当然，蒋毅楠最害怕的是回去早了，要是遇见具有强烈好奇心的房东太太，那又要没完没了地问长问短了，所以，趁天还没有黑，为了显耀一下，蒋毅楠带着菲菲去看了看他工作的地方，一栋非常气派漂亮的写字楼。之后，他们又在城里到处转了转，直到天黑才回家。进门之前，蒋毅楠对菲菲说，他对房东太太说她是他的太太，现在正在上学，要等上完了学才能搬过来，所以，如果遇到房东太太问起来，口径一定要一致。听了蒋毅楠编的瞎话，菲菲笑着说蒋毅楠简直就是一个大骗子，真会编谎话。对于菲菲的评价，蒋毅楠没有否认，他只是嘿嘿地干笑了两声，无奈地耸了耸肩。

到家的时候，房东老两口子已经睡下了，蒋毅楠高兴极了，因为这样他们就可以免去回答问题的煎熬，和撒谎的内疚了。悄悄溜进门去，蒋毅楠拉着菲菲，惦着脚尖，大气不敢出地直奔二楼他租住的房间。

蒋毅楠租住的房间不大，但却是一张双人床，蒋毅楠说当初挑房子的时候，他专门要了间有双人床的房间。

"时间不早了，该休息了，你先去洗个澡吧。"帮着菲菲放好了行李，蒋毅楠对菲菲说。

"你先洗？"菲菲问道。

"我早上起来的时候洗过了。"

"噢，既然这样那我就去洗了。"说完菲菲打开行李箱，翻了起来，"哟，糟糕，我怎么忘记把睡衣和毛巾装进来了，你能不能借我一条你的浴巾，还有一件你的 T 恤衫，我当睡衣穿？"菲菲抬起头对蒋毅楠说。

"哈哈，用就是了，还是借你？蒋毅楠笑了起来，"当然没问题了，这样一来还可以把你的体香留在我的 T 恤衫上，我每天睡前闻一闻。"蒋毅楠戏谑地说。

"那你就不要洗衣服了。"菲菲也似嗔似笑地说。

"我有很多 T 恤衫，这件就留着不洗了，"说完，蒋毅楠在菲菲的脸上亲了一下，"好了，去洗澡吧，一会我把浴巾和 T 恤衫给你送进去。"

浴室里，蒋毅楠帮着菲菲调好了水温后，关上门出去了。很快，他又回来了，在浴帘外面，蒋毅楠喊道："菲菲，浴巾和 T 恤衫放在这里了。"说着，他把一叠东西放在了洗脸池边上。

听见蒋毅楠的声音，菲菲从浴帘后面伸出头来看了看，"好，就放在那吧，我知道了。"

"菲菲，我能不能和你一起洗澡呀？"蒋毅楠看着菲菲湿淋淋的头发，嬉皮笑脸地说道。

蒋毅楠的话音刚落，菲菲就紧张地尖声叫了起来，"啊！不行！不行！你不能进来！"

　　"哈哈哈，真是个小丫头，我不进去，我不进去，我就是吓唬吓唬你。"蒋毅楠哈哈大笑着，关上了浴室的门，走掉了。

　　洗好了澡，菲菲钻出浴帘，她看到洗脸池边上放着的浴巾和T恤衫好像士兵的被子一样，方方正正的叠得非常整齐，看着好像有三四件的样子。菲菲拿起第一件，是浴巾，她擦干身子后，又捡起第二件，那是蒋毅楠的一件T恤衫，按照蒋毅楠的话是留体香用的。菲菲看到T恤下面还有一件什么东西，看着好像也是一件衣服，菲菲拿起来抖开一看，这是一件洁白的，半透明的薄纱睡裙，菲菲想这一定是蒋毅楠送给她的生日礼物。拿着婚纱般的睡裙，菲菲把它贴在鼻子上嗅了嗅，又在身上比划了一下，想了想后，最后还是选择穿这件漂亮的睡裙。

　　镜子前，菲菲转来转去地打量着自己，她发现这件睡裙衬托得她格外漂亮。菲菲结婚的时候还不时兴穿婚纱，所以，她从来没有穿过婚纱，这会，看着镜中的自己，她觉得自己简直就像是一个穿着婚纱的新嫁娘。

　　走出浴室，房间里，蒋毅楠正坐在电脑前专注地看着什么，菲菲悄悄来到他的背后，用胳膊环绕着蒋毅楠的脖子，把头埋在他浓浓的头发中。

　　一股浴液的清香扑鼻而来，这是蒋毅楠特地为菲菲买的一套象牙牌的浴液。蒋毅楠没有回头地问道："穿的哪一件？"

　　"猜猜看。"

　　蒋毅楠用手在身后摸了摸，"知道了，让我看看。"

　　说着，蒋毅楠转过身来，他看到菲菲正带着一个甜蜜的微笑望着他。蒋毅楠拉起菲菲的双手，张开她的双臂，上下打量着菲菲，蒋毅楠简直不敢相信自己的眼睛。刚刚洗过澡的菲菲如同芙蓉出水，朱唇玉面，还有那轻纱飘渺，和隐隐绰绰的香肌玉体，菲菲实在是太性感了，而菲菲的这种娇美，带着野草闲花般魅力，比那娇柔做作的高雅仪态更加诱人。蒋毅楠知道菲菲漂亮，但他从来也没有想到菲菲还能够如此这般风情万种。

蒋毅楠装模作样地咽了一下口水，故意眯着眼睛上下打量着菲菲，然后不停地点着头说："嗯，菲菲，你可真漂亮！"说着，他把菲菲紧紧搂进了怀里。

被爱人欣赏的时候有一种妙不可言的滋味。菲菲扬着脸，心柔和地跳动着，她不好意思地看了看蒋毅楠，然后把脸轻轻贴在他的胸前，她听到蒋毅楠的心脏也在跳动着，强有力地跳动着，两个人就这样久久地依偎着。他们不敢相信，朝思暮想的爱人已经就在眼前了，终于又见面了，又能在一起了，两个人都觉着像是在做梦。

当初的一夜情，如今已经越陷越深，菲菲和蒋毅楠已经到了欲罢不能的地步。

第十三章　　倾一世柔情

蒋毅楠可不像很多男人那样，睡起觉来像块木头疙瘩，今天要出去玩儿，天一亮他就醒了。从床坐起来，他拿起放在椅子上的那条菲菲给他买的新睡裤，这条睡裤又舒服又合身，蒋毅楠笑了，他从心里佩服菲菲，给他买东西连号都不用问了，这倒真像是一对老夫老妻。蒋毅楠穿上裤子，带着柔情回头望了望床上，菲菲还在睡觉，为了让菲菲多睡一会，他没有叫醒她。蒋毅楠把准备好的生日卡轻轻地放在菲菲的枕头边上后，下楼做早饭去了。

菲菲醒来的时候，太阳已经出来了。她揉了揉眼睛，摸了摸身边，不知道蒋毅楠什么时候已经不在了，她转过头去，看到枕边放了一张生日卡，菲菲伸了个懒腰，拿起了生日卡，上面简单地印着这样一句话：

"I am just crazy about you!Happy Birth day, Sweet heart。

生日快乐

爱你的蒋毅楠。"

穿好衣服，拿着生日卡，菲菲在楼下的厨房找到了蒋毅楠，早饭已经准备好了，有小米粥、面包、鸡蛋，还有早餐小香肠。

"谢谢你的生日卡，还有早饭。"

菲菲走到蒋毅楠的面前，撒娇地搂着他，轻轻地摇晃着。

"谢什么？我喜欢给你做饭。"蒋毅楠回头看了看菲菲，说道。

"这么多好吃的，回去我要减肥了。"菲菲说。

"没事，我不嫌你胖。"蒋毅楠笑嘻嘻地说。

"别哄人了，要是真的胖了，你就不这样说了。"

"你呀，就像现在这个样子挺好，不能太瘦了，女人太瘦了抱着像抱了堆骨头。"

"没想到你这么坏。"菲菲轻轻一笑，把头伏在他的肩上，闭上了眼睛。

"我坏吗？"蒋毅楠笑了笑，他转过脸去吻了一下菲菲，"好了，洗过脸了吗？要是洗过了，赶快吃早饭，今天咱们先去看瀑布。听我的同事说，尼亚加拉瀑布不光是美洲大陆最著名的奇景之一，也是世界七大奇景之一，而且还是世界第一大跨国瀑布，这个地方是一定要先去看的。"蒋毅楠说。

匆匆吃过早饭，蒋毅楠便和菲菲开车前往尼亚加拉瀑布城。从多伦多到瀑布城开车大约需要一个钟头左右，从蒋毅楠住的地方开车到城市的那一头也要一个来钟头，所以一大早出门，赶到瀑布城的时候已经是中午时分。

来晚了，找停车位便是一件头疼的事。开着车转来转去，他们一边寻找停车的地方，一边欣赏着小镇那古典优雅、恬静美丽的欧洲风景。蒋毅楠告诉菲菲说，这里不但是被公认的求婚圣地，而且也是全球首选的蜜月之都，所以，他希望有一天能带着菲菲到这里来度蜜月。

菲菲没有说话，只是表情十分痛苦地瞥了蒋毅楠一眼。菲菲在有意回避这个话题，她最不愿意听到的就是蒋毅楠提到有关婚姻的事，因为每一次说到这些事，都会在菲菲的心中掀起一阵小小的波澜。菲菲爱蒋毅楠，但一想到在他的身后依然还有个婚姻，菲菲就会感到非常不舒服，甚至自卑。另外，如果他的移民申请失败了，那么他就必须回国，因此，即使他就是离了婚，菲菲是否愿意放弃这里的生活，不顾一切跟他回国，这也是一个非常现实的问题，很显然，这是绝对不可能的事，也是一件没有妥协余地的事。菲菲不愿意说破这些，她不想在事情还没有定论之前就失去蒋毅楠，因此，她认为现在讨论这些事还为时太早，以后的事情以后再说吧，眼下，菲菲只想好好享受这难得的快乐时光。

车子还再兜圈子，为了忘掉烦恼，菲菲给蒋毅楠讲起刚来的时候教堂的那位大姐有关上帝降临恩赐停车位的有趣见证。菲菲说，从理智上来讲，她可能永远都不会信教，不过她认为偶尔向上帝祈求一下帮助也不是不可以的，因此她希望上帝也能帮她个忙，让他们快点找个停车位。说到这里，菲菲突然神情严肃起来，她接着又说，不知道为什么有很多次她真的感到也许她应该拥有一种信仰才对，当然，她希望拥有一种信仰并不只是希望在需要的时候能够尽快地得到一个停车位，而是希望能把她的灵魂投入进去，把某种积极的意义灌注到她的生活中去，使她的性格变得坚强一些，让她可以勇敢地面对现实，人生能够变得更有目的。

菲菲的话再一次让蒋毅楠感到十分吃惊，尽管他不知道是什么原因让菲菲产生这样的想法，但他知道在这次失业和择业的过程中，菲菲的内心世界里一定发生了什么顿悟，这次见面之后，他明显地感到菲菲与以前大不相同了，她的思想似乎正在起着一种他所不了解的、异乎寻常的变化。蒋毅楠想着菲菲的变化，同时也被她的情绪所感染。想到自己，他叹了口气，很长一段时间以来，他总是感到前途渺茫，感到他已经丢失了自己的事业和希望。

停车位最终找到了。

五月是旅游最好的季节，多伦多用她那袭人的芳香拥抱着来自世界各地的朋友。下车后，菲菲和蒋毅楠十指交叉，手拉着手快步向瀑布走去，还没有看到瀑布，就已经听到了澎湃的水声。来到瀑布前，菲菲和蒋毅楠立刻被那令人敬畏的大自然雕琢震撼了。在他们眼前，传说中雷神之水的尼亚加拉（Niagara）瀑布，宣泄着，轰鸣着，凶悍苍劲，波澜壮阔。巨大的水流排山倒海，气势磅礴，如似银河，落从九天。阳光下，浪花飞溅，水雾朦胧，一道彩虹横跨天空，犹如仙境一般。

“菲菲，想不想坐游轮到瀑布下面去？”蒋毅楠看着已经傻了眼的菲菲问道。

“什么？”菲菲像是从梦中醒来，她惊讶地问道："什么？还有游轮可以下去？当然，当然要去了。"菲菲激动不已地说道。

穿上雨衣，乘坐“雾中少女”号游轮，菲菲和蒋毅楠同其他游客一起，下到瀑布湖盆底部的心脏深处，置身于巨大落差的马蹄形峭壁边缘的喷雾之中，身临其境地感受着瀑布狂泻直下，震颤心灵的特殊经历。

从游轮上来后，菲菲和蒋毅楠漫步在尼亚加拉公园大道上。公园大道是沿着尼亚加拉河而建的，沿线有许多公园照相景色，风景优美，无与伦比。很久没有照相的菲菲兴奋极了，她一会站在这里摆个姿势，照一张，一会又坐在那里摆个姿势，照一张。之后，菲菲和蒋毅楠登上了瀑布城中的第二大景点——摩天塔，塔上的观景台是观赏瀑布的最佳地点。站的摩天塔最顶端的室外观景台上，放眼望去，尼亚加拉大瀑布全景尽收眼底，令人心旷神怡。摩天塔也是瀑布城综合娱乐中心，但由于天色渐晚，蒋毅楠和菲菲今天只能到此为止了，不过菲菲下决心说，有机会一定要带梅梅来，到那个时候再到娱乐中心来好好玩玩。

　　回家的路上，路过华人超市，进去买菜，蒋毅楠问菲菲想吃什么，菲菲说就是喜欢吃他烧的鱼，于是两个人买了一条欢蹦乱跳的活鱼和一些蔬菜瓜果。

　　厨房里，筋疲力尽的菲菲瘫坐在椅子里，看着蒋毅楠做鱼。

　　"你在家做饭吗？"菲菲好奇地问道。

　　"偶尔，基本不做。"

　　"难怪有人说结婚前是男人做饭，结婚后是女人做饭，看来，你们男人们都是做饭能手，但也都是骗人能手。"

　　"我说过的，菲菲，以后我天天给你做饭，让你每一天，每一餐，每一勺都能尝到我爱你的滋味，好不好？"蒋毅楠一边说着一边亲了菲菲一下。

　　这么感动人的话，菲菲听了却直想哭，不知道为什么她总是朦朦胧胧地感到这一天好像永远都不会到来似的，但不管将来怎样，只要他蒋毅楠能有这样的心，这样的话，菲菲也就心满意足了，就像蒋毅楠自己曾经说过的那样，只要曾经在一起，为什么非要天长地久呢。是的，哪怕只是真正的恩爱一天，也要比吵吵闹闹，举刀相向一辈子要好的多，想到这里，菲菲走到蒋毅楠的身后，双手搂住他的腰，把头靠在他的背上，小鸟般地依偎着他。

　　菲菲来之前，蒋毅楠就已经向同事们打听好了多伦多可以玩儿的地方，根据大家提供的信息，他制定了一个三日游计划。第一天的计划已经顺利完成，第二天，他们的计划是先到多伦多野生动物园去，然后去加拿大国家电视塔－ＣＮ塔去看看。

　　又是一个艳阳天。吃过早饭，菲菲和蒋毅楠就驱车赶往加拿大最大的野生动物园，这个动物园也被称做 African Lion Safari －非洲狮野生动物园。动物园坐落在多伦多市西边，离多伦多市大约 100km 左右，每年五月份开始对外开放。动物园内设有一个封闭的，总面积大约三百公顷动物自由行走园区，由七个不同动物小区组成，一千多种珍奇动物，除此之外，游客还可以开车进去，和野生动物们亲密接触，看动物表演。

来到动物园的时候，那里已经聚集了许多游客。开车进入动物自由区之前，蒋毅楠再三地嘱咐菲菲，进去后千万不能下车，也不要开车窗，他可不想让老虎把她给叼走了。蒋毅楠的话把菲菲给逗笑了，她说，要是老虎把她叼走了，她一定要把他也拽上，不求同年同月同日生，但求同年同月同日死，一同葬身虎口，这该是一种多么悲壮的浪漫。菲菲的话把蒋毅楠也给逗笑了，他拉起菲菲的手，使劲地亲了一下后笑着说，就是殉情也不能喂老虎。

自由区里的动物们各自有着自己的领地。几只大老虎们近在迟尺，太阳底下，懒洋洋地趴着一动不动，似睡非睡地眯着眼睛，不怀好意地盯着每一辆从它们面前驶过的车辆，但似乎并没有要过来攻击汽车的意思，估计是吃饱了，懒得动吧。车子慢慢向前行驶着，一只猴子跳到后视镜上，眨巴着眼睛向车内挤眉弄眼，大概是想让菲菲给它点什么吃的吧；一只长颈鹿伸着它那纤细的长脖子，优雅地跑了过来，抬着它那小小的，但高贵的头颅站在了车子前面，用它那一双似烟似雾的丹凤眼含情脉脉朝着车里深情遥望；一头雄赳赳气昂昂的美洲雄狮，慢悠悠地走在两辆车子中间，挺胸抬头，威武无比，让人心惊肉跳，但又令人肃然起敬……。动物园里还有动物表演，当然看动物表演的大都是些孩子们，看完了大象，鹦鹉和老鹰的表演后，菲菲又想到了女儿，她说有机会也一定要带梅梅到这里来玩。

听同事介绍说，CN 塔不仅是多伦多建筑象征和骄傲，也是多伦多十大旅游景点之一，所以，无论如何应该去看看。当蒋毅楠和菲菲赶到 CN 塔的时候，已经是黄昏时分。站在高耸入云的塔上，登高望远，整个世界一览无遗，广阔无垠的安大略湖，残阳如血，水光潋滟，美不胜收。在塔顶处有一面悬空的玻璃桥，蒋毅楠让菲菲站上去看看，菲菲说自己恐高，不敢上去。蒋毅楠硬拉着菲菲，和哆哆嗦嗦的菲菲一起站到了玻璃桥上。透过玻璃往下看，脚下的行人就像蚂蚁一样大小，而一辆辆汽车就像一只只铁蜗牛一般。菲菲抱住蒋毅楠不停地鬼哭狼嚎，叫喊着说要吓死了。跨出玻璃桥，没想到满脸通红的蒋毅楠小声地对菲菲说，其实他也恐高，不过尽管两人吓得半死，但还是觉得非常刺激。

最后一天，蒋毅楠计划上午先去看赛马，下午再去逛商店。

加拿大赛马（Horse Racing）是一项已经存在很多世纪的骑马运动，如同挪威神话中神 Odin 和巨人 Hrungnir 之间的战马比赛，蒋毅楠一直想去看看。据同事介绍说，多伦多的活湃赛马场 (Woodbine Racetrack)不仅是北美纯种赛马比赛的故乡，也是北美唯一一个可以允许纯种马比赛，和马车比赛同时进行的赛马场，当地的老华人经常谈起并且非常喜欢到那里去消磨他们实在多余的时间，所以，好心的同事建议蒋毅楠，要想看赛马，最好去那里。

赛马开始之前，蒋毅楠和菲菲赶到了赛马场。赛马场有一个很大的建筑物，上面有一个巨大的牌子，上面写着 Woodbine 字样。在建筑物大厅里，一个电视屏幕前稀稀拉拉地坐了些人，这些人是准备在电视屏幕上看赛马的。大厅四周的墙壁上贴着许多介绍赛马历史、人物、冠军马和骑手们的历史图片。蒋毅楠和菲菲四下转了转，像看天书似的看不懂，什么马的品种呀，年龄啦，骑手的背景呀，他们俩全都不知道，于是，他们只好来到观看台上，找个座位坐了下来，等着赛马的开始。

赛马开始了。砰的一声枪响从远处传来，马槽的门打开了，接着就听到了马蹄由远至近的践踏声，七、八匹健壮的纯种赛马带着它们的主人闪电般地奔跑了过来，看台上顿时响起了欢呼声和刺耳的口哨声。看着那些奔驰着的骏马，菲菲和蒋毅楠打起赌来，蒋毅楠问菲菲几号马可以得冠军，菲菲想都没想地说是六号，蒋毅楠问为什么，菲菲说没有为什么，因为不懂赛马，所以就选了一个中国人认为吉利的数字罢了，六六大顺嘛。蒋毅楠大笑不止，他说没想到菲菲还相信迷信，不过，他倒是看好三号马，因为刚才看介绍，好像三号马历史上赢的次数比较多，所以他赌三号马。

最后的冲刺到了，只见六号马突然加快速度，在人们疯狂的叫喊声中第一个冲过了终点，更令人吃惊的是，听邻座说，冠军骑手竟然是一位十九岁的姑娘。人群沸腾了，菲菲也呼地一下子站了起来，她高兴地一边挥舞着双手，一边摇着蒋毅楠的手臂喊道："我赢了！我赢了。"看到菲菲如此激动，蒋毅楠也不无遗憾地说要知道菲菲还有如此智慧，他们应该事先买张彩票的。菲菲一直兴奋不已，她说要是再来看赛马，她一定要买彩票，而且还要赌六号马。

二轮马车的比赛更是精彩，几辆马车你追我赶，拐弯处可以说是触目惊心。一辆马车在拐弯处车仰马翻，吓得看台上的观众尖叫不止，许多人站了起来，想看个究竟。车没有散架，人也没有受伤，比赛也没有出现流血事件，有惊无险，人们松了口气，坐下来继续观看比赛。比赛结束后，菲菲和蒋毅楠准备直接去逛商场。对于菲菲来讲，逛商店倒是更有吸引力，而对蒋毅楠来讲，看赛马是他很久以来的一个愿望，今天也总算是如愿以偿了。

三天的游玩，照了不少照片，来到购物城，先把照片送去加快冲洗，然后逛商店。来多伦多之前，梅梅让妈妈给她买一条ABERCROMBIE & FITCH（阿贝克隆）牌牛仔裤，好不容易找到了，一看价格，吓了菲菲一跳，但是答应了梅梅，只好硬着头皮买下。买完了，菲菲摇着头不停地说她真是搞不懂现在年轻人的时髦，为什么非要花那么多的钱去买一条不仅死活提不到腰上，而且还磨得到处都是破洞的裤子，惹得她经常有给孩子们补裤子的冲动。听着菲菲唠叨，蒋毅楠只是微笑，并不发表意见。

玩儿了三天，累得够呛，而明天一大早，一个要去上班，另一个要去赶飞机，所以回去后，菲菲没有让蒋毅楠做饭，他们煮了点速冻饺子算是吃了晚饭。洗好了澡，两个人头靠着头坐在床上，翻看着三天来照的那一大堆照片，评论着哪张照得好，哪张照得不好，这张闭上了眼睛，那张没有照到头顶，两个人越说越高兴，并且还约好了下一次见面的时间：十月份是蒋毅楠的生日，蒋毅楠邀请菲菲再到多伦多来一起去郊外看红叶。

正说的热闹，蒋毅楠的手机玲响了，他低头看了一下手机，脸一下子涨得通红。蒋毅楠站起身来，他把手指放在嘴上，对着菲菲嘘了一声，示意让菲菲不要出声，然后拿着手机到走廊上去了。

菲菲继续翻看着照片，走廊上不断传来蒋毅楠嗡嗡的声音，一会高一会低，不知道在说什么。过了很久，蒋毅楠才回来，只见他脸色苍白如纸，嘴唇发紫，一言不发，一副魂不守舍的样子，像是突然生了什么重病。菲菲不知道发生了什么事，但从蒋毅楠的表情上看，她知道一定是发生了什么可怕的事情，于是她小心翼翼地问道："出什么事了？"

看着菲菲，蒋毅楠犹豫不决，他不知道该不该说。

"到底出什么事了？"菲菲口气坚定地又追问了一遍。

"我老婆得了癌症。"蒋毅楠喉头哽咽地说道。说完，他抱着脑袋，一脸送葬般的表情，稀泥似地坐在了床沿上。

　　蒋毅楠的话，象一声丧钟，在菲菲的脑子里轰然炸响，菲菲简直不敢相信自己的耳朵，她伸着脑袋十分惊讶地问道："什么？！癌症？什么癌呀？"

　　"乳腺癌。"

　　"噢，"菲菲松了一口气，把头缩了回来，"听说现在的乳腺癌如果是早期发现，是完全可以治愈的。"菲菲说。

　　蒋毅楠没有说话，他仰面朝天躺了下去，半睡半醒似地沉浸在突如其来的打击之中。很多年来，他对妻子的爱与恨从来没有离开过他，而此时，这种复杂的感情更加强烈了起来，使他不知如何是好，不管怎么说，虽然和妻子经常闹得不可开交，你死我活，但妻子毕竟曾经爱过他。蒋毅楠两眼发直地瞪着天花板，两行泪水顺着眼角无声地流到他雕塑般的脸颊上。

　　爱情是人类所有感情中最自私的，是绝对不能与人分享的。看到蒋毅楠无比绝望的神情和眼泪的时候，菲菲心里一下子全明白了，尽管这个时候不是吃醋的时候，但菲菲还是觉着锥心痛楚，仿佛万箭穿心，她突然强烈地意识到另一个女人真实的存在。打架归打架，人家到底还是夫妻，在蒋毅楠的心里，她菲菲不是他唯一的女人，她是多余的。

　　"回去吧，她现在一定非常需要你。"菲菲强忍着内心的痛苦劝道。

　　"我不知道该怎么办，我要好好想想，睡吧，不早了，明天还要早起呢。"说完，蒋毅楠把灯关掉了。

　　灯灭了，但房间里并不十分黑暗，月亮的清辉透过薄薄的窗帘照进屋子里，洒在菲菲和蒋毅楠的身上。蒋毅楠和菲菲一动不动地躺着，手紧紧地握在一起，好像只要一松手，就会失去彼此。

　　"菲菲？"不知道过了多久，蒋毅楠轻轻地叫了一声。

“嗯？”

“还没睡着呀？”

“没有，睡不着，你也没睡？”

“我也睡不着。”

“我知道，你在想什么呢？”

“菲菲，我在想你，你不要担心。”

“我不担心，你不用安慰我，我知道我应该怎么做。”

“我的这个婚，我早就想离了，这跟你没关系，我知道，按道理这个时候我应该回去，可是我想告诉你，我一点都不想回去，听起来这似乎很自私很残忍，但这是我的真心话，这话我也只能跟你说。菲菲，知道吗，就是那一菜刀，砍掉了我作为一个男人的尊严，扼杀了我对家的思念和要回家的愿望。我恨她，虽然这恨还没有达到希望她得癌症死去的程度，但我的确非常恨她，所以等她的癌症好了，这婚我还是要离的，要是好不了，我也就用不着离了。”

听到这里，菲菲吓坏了，她侧过身去，用手使劲地捂住蒋毅楠的嘴，“不许胡说，不许胡说，我可不想诅咒什么人去死。”

对菲菲和蒋毅楠来讲，那是一个思绪极其混乱和内心世界十分痛苦的夜晚，爱情与道德正在他们心中展开着激烈的搏斗，而与此同时，那也是一个惊人的情欲之夜，似乎已经预感到这将是他们今生今世最后的温存，如同世界末日来临前的疯狂与肆无忌惮，他们紧紧地拥在一起，让生命在莽原之中狂奔着，恣情任性，共同品尝着那不朽的滋味，然而，在那最恰人意的关头，一种与温情皆然不同的战栗再次摇撼着他们。

此时此刻，他们要用尽一生的精力，倾一世柔情。

第十四章　　忍痛割爱

菲菲和蒋毅楠整夜都没有睡好，天一亮，他们就起来了。洗漱完毕，蒋毅楠说他先下楼准备些早饭，他让菲菲收拾好了就下去，并叮咛菲菲走的时候别忘了把门锁上，说完他提着菲菲的行李箱下楼去了。菲菲收拾完了，出门前，她再次环视着房间，下意识地用手拽了拽床单，又松了松枕头。驻足在电脑桌前，凭窗远眺，静静地思索着。听到蒋毅楠在楼下轻声的呼唤后，菲菲把思绪从远处拉了回来，她慢慢摘下了手上的那枚戒指，轻轻地放在了蒋毅楠的笔记本电脑上，含着泪迅速走出了房间。

这真是还君明珠双泪垂，恨不相逢未嫁时。

机场，蒋毅楠把车还了之后，拉着菲菲的行李箱，陪着她走进安检大厅。

"好了，别送了，回去吧，你还要去上班，不要迟到了。"菲菲接过行李箱说。

"路上小心点，到家了给我来个邮件。"

"好的，我会的。"菲菲强装欢颜，却把眼泪往肚子里咽。

"那就好，十月份见了。"

"再说吧。"菲菲犹豫了一下，含糊其辞地说道。

"你什么意思？"蒋毅楠一机灵，立即反问道。

"我的意思是也许你应该回国。"菲菲直视着蒋毅楠的眼睛说道。

蒋毅楠叹了口气。是呀，他原本是想把甩掉婚姻包袱的全部希望都寄托在移民这件事情上，可如今一切都变得乱糟糟的，一边是责任和良心，一边是爱情与幸福，他必须作出抉择。想到这里，蒋毅楠神情恍惚地看着菲菲，张了张嘴，想说什么，但最终还是什么也没说出来。

"上班去吧，我走了。"

"等等，菲菲，我能不能在这儿亲你一下？"蒋毅楠拉着正要转身的菲菲，恳求地问道。

菲菲楞了一下，这个时候，她看到蒋毅楠的目光里流露出来的是一种她从未见到过的复杂神情，这神情像是一团烈焰，在这熊熊的烈火中，菲菲看到燃烧着的是痛苦、无奈、绝望，和依依不舍。

菲菲的心似乎被这目光穿透，她走上前去，搂着蒋毅楠的腰，扬起脸温柔地说道："当然可以啦。"

……

带着蒋毅楠留在唇上的余温，菲菲通过安检，她回头望去，蒋毅楠依然站在那里目送着她，没有离开。尽管心里很不好受，但菲菲还是微笑着，她挥挥手，送给蒋毅楠一个飞吻后，扭头消失在了人群中。

几小时后，飞机起飞了，像来时一样，无声地向温城飞去。然而，此时的菲菲已经完全没有了来时的激动和高兴。同样是凝视着窗外，但三天来的欢乐已经变成了痛苦，这痛苦像块石头，沉甸甸地压在菲菲的心头。想到昨夜那个狂热的、漩涡般的销魂时刻，菲菲一直忍着的眼泪终于掉了下来。菲菲一夜无眠，她脑子里乱哄哄的，那可怕的癌症，像一只钳住她喉咙的魔爪，让她窒息，让她感到无比恐惧。

有些人相爱，却不能一起生活，有些人一起生活，但却并不相爱，人生就是这样，太多的心不由己，身不由己。在与蒋毅楠的关系上，菲菲并不奢望婚姻，她觉着婚姻中总是有太多的相互要求、相互不满和相互伤害，这些要求、不满和伤害往往会毁掉人与人之间所有美好的情感。菲菲只是希望一个缠绵的爱情，一个在温柔中甜甜入睡的夜晚，一个能够一直守候到天明的爱人，这就足够了。她爱蒋毅楠，毫无疑问，但蒋毅楠送她的那枚戒指让菲菲感到十分恐慌和矛盾，她不想作为第三者再次插足别人的家庭，但她又不想伤害蒋毅楠的感情。如今，虽然感情上她仍然很难做出分手的决定，但理智和良心告诉她，现在分手也许是最好的时候，他们之间的这种暧昧关系必须结束，而且越快越好。菲菲不想当面告诉蒋毅楠，因为她无法面对他的眼睛，也没有这个勇气说出来，因此，她把戒指留了下来，希望蒋毅楠能够理解她的感受。

在瀑布城，菲菲给英惠买了两瓶尼亚加拉的特产—冰酒，所以，尽管说好了，今天梅梅放学后，夏尔会把梅梅直接送回家，但菲菲突然改变了主意，下了飞机，她直接来到了英惠家。一来，她想把酒亲自交给英惠，感谢他们几天来照顾梅梅的辛苦，二来，菲菲也非常希望能和英惠说说心中的苦闷。

门铃响了，看到是菲菲站在门外时，英惠感到非常意外。夏尔已经去接梅梅了，看到菲菲来了，英惠立即给夏尔打电话，说菲菲已经到了，现在在他们家里，让他接了梅梅就回家来。

菲菲从行李箱中拿出酒来，送给英惠，说这是在瀑布城专门给他们买的，接过酒来，谢了之后，英惠客气地埋怨说菲菲太见外了，都是朋友，不要送什么东西啦。

"梅梅这些天是不是听话？"坐下来，菲菲有气无力地问英惠。

"梅梅很懂事，很乖的。"说到梅梅，英惠永远都是赞不绝口。

"那就好，就怕给你们添了许多麻烦。"

"哪里的话，我们都很喜欢梅梅的，谢谢你信任我们。"看着一脸疲惫的菲菲，英惠又说："玩儿起来很辛苦的，你好像很累。"

“我昨天夜里没有睡。”

“为什么？不要纵欲过度啦。”英惠挤了挤眼，开玩儿笑地说道。

“英惠，我和他分手了。”菲菲有气无力地说道。

“分手了？为什么？”这个消息太突然了，走的时候还爱得要死要活的，怎么一下子说分手就分手了呢？英惠丈二的和尚，摸不着头脑。

“他太太生病，得了乳腺癌。”菲菲泱泱地说道。

“哇！”英惠张着嘴，惊讶地看着菲菲，“怎么是这样，这真是一个很不幸的事情。”

“是的，而且，如果他因为我离了婚，要是那个可怜的女人在悲惨中死了，你说我这辈子还能幸福吗？所以，我不能再继续下去了，我觉着再继续下去，真的就是罪孽了。”菲菲的声音开始颤抖起来。

“那他应该回去了吧？”英慧问道。

“不知道，他好像在犹豫。”

“他还能犹豫什么？”

“不知道。”

“菲菲，不管他还在犹豫什么，我也认为你不能再犹豫了，你们之间的关系的确应该结束了。我一直都觉着他这样做实际上就是一种欺骗，你太天真了，菲菲。”

“也许我是天真了些，我没有想到他心里还是很在乎，很惦记他太太的，这让我很难接受也很无奈。”菲菲声音小得几乎听不见。

“既然是这样，当初他就不应该来打搅你，如果他真的想和你在一起，就应该先去把婚离了，再来找你。”

　　"他说他在办移民，要是先提离婚，那他就没法办移民了。"菲菲为蒋毅楠辩解。

　　"说是那么说，菲菲，不管怎么说，反正我从来就没看好你们两个人的事，爱上一个有妇之夫，这本身就是一个天大的错误，可是，一个是老室友，一个是好朋友，你让我说你们什么好呢，既然你想结束，我强烈同意，支持你，而且希望你能够快刀斩乱麻，不能再粘粘乎乎的了，这样对你们两个人都没有好处。"

　　"我也这样想，可是，英惠，你知道吗，忍痛割爱有多难多痛吗？两年前，姓洪的骗了我，甩了我，那感觉就像是一把尖刀扎在我的心上，心现在还在流血。那个时候我在这里举目无亲，连个朋友都没有，要不是蒋毅楠陪着我，我可能都会去上吊。可是今天，我却如此绝情地要自己亲手结束这一切，英惠，这简直就像是自己用刀子割自己的肉，跟自杀没什么两样。他对我的好，我一辈子都忘不掉，虽然，我从来都没有说过一定要嫁给他，但是我必须承认，我的确是非常爱他，在这份爱中，也带着深深地感激，也许一个女人爱上一个男人一定是先要有了感激之心的吧。可是，想想那个得了癌症的可怜的女人，在这个时候，我再给他施加压力让他们离婚，那不是雪上加霜，要人家的命吗。我有过被人抛弃的经历，我知道那会是怎样的一种痛苦与绝望，人都应该有恻隐之心的，对吧，所以，我必须退出。唉，说一千道一万，都是我的命不好。"说到这里，菲菲终于忍不住唏嘘地哭了起来。

　　看到菲菲哭了，英惠不知所措，她觉得一定是自己的话太重，让菲菲受不了了，她拿来纸巾盒递给菲菲，然后挪到菲菲身边，不停地抚摸着她，希望能给菲菲一些安慰。

　　咚的一声门开了。

"妈！你回来了，我想死你了。"是梅梅放学了，人还没有进来，声音先传了进来。

一听是梅梅回来了，菲菲立即收起眼泪。

"哟，妈，你怎么哭了？！"一跳进门来，梅梅就看到妈妈在抹眼泪，小姑娘吃了一惊。

"没什么，有点累。"菲菲不敢直视梅梅，抬手用纸巾擦了擦眼睛。

"哟，妈，你的戒指呢？"梅梅突然发现妈妈手指上的戒指没有了，"噢，我知道了，你们两吵架了，掰了。"

"梅梅，听话，别这样跟妈妈说话。"英惠慈爱地对梅梅说。

"我知道，肯定是的，妈，哭什么，有什么大不了的，吹了就吹了，天底下的男人又不是都死光了，干嘛非要在一棵树上吊死，再说了，人在国外，干嘛还非要找中国男人，你看惠阿姨，找了夏尔叔叔多好……"

虽然只有十三岁的梅梅，无论从生理上，还是心理上看着都要比国内同龄的女孩子要成熟的多。听着梅梅在那大放厥词地发表着她对婚姻的看法，两个大人目瞪口呆。上帝呀，如今的女孩子真是今非昔比，了不得，小小年纪，这些经验都是从哪得来的？！菲菲止住哭泣，和英惠一同楞楞地看着梅梅，无言以对。

送走菲菲后，蒋毅楠赶去上班，同事们都很热情，不断有人前来询问他这几天玩儿的怎么样。玩儿是玩儿得很开心，可是一想到老婆的癌症，心上的阴影就立即笼罩了蒋毅楠的整个人生。尽管两个人早就过得是爱到尽头，但毕竟在一起生活了十多年，要说一点感情都没有，那肯定也是瞎话，不过，自从出了国，蒋毅楠就没打算再回去，当然也没有真心地想念过她。昨天电话里，老婆说已经约好，下周做手术，蒋毅楠说，如果下周手术，他肯定是赶不回去，所以，手术后请她乡下的妹妹来照顾她一下吧。

由于一夜没睡，蒋毅楠晕晕乎乎上了一天的班，好不容易捱到下班，匆匆回家，进门的第一件事就是上网，看看菲菲是不是像以往那样已经等着他了。电脑上，蒋毅楠一眼就看见了菲菲留下来的戒指，他简直要气炸了肺，他看了看时间，即便是有时差，这会菲菲也应该在家了，蒋毅楠开始在 FreeCall 上呼唤，没有回答，没有回答，还是没有回答。

蒋毅楠疯了，他跑到楼下，跟房东太太说了声用一下座机之后，也不等房东太太点头同意，他拿起电话就拨通了菲菲家里的座机。电话那头始终没有人接，放下电话，蒋毅楠又折回到楼上的房间，在 Free Call 的留言上写道：菲菲，接电话！你不能这样绝情，我必须跟你谈谈！蒋毅楠简直无法相信，菲菲竟是这样一个如此果断的女人，斩断爱情的刀如此锋利快捷，一点都不比他老婆砍他用的那把菜刀逊色，蒋毅楠在心里愤怒地喊着：好呀你菲菲，你这是杀人不见血呀！

在英惠家吃了晚饭，夏尔才把菲菲母女二人送回家。进门后，菲菲习惯性地想要去打开电脑，看看蒋毅楠是不是已经上机了。可是，面对电脑，她突然想起他们已经分手了，菲菲犹豫了一下，然后沉沉地坐了下来，努力克制着自己不去看电脑，终于，她战胜了自己。

菲菲想去洗个澡，浴室里，打开淋浴，菲菲抬起头，让热水冲洗着自己脸颊，希望这水能够冲掉她心中的一切悲伤。突然，菲菲想起了蒋毅楠送给她的那件婚纱般的睡裙，刹那间，眼泪像决了堤的水，夺眶而出，接着，她就放声痛哭起来。

楼上的电话铃不停地响着，回荡在空无一人的客厅中，浴室里的菲菲没有听到，戴着耳机听音乐的梅梅也没有听到。

　　从浴室出来后，菲菲小心翼翼地把睡裙挂进衣橱，心想以后不会再穿它了。躺在床上，菲菲疲惫地闭上了眼睛，她希望今晚能睡个好觉，忘掉那些伤心事。菲菲太累了。

　　迷迷糊糊，菲菲听到了楼上好像电话铃在响，她起身看了一下时间，已经十二点多了，菲菲有些疑惑，这么晚了谁会打电话来呢？也许是什么人打错了电话吧？要不然就是英惠有什么急事？不会，一般来讲，英惠是不会这么晚了还给她打电话的。菲菲稍稍等了一会，铃声还在继续，菲菲穿了件睡袍来到楼上，她突然想到会不会是蒋毅楠？菲菲浑身哆嗦了一下，伸出去准备接电话的手又缩了回来。打开电脑，菲菲看到了蒋毅楠的留言，毫无疑问，这个电话一定是蒋毅楠打来的，那么接还是不接？菲菲犹豫着。电话铃还在不停地响着，在这寂静的夜晚显得格外嘹亮。

　　"妈，怎么不接电话？吵死了。"梅梅上来了，她揉着眼睛抱怨地说。

　　"我想这可能是蒋毅楠的电话，我不想接，你帮我接一下好吗？就说我不在家。"

　　"妈，你们俩是为什么掰的？"

　　"唉，她太太得癌症了。"

　　"什么？他结婚了，有老婆？！妈，早知道是这样，我都不会同意你跟他好。没问题，我替你接电话，要是他问你去哪了，我怎么说？"

　　"就说我在惠阿姨家。"

　　"好。"说着，梅梅拿起来电话，"hello，Who's this？"梅梅老气横秋，口气像个大人似的闷声闷气地问道。

　　"梅梅，是我，我是你蒋叔叔，让你妈妈接电话好吗？我有事要跟你妈妈说。"

"我妈妈不在家！"梅梅恶狠狠地回答道。

"不在家？这么晚了她能上哪去呢？"

"可能还在惠阿姨家吧。"梅梅已经有些不耐烦了。

"惠阿姨家？她怎么能把你一个人留在家里？"

"我已经十三了，可以独自在家了。"梅梅快速地说完，看了妈妈一眼，吐了吐舌头，做了个鬼脸。

菲菲摇了摇头，咧着嘴苦笑了一下。

"那好吧，我一会再打过去，要是你妈妈回来了，让她等我的电话啊。"

"再见！"说完，梅梅咣当一声把电话挂上了。

蒋毅楠挂断了电话后，立即给英惠打电话，询问菲菲是不是还在她那里，英惠说菲菲她们已经回家了。过了一会，菲菲的电话铃又响了，菲菲没有再起来接电话，她想，蒋毅楠总不会打一夜的电话吧，可是菲菲错了，蒋毅楠的电话就像是一个追命夺魂的幽灵，断断续续的一直响到凌晨三点，终于，梅梅忍不住爬了起来，小姑娘怒不可遏地干脆把电话线给拔了。

第二天，从学校回到家，菲菲在 Free Call 的留言板上看到蒋毅楠的又一条留言：菲菲，接电话，今天你要是再不接电话，我就立即飞过去找你。

晚饭后，电话铃又响了。菲菲犹豫了一下，拿起了电话。

"菲菲，昨天你为什么不接我的电话？"菲菲一拿起电话，蒋毅楠就质问道。

"你看到我留下的戒指了吗？"菲菲反问道。

"看见了，你什么意思？！"蒋毅楠生气地问道。

"如果我不能成为你生命中的唯一，我宁愿放弃。"菲菲语气坚定地说道。

"你怎么知道你不是我的唯一？难道我对你还不够好吗？"

　　"你对我好，我知道，但我也知道，你心里还有别人。"

　　"你怎么知道？！"蒋毅楠几乎是喊出来的。

　　"你就是不说我也知道，因为我是女人，你的眼泪告诉了我！"菲菲铿锵有力地说道。

　　"她现还是我老婆！"蒋毅楠忍不住了，他气急败坏地嚷嚷道，但他并没有否认他还惦记着自己妻子。

　　"谢谢你告诉我你还有个老婆，可是我算干嘛的？永远做你的情妇？我菲菲就是再爱你，也不能永远接受这样的处境。"虽然菲菲尽量克制自己不要发火，但还是把声音提高了一个八度。

　　"菲菲，你不能这样绝情，你得给我时间。"蒋毅楠的声音缓和了一些。

　　"时间！又是时间！我还有多少时间可以等待？我不想再浪费我的时间了！"菲菲愤怒道。

　　"你怎么可以这样说，难道你不知道我是真的爱你吗？"

　　"这和你是不是真的爱我没关系！而且你在这个时候离开她，你不觉得这很残忍吗？不是我无情，我这样做是为了我们大家好，你、我、她！"

　　"那我呢？！难道我就应该永远生活在痛苦中吗？"很多年来，蒋毅楠始终处在对妻子的恨与爱的矛盾中。

　　"那是你们两的事，和我无关！"菲菲大声说道，"但是，如果她的死是因为你的离婚，你想让我一辈都活在自责中吗？！那我的生活还有什么快乐可言？！"

　　"她的癌症跟你有什么关系？！你有什么可以自责的？！"

　　"但是你要离婚就和我有关系了，所以，那将会是一个阴影永远跟着我。我不能再插在你们中间了，我曾经有过一次这样的经历，我不想再经历了，从今以后，咱们就做普通朋友吧。"

"这怎么可能！我是个男人，男人怎么能和自己爱的女人只做普通朋友？！难道你是傻子吗？！"蒋毅楠在电话里咆哮起来。

"你以为我愿意吗？！你想过我的感受吗？！你知道我心里有多难受吗？！"菲菲也大声地喊道。

命运的捉弄，爱情的颠覆，这让蒋毅楠感到十分的愤怒，他大有一种被欺骗了的感觉，好不容易说服了自己，下决心离婚，可菲菲却变了卦，退了出去，一年多来精心耕耘的爱，得到的却是一颗令人难以下咽的苦果，这让蒋毅楠很难接受。于是他用一种讽刺的口吻恶毒地说道："你会难过？我根本就不相信你会难过！我说了，我会离婚的，我是认真的，可是你变了，你这不是在耍我吗？"

恶毒的语言往往也会给人致命的伤害。蒋毅楠的这句话就像一把锋利的尖刀，狠狠地戳在了菲菲的心上。心在滴血，胃在翻江倒海，一阵阵地绞痛。菲菲几乎晕厥过去。她捂着肚子有气无力地小声说道："你知道你在说什么吗？！亲爱的，你知道我有多爱你吗？！"说完，菲菲浑身无力地瘫坐在了椅子上。

听到菲菲居然叫他亲爱的，蒋毅楠惊喜万分，满腔的怒火顿时烟消云散，心又活了过来，软得没了力量，没了主宰，"菲菲，菲……"

嘟、嘟、嘟……

菲菲挂断了电话。

不记得什么人好像说过这样一句非常有道理的话：如果你可以控制自己的感情了，那么也就意味着你可以掌握自己的人生了。

此时的菲菲便是这样的一个人。

　　挂断了电话，菲菲望着窗外，回想着发生的这一切，她不禁问自己，为什么爱情总是始于幸福，终于痛苦？

第十五章　　　妇女保护所

在一起学习了几个月后，菲菲、阿萍和易真逐渐熟悉起来，彼此之间也很友好。八月中旬，基础英语班的课就要结束了，可是整整一个星期阿萍都没有到学校来，老师带着同学们去参观植物园和动物园的活动阿萍也没有参加。菲菲不知道阿萍到底出了什么事，有心打个电话问一问，可是阿萍从来也没有留下过她的电话号码，问易真，易真说她也不知道阿萍的电话号码，菲菲向老师打听，老师只是说阿萍生病了，请了几天假。

英语班结束的最后一天是聚餐，同学们各自从家里带了些食物、饮料和点心。聚餐前老师做了总结，评语和成绩单也发了下来。本以为阿萍不会再来了，可是出乎菲菲的意料，阿萍来了。阿萍不但来了，而且像以往一样，照样打扮得漂漂亮亮，香喷喷的，但不知为什么，就是在教室里，她脸上的那副大墨镜也始终不肯摘下来。

阿萍和菲菲打了招呼，拿了些吃的后就独自静静地坐在一个角落里，菲菲看了看阿萍，端着盘子跟着坐到了她身旁。

"嗨，阿萍，你怎么好多天都没来呀？"菲菲关心地问道。

"我有些不舒服。"阿萍抬头看了看菲菲，又低下了头。

"阿萍，你一定有什么事，你的脸色不好，而且，在屋子里你为什么不摘掉墨镜呢？"菲菲的声音非常小，小的只有她们两个人能听见。

"没什么，家里出了点事。"

"打架了？我能看看吗？"

凭着直觉，菲菲感到一定是家里发生了什么不愉快的事。平日里，阿萍总是心事重重的样子，虽然和大家都挺客气的，但她很少讲话，而且菲菲也曾经听阿萍说过一些她和戴维之间的关系不太好的事。

阿萍抬头看了看菲菲，犹豫了一下之后摘下墨镜，让菲菲看了一下她的脸，然后又迅速地把墨镜戴上了。

当看菲菲到阿萍的一只眼睛被打成了乌鸡眼的时候，着实吓了一大跳，"啊哟妈呀！这是怎么了？"

"戴维打的。前些天的一个早上，我忙着要来上课，忘了给他做咖啡，加上晚上我不愿意和他做爱，他就火了，他老是觉着他养着我，我就得伺候他，听他的，他跟我嚷嚷，我知道他在骂我，可我听不懂骂的是什么，有多难听，只看到他凶得要死。我不会用英语吵架，不理他吧，他就更生气，说我故意不理他，于是就动了手，"说到这里，阿萍沉默了一下之后，愤怒地又补了一句，"我又不是他的使唤丫头和性奴隶！"

异国婚姻一点也不像阿萍当初想象得那样简单和美好。由于年龄差异、语言障碍、生活习惯、思维方式和文化背景诸多方面的原因，阿萍简直无法和戴维交流，可以说，两个人没有一点共同之处，几乎格格不入。

没能阻止阿萍去学英语，戴维始终耿耿于怀，他认准了，阿萍把他给骗了，嫁给他只不过是为了利用他到加拿大来，而他这里，也只不过是阿萍暂时落脚的地方，毫无疑问，等到翅膀硬了，她就会飞走，到那个时候他岂不是鸡飞蛋打吗。戴维认准了，阿萍不爱他，所以才不愿意和他做爱，这件事简直让他忍无可忍，可是他不明白，既然这样，为什么他还要白白养活她，当初找中国女人的如意算盘全然不是这么回事。老戴维懊悔死了，他不愿意去想，但又不能不想，他越想越生气，越生气就越要想，以致彻底失去了理智。

　　为了出气，戴维开始不断找茬吵架，从烧咖啡到洗衣服，家里没有一件事令他称心如意。他经常无缘无故突然对阿萍发火，而且不顾警察的警告，再度限制阿萍的人身自由，除了学校和家，没有戴维跟着，阿萍哪里都不许去，而且在家里他也老是跟着她，看她在干什么，这让阿萍感到好像背后老有一双眼睛在盯着她，脊梁骨都凉飕飕的。阿萍的日子过得是步步惊心，但因为没有别的地方可去，对于这样的虐待，阿萍只能忍着，心想等学好了英语，找个工作，赶快离开这里，离开这个地狱一般的地方。可是阿萍万万没有想到，戴维又动手了，而且下手非常之狠。

　　"哇！这老头疯了吧，居然敢动手打人！太不像话，你叫警察了吗？"菲菲气氛地说道。

　　"叫了，警察又给他带走了。"

　　阿萍说，戴维第一次动手后，对于戴维的这种暴力行为和人身虐待警察局已经备了案，社会工作者也经常打电话来询问阿萍是否需要帮助，或者是否需要进一步调节。阿萍也认为她和戴维之间的确需要调解，可老戴维却不愿意政府官员插手他们之间的事，他认为这些都是针对他的，对于政府和社会来讲，妇女和儿童总是理应首先受到保护的，他经历过，在第一次的离婚中他已经领教过了，所以他知道他不会得到任何同情和好处的。

　　妇女保护组织部门里有一位早年从香港来的康大姐，大学毕业后，就一直在这个部门里工作，她不但英语讲的很好，国语也讲得很棒。几十年来，她帮助过许多华人家庭和妇女，在华人社区里知名度很高，因为阿萍的英语不好，所以社会工作者就把这位康大姐介绍给了阿萍。阿萍也曾专门拜访过她，了解了阿萍的情况后，康大姐把她的电话号码留给了阿萍，并嘱咐阿萍遇到困难的时候一定不要犹豫，立即给她打电话。根据阿萍的请求，康大姐也上门调解过几次，但是，表面上戴维接受了调解的一些条件，但实际上打心眼里还是不服气。老戴维对社会工作者的干预非常恼火，因此他的情绪很不稳定，时好时坏。

"有的时候，我看他气势汹汹的样子，真害怕他会把我杀了，"说到这里，阿萍自嘲地笑了笑，"我不能再委曲求全了，我已经搬出来了，现在不住在他那里了。"阿萍说。

"哟，事情这样严重了？那你现在住在什么地方呢？"菲菲问道，同时想到了蒋毅楠胳膊上的那道刀疤，

"妇女保护所。"

"什么？妇女保护所？英语怎么说？"菲菲从来没有听说过这么个地方，她又是惊讶又是好奇。

"Women's Shelter。"

"Women's Shelter，你怎么知道这个地方的？谁介绍你进去的？怎么住？管饭吗？"

菲菲一连串的问题把阿萍给逗笑了。阿萍说，妇女保护所也是康大姐给联系的，她已经在那里住了好几天了。妇女保护所只是受家庭虐待妇女的一个临时住处，虽然管饭，但吃得并不可口，每天三顿倒是按时开饭，回去晚了就没饭了，所以她经常自己泡方便面吃。保护所的居住条件也不是很好，一间大房间里许多上下铺，住了很多人，而且大多数是带着孩子的妇女，人员流动也很大，乱糟糟的，因此，住在妇女保护所绝对不是长久之计。

"那么接下来你准备怎么办呢？"菲菲关切地问道。

"请律师，离婚。戴维是我的担保人，所以按道理离婚后他必须支付我生活费。另外，因为我没有收入，康大姐正在帮我联系政府的免费律师。"

"那你还接着学英语吗？"

　　"我想我不能再继续学英语了，一方面保护所不是长住之地，另一方面我想把女儿办来，所以，我必须尽快找份工作，然后自己租个房子，担保女儿过来团聚，康大姐也正在帮我找工作。"

　　"哦，好复杂呀。"菲菲眨着眼睛说。

　　"是的，事情挺多的，也挺麻烦的，还有，如果戴维不同意离婚，我不知道这个婚要拖多久才能离掉，可能会是好几年。"

　　"哦，不知道我能帮你做点什么。"菲菲善意地问道。

　　"谢谢你的好意，你帮不了我什么，只有政府和律师能帮我。"阿萍笑着说。

　　"今天下午没事吧？聚会结束后到我家去，晚饭就在我那吃吧，咱俩一起做，明天不用到学校来了，晚上就在我那凑合一晚上，你看怎么样？"菲菲发出了邀请。

　　菲菲很同情阿萍的遭遇，尽管自己住的也不宽敞，无法收留阿萍，但还是很想帮助她，给她一些安慰和支持。

　　"不会给你添麻烦吧？"阿萍不好意思地问道。

　　"不会的，不麻烦，我求之不得有人来和我作伴呢，来吧。"

　　"好吧，那我就到你家去看看，认个门。"

　　易真又来晚了，聚会快结束的时候她才匆匆赶到，她解释说，儿子早上忘带中午饭了，她临出门才看到，来之前先给孩子送饭去了，所以来晚了。拿到成绩单和评价表后，易真说她不准备参加护士英语班的学习，她自知之明，手粗脚重，没有那个耐心，干不了护士这个细心人的职业，所以她准备在学完了中级英语之后，去学一年的机械专业培训，因为在国内上大学的时候，她学的就是机械专业，所以，她认为这样对她来讲可能会容易一些。

聚会结束了，三个女子有说有笑地走出学校大门。刚一出大门，阿萍就停住了脚步，不走了。

"菲菲，你看，警察已经给他限制令了，不许他再监视我，可这家伙还在跟踪我。"阿萍在菲菲的耳朵上小声说道。

"在哪？在哪？"菲菲问道，四下张望着。

"马路对面那辆黑色的ＳＵＶ，看见了吗？"

菲菲朝街对面望去，没错，树荫下停着一辆黑色的ＳＵＶ，司机这边的车窗已经摇了下来，只见老戴维耷拉着脑袋正在打瞌睡，不知道已经在那里等了多久，看着怪可怜的。

"哦，看见了，看见了，那你怎么办？"菲菲有点紧张。

"我现在就给警察打电话。"说着阿萍掏出了手机准备给警察打电话。

"咱们在这等一下，等他走了，咱们再走。"阿萍说，因为她不想让戴维知道菲菲的住处，免得老戴维犯浑去给菲菲捣乱添堵。

"怎么回事？怎么回事？"易真不知道事情的缘由，她看看阿萍，又看看街对面的车，伸着脑袋不停地问着。

"哦，阿萍要和老头离婚，可是老头老跟着她。"菲菲替阿萍简单地解释了一下。

"嗨，怕什么，先到我那去，我不怕，我那是公寓，他也不知道我是哪层楼哪个房间，再说了没有房号他也进不去。走走走，先到我那去坐坐。"易真爽快地邀请着大家。

菲菲和阿萍用目光相互询问地对视了一下，然后又看了看街对面的那辆黑色的ＳＵＶ，菲菲说也好，咱们正好也可以认识一下易真住在哪里。说着，没等老戴维醒过来三个女人就转身回到教学楼里面，从后门来到停车场，坐着易真的车一溜烟地离开了学校，没给警察打电话就把戴维给甩了。

　　坐在车里，阿萍说，以前她从来不敢把电话号码告诉任何人。不知道是不是因为老了的原因，戴维疑心很重，不管谁给她打电话，他都要在另一个电话上偷听。有一次阿萍的前夫因为孩子的事给阿萍打了个电话，这下子坏了，老头在另一个电话上听见了，中国话他听不懂，只知道是个男人，所以硬说阿萍有了外遇，欺骗他，任凭阿萍怎么解释都没用，戴维又吵又叫，闹了个鸡飞狗跳，差点要了阿萍的性命，吓得阿萍一听见电话铃声就哆嗦，害怕电话是找她的。不过，现在好了，她搬出来了，还有了手机，也可以把电话号码给她们了，有事联系，她也用不着老是提心吊胆的害怕什么人给她打电话了。

　　有车的确方便，很快三个女人便到了易真住的公寓。易真住的是一套一居室的房间，虽然租金低廉，但公寓里厨房、浴室、壁橱一应俱全，窗户也很大，因此房间敞亮，空气流通，整体条件还是很好的。为了让儿子能有个安静的学习环境，易真把小卧室让给儿子住，自己睡客厅。虽然房间里的旧家具都是别人给她的，但就是这样还是让阿萍羡慕不已，她多么希望从保护所出来后，自己也能租这么一个小小的居室，只要安静，自由，没有虐待，哪怕简陋。

　　从易真家出来后，易真开车把菲菲和阿萍一直送到菲菲家门口，因为急着要去接儿子，易真没有下车，她说下次有时间再来拜访参观，说罢便匆匆告辞。

第十六章　　闺蜜

坐在客厅的长沙发上，阿萍环顾着菲菲的小客厅，她发现客厅虽然不大，但却被女主人收拾的干净、整齐、漂亮、舒适，无可挑剔。

"你把家收拾得好温馨呀，这才是个家呢，真羡慕你。"阿萍由衷地说道。

"我都住了好几年了，刚来的时候也不是这样的，那个时候什么东西都没有，可凄凉了，现在好多了，不过房子还是小了点，有些拥挤，再大一些就好了。"

"我觉着已经非常好了，我要是能有这么个窝，那我都要美死了。"阿萍羡慕地说。

"你会有的，早晚都会有的。"菲菲安慰着阿萍。

"谢谢，但愿如此，"说着，阿萍指着墙上梅梅的油画问道："这些画都是你女儿画的吗？"

"是的，我女儿已经学了两年画画，难得孩子喜欢。"菲菲骄傲地说。

"画得真好，"看着梅梅的画，阿萍想到了自己的女儿，"我女儿喜欢跳舞，她的身材也很好，等她来了，我一定要送她去学芭蕾舞。"说着，阿萍的眼圈红了。

菲菲很理解阿萍思念女儿的心情和处境，所以她极力安慰着阿萍说一切都会好起来的。菲菲一边宽慰着阿萍，一边又想到了自己，平日里她总是觉着自己很不幸，可是和阿萍比起来，她突然感到她应该满足了，至少她还有个自己的家，有女儿陪伴着，想到这里，她更加同情起阿萍。晚饭的时候，菲菲特意为阿萍做了米饭，还炒了几个菜，阿萍说她已经很久没有吃到这样香喷喷的米饭了，她感叹道，能有个自己的家真幸福。

晚饭后，两个人坐下来边看电视边接着聊天。

"菲菲，你的那位男神怎么样了？最近来过没有呀？你们什么时候结婚呀？"阿萍挑起了话题问道。

"我们已经分手了。"菲菲平静地回答说。

"分手了？为什么？"对于菲菲和蒋毅楠的分手，阿萍实在是感到非常惊讶，"你们两看着挺般配的嘛，"阿萍不无惋惜地说道。

"他太太得了癌症。"菲菲本不想说，但想了想后还是说了。

"什么？老婆？他结婚了？而且他老婆还有癌症？是他亲自告诉你的吗？"阿萍提出了一连串的问题，因为她简直不相信这会是真的。

"是他亲自告诉我的。"菲菲依然用平静的口吻说道。

"会不会是他编出来哄你的吧？"阿萍还是将信将疑。

"不是，是真的。"菲菲想起了那天晚上的情景，她给阿萍讲了那个电话和蒋毅楠的眼泪。

"真没想到，真为你们感到遗憾。"阿萍小声地说道。

"起初，我对我们俩之间的关系还是有些后悔的，但后来他说他和他太太关系不好，经常闹得不可开交，太太甚至还动了菜刀，所以他一直都想离婚。听他这么一说，我也就动了怜悯之心，我还以为我可以像圣母一样，拯救一个不幸婚姻下的一个不幸的灵魂，"说到这里菲菲自嘲地苦笑了一下，"我怎么觉着爱情和婚姻好像不是一回事是的，阿萍，你可能不知道，由于某些现实问题，虽然我很喜欢他，但我一直都没有想好是否要真的和他结婚，直到他送给了我一枚钻戒后，我才真的被感动了。"

"哟，戒指？一定很漂亮吧？我能看看吗？"阿萍问道。

"我已经把戒指还给他了。离开多伦多的时候，趁他不自房间里的时候，我把戒指偷偷放在他桌子上了，他下班回家后才看到戒指，那个时候我已经回来了，后来他气急败坏地给我打了一夜的电话，不过我忍住了，没接。

"噢，还给他了，你真勇敢。不过，如此看来他好像是真心要和你好的。我认为戒指这东西应该不会是用来骗人的，要骗人一般送个项链什么的，如果拿戒指来骗人，那可就是彻头彻尾的流氓和亵渎神圣了。"阿萍说道。

"我也是这样想的，可他太太突然得了癌症，你说，要是为了我，他还要去提离婚的事，这不等于要人家的命吗。将心比心，要是搁在我身上，气也要气死我了，所以我不能再继续下去了。如果说在没有我存在的情况下，他们还能过下去，那就说明我的分手是对的，但如果他们最终还是离婚了，那就是他们真的缘份到头了，和我也没关系，我可不想背着破坏人家家庭和害死人的黑锅。"

"是这么理，"阿萍点着头同意地说道："要是他老婆真的为了他要离婚死了，那你可就是跳进黄河也洗不清的罪人了，所以还是早结束早干净。"

"没错。再说了，眼巴巴地等着别人去离婚，怎么都觉着像是乞丐等着被施舍一样，心里很不舒服，也很不平衡的，可以说简直就是一种屈辱，更何况他太太又有癌症，说实话也怪可怜的，我跟他太太又没仇又没怨的，干嘛和她过不去，你说是不是？"

"是的。菲菲，不是我大嘴巴，我觉着，和一个有老婆的人谈恋爱本来就是个错误，更何况他老婆还有病，你选择分手是明智的。我觉着这不光是良心发现和感觉不平衡的事，虽然说一个巴掌拍不响，但对于婚外恋和第三者插足这样的事，社会舆论很少责怪男人，最后脏水都是泼在女人身上的。”

“哦，是吗？那如果两个人是真心相爱呢？”

“真心相爱？菲菲，我这人俗，所以，我说的话你可别太往心里去啊。”

“不会的，你说吧。”

“我觉着这种事可没那样简单，当然，每个人的情况都不一样。不过，总而言之，社会上的人可不管你是不是真爱，不管是什么原因，婚外情和第三者总是会被认为不齿和不道德的。”

“噢，不道德？”菲菲自言自语地嘟囔道。

阿萍的话让她感到十分震惊。这些年来，无论是因为物质的诱惑投怀洪哥，还是因为情欲的驱使倾心蒋毅楠，菲菲从来都没有想到过有关道德这个问题，她想到的只是自己的需要。和蒋毅楠的分手，也只不过是因为不愿意和别人分享爱人和爱情，害怕承担害死人的罪责而已。这个时候菲菲的内心突然感到一阵阵慌乱。

“阿萍，你说我是不是一个坏女人？”菲菲问道。

“实际上我认为你挺单纯的。恕我直言，你别生气啊，你们的事，我倒是觉着你男朋友挺不道德的，他两头扯着，真和老婆合不来，说明白了离了，再找相好也不迟。”

“这不怪他，他有他的难处。”菲菲为蒋毅楠开脱着，她相信如果不是因为移民的事，蒋毅楠不会这样做的，她也相信蒋毅楠没有想骗她。

看到菲菲依然痴迷不悟，阿萍接着又说：“在婚外恋这种事情上，我觉着，有些男人本身就是流氓，他们玩世不恭，闲得无聊找刺激的，就像酗酒成性似的，一个女人嫌不够，还老想着霸占更多的女人，如果一旦被老婆发现了，或者弄大了人家的肚子，有钱的拿钱息事宁人，没钱的要么躲着，要么泼皮耍诬赖，别提多不要脸了。当然，也有的人是真的夫妻感情不合，这种人倒是真心想寻求心灵归宿，可我就不明白了，要是真过不下去，离呀，没离？说明还能过下去，既然还能过，就别在外面沾花惹草，骗色骗同情，所以我跟本就不相信那些苦瓜脸的男人。还有，这些男人个个都像是经过职业训练过的段子手，为了博得女人的同情，不是编一个被老婆虐待的苦故事，就是表演得爱你爱得要死要活，一副非你不可的样子，其实，心里怀着什么鬼胎只有他们自己知道。"

听到这里，菲菲更加吃惊了，爱情这样美好的事情怎么到了阿萍的嘴里就变得如此龌龊了呢？菲菲睁大眼睛看着阿萍，继续听她发表议论。

"我以前看过一篇什么文章，上边好像是这样说的，由于心理、生理的需要和社会角色的不同，男人和女人对待爱情的感受也是不同的。女人天生需要爱情，更喜欢浪漫，所以她们相信爱情，而男人们需要的是占有欲、征服感和性欲的满足。我觉着说的挺有道理的，所以我认为，为了达到目的，那些婚外恋的男人当然要把他们的故事编得天花乱坠了，傻的就是咱们这些女人，还真把他们的鬼话当圣经。玩玩浪漫谁都愿意，真到该离婚的时候，男人们个个像是缩头的乌龟，就没那么潇洒爽快了，往往都是女方为男方离了婚，而男方却很难下决心和自己的老婆离婚，到头来吃亏的还是女人。"

阿萍的这番话倒是触动了菲菲，她想起了洪哥。洪哥说他不能离婚的原因是来自于女儿的威胁，但是她知道，女儿的威胁只不过是他不能离婚的原因之一，而她始终不知道洪哥不能离婚，或者说最终放弃离婚的其他原因。

　　"为什么呢？"菲菲很想听阿萍说说还有什么其他原因能够让男人不愿意离婚。

　　"为什么？我不是婚恋问题专家，所以我也说不太清楚，不过我觉着，虽然男人并非不讲爱情，但男人对待爱情的态度可能要比女人实际的多，因此，对那些已婚的男人来讲，婚外情也许是为了爱，也许是为了感官刺激，或者是为了虚荣和占有欲的满足等等，但不管属于那种原因，一般来讲，他们大多数人最后还是宁愿抛弃情妇，有的时候即便是真的爱她们。因为对于男人们来讲，老婆是自家人，当然也是他们私有财产的一部分，所以，只要还能维持下去，回到已有的婚姻和家庭中，是他们保护财产、利益，甚至面子的最佳选择，男人们可不傻，他们知道如何权衡是否值得为情妇付出代价、付出多大的代价，所以，千万不能和有妇之夫谈恋爱，更不能相信他们的爱情誓言，要是为他们死守所谓的爱情，或者为他们寻死觅活，那就更愚蠢了。"

　　菲菲没有想到和自己同龄的阿萍如此早经世故，而且看待爱情似乎很悲观，看破红尘似地不屑一顾。菲菲觉着阿萍的话有些偏激，似乎对男人有些不公正，而且听她的口气好像她曾深受其害似的，于是菲菲就好奇地问道："你经历过吗？"

　　"没有。虽然我自己没有亲身经历过这些，但社会上的这种事我听的和见的多了。"

　　"那你相信爱情吗？"菲菲又问道。

　　"我也是女人呀，当然也相信爱情，也渴望爱情了，不过我不相信婚外爱情。"阿萍说着咯咯地笑了。

　　"噢，有件事我能问问吗？"菲菲有些犹豫地问道。

　　"问吧，朋友之间没有什么不可以问的。"阿萍说

　　"你是为什么离婚的呢？"

　　听到这个问题，阿萍垂下眼皮，她沉默了一会，然后慢慢说道："我的背景和你的可能不大一样。我老家是河南人，听老人们说解放前有一年黄河发大水，闹饥荒，祖父母带着我父亲和姑姑叔叔逃荒到西安，一家人靠沿铁路捡破烂为生。我父亲是铁路上搬道岔的工人，很年轻的时候就死于肺结核。我妈妈没文化，除了一点抚恤金，只能靠卖冰棍养活我们兄妹三个，所以我小的时候家里很穷，那是你很难想象的穷。"

　　"哦，那你妈妈一定很不容易了。"菲菲同情地说道。

　　"是的，"阿萍不好意思地苦笑了一下后接着又说："可能是穷怕了吧，长大后我一门心思的只想挣钱脱贫，改变两代人贫穷的命运，让我妈妈过上几天不愁钱的好日子。改开后，我停薪留职离开纺织厂，下海做生意，后来干脆就辞了职。我和我女儿的爸爸是高中同学，感情很好，但他出身于一个知识分子家庭，和我的出身截然不同，他和他们家人都觉着生意圈太乱太复杂，所以全家人都反对我去做生意，但是我执意自己的选择，于是一赌气，我们就离了婚。"

　　"离婚后你后悔吗？"菲菲问。

　　"其实我们俩都有些后悔，所以，他想复婚，我也没意见。等我把这里的事办利索了，就回去复婚，我一定要把女儿带来。噢，对了，我还要把妈妈也接来。"说到这里，阿萍突然不说了，菲菲看到阿萍的眼中含满泪水，那泪水中闪烁着希望与坚定。

　　菲菲和阿萍聊了很长时间。两个同龄的女人相互探讨着对人生、道德、爱情、婚姻和家庭的看法，倾吐着各自心中的秘密。菲菲觉着，虽然阿萍打扮妖艳，看着俗了些，但实际上阿萍秉性并不是一个水性杨花、轻浮放荡的女人。也许就像阿萍说的那样，因为家庭社会地位的原因，所以阿萍更了解世俗社会中的情景，在许多问题上明显少浪漫，对待问题也要比菲菲更现实的多。阿萍有着她自己的处世哲学与见解，是一个有主见、有心计的人，因此，尽管阿萍的话并不是什么冠冕堂皇的大道理，菲菲也不完全赞成她的观点，但不知道为什么阿萍的话却在菲菲的心里留下了深刻的印象。菲菲发现她很愿意和阿萍说心里话，听听她的看法，因为和别人谈话很难听到这样直言不讳，如此接地气的肺腑之言。

晚上，阿萍在菲菲客厅里的沙发上睡了一夜。她说，睡在菲菲家的沙发上都要比睡在妇女保护所强一百倍，那里人来人往，每天夜里不是大人叫就是孩子哭，没有一夜能好好睡上一觉。菲菲说，如果阿萍愿意，可以搬来，阿萍说，她不能，她必须回去，要不然她担心政府不帮她了。为了尊严，为了自由，为了把女儿和妈妈接来，阿萍还有很多的事要做，要争取。

第十七章　　　黑色星期二

与蒋毅楠分手后，虽然菲菲的感情生活进入了冬眠期，但生活的脚步依旧继续前行。除了照顾梅梅之外，如同荒野求生，菲菲把全部精力集中在了学习上，虽然忧伤逐渐埋没在为生存而努力的挣扎与繁忙之中，但她偶尔也会想起他来。

九月份，护士英语班开课了。新老师笑容可掬，十分和气，她的教学方法和基础班的老师截然不同，她不灌输，但会留大量阅读和写作的家庭作业，所以，学习压力很大。另外，新老师还习惯于把她的通知、修改的作业、成绩等等通过电子邮件告知她的学生，因此，她要求学生们最好每天查看一下邮件，以免遗漏她的通知和留言。

蒋毅楠离开温城的时候给菲菲注册了一个电子邮箱，菲菲一直没怎么用过，最多也就是偶尔收到哥哥发来的邮件，而现在，这个邮箱可是要派上大用处了，菲菲必须按照老师的要求，每天查看一下信箱，看一看老师是不是留了作业或者什么通知。

开学后的第一天，从学校回到家，当菲菲打开电子邮箱的时候，她愣住了，菲菲没有收到老师的任何邮件，却看到了许多来自蒋毅楠的邮件。

自从那一夜疯狂的电话之后，蒋毅楠再也没有打搅过菲菲。菲菲的爱情急刹车，把毫无思想准备的蒋毅楠狠狠地摔了出去，但是，惯性让蒋毅楠无法停止对菲菲的想念，每当夜深人静，他曾经拥有的热烈就会在强烈的欲望中重新燃烧起来。蒋毅楠怎么也不能接受菲菲这样突然地断交，可是他又不能责怪菲菲。蒋毅楠心里明白，虽然他舍不得菲菲，但这一年多来，菲菲一直默默守护着他，给了他许多美好的时光，因此无论如何都是他欠着菲菲什么，什么呢？也许就是一颗真心和一份真情，扪心自问，蒋毅楠自己也心知肚明，他爱菲菲，但绝不像菲菲爱他那样心底无私。他离婚的决心，就像老牛反胃一样，翻出来嚼一嚼，又咽下去，翻来覆去，他不想辜负菲菲，但尽管和妻子一路过得像仇人一般，一旦真的要离婚，作为丈夫，作为强者，抛弃妻子，他蒋毅楠多少还是感到有些难于启齿，于心不忍。

蒋毅楠内心十分矛盾，菲菲有她的想法，他不能强求，虽然他无数次下决心去离婚，但他至今不是还没有离吗？而现在，他要离婚似乎更难了。本来得了癌症就是一件很不幸的事，离了婚，妻子怎么办？生死边缘，人道良心，他实在不能够再雪上加霜了。

但是和菲菲的关系就这样结束了吗？蒋毅楠被损伤的情欲和自尊又不肯平伏下来，三个月来，他给菲菲写了无数封邮件。虽然蒋毅楠非常后悔当初把妻子得癌症的事告诉菲菲，但蒋毅楠再也没有试图说服菲菲和他重归于好，他给菲菲写信并不是为了想说服菲菲，而是为了安抚和说服自己，让自己的心能够逐渐平静下来。他知道无论现在说什么，都已经无法改变菲菲的决定了，因此，蒋毅楠在信中只写了对菲菲的想念，希望菲菲能够知道，同时也抱着一种自己也说不清的希望，渺茫的、残存的、最后的，一点点希望中的希望。

菲菲从来也没有想到过蒋毅楠会给她写信，因此，当看到满邮箱都是蒋毅楠的邮件时，菲菲浑身发冷，血液凝固，她捂着嘴，差点叫出声来。菲菲害怕读这些信，但愈是害怕就愈是想看，她太想知道蒋毅楠在信里都说了些什么，诅咒她，还是想念她，如果是骂她，菲菲也许会感到好受些。菲菲没有立即打开这些邮件，她想了很久，一直等到晚饭后才打开邮件。

那是一些非常亲热的短信：

　　"菲菲：你为什么把电话挂了？为什么不让我把话说完？知道吗，我又是一夜没有睡，今天我没去上班，我想我可能是发烧了，头疼欲裂。我的脑子乱极了，我也不知道该怎么办，我心里的话没地方去说，只能和你说说，希望你能看到我的信。想你，晚安。"

　　"菲菲：你怎么这样狠呀，难道真的一辈子不理我了？好吧，我不再打搅你了，但是，仍然想你，晚安。"

　　"菲菲：你在干什么？这两天，我的心平静了许多，但还是理不出个头绪，我想我需要一些时间。我的压力和困境是你想象不到的，也许我活该这样倒霉。想你，晚安。"

　　"菲菲：你好吗？千言万语不知道该说些什么，想你，晚安。"

　　"菲菲：要是十年前遇到的是你该有多好呀，我的人生会完全不同的。此时此刻，我多么想触摸你，但是无奈，我只能远隔千里向你道声晚安。"

　　"菲菲：也许一年来的习惯吧，不和你说几句话，我睡不着，虽然你依然在我的心里，但我的心是那样地害怕想念你，而不敢多想你，是因为这样会使我更加茫然没有头绪，更加沮丧与痛苦……，吻你，晚安。"

　　"菲菲：我从来没有写过情书，也不会甜言蜜语，所以我不知道怎样才能告诉你我有多么爱你。知道吗，我时时刻刻都在想你，白天晚上，而且，我从来没想到过，我会如此离不开你，这很折磨人……　想你，晚安。"

　　"菲菲：还记得咱们在一起的那些日子吗？我忘不掉，我曾发誓，一定要留下来和你一起流浪，可是，命运好像并没有这样安排……。哎！不说了，想你，晚安。"

"菲菲：我想你不会看信了，但我还是忍不住要写，我只想告诉你，想你，晚安。"

"菲菲：我老是感到胃疼，医生说没问题，可能是工作或者生活压力太大了，让我尽量放松。我想一定是一个爱字太沉重，像块石头一样压在我的心口上，让我透不过气来。想你，晚安。"

"菲菲：英语学的怎么样了，难吗？你是个聪明姑娘，一定没有问题，想你，晚安。"

"菲菲：有关乳腺癌手术后的存活情况，我在网上查了一下，也问了一下我的家庭医生，好像一般来讲，乳腺癌的手术后存活期是五到三十年，好的甚至可以像正常人一样，也就是说乳腺癌是可以治愈的。你是对的，我没有权利要求你等我这么多年，这对你不公平，而且，我想我可能都活不了三十年。想你，晚安。"

"菲菲：我一定是鬼迷心窍，钻了牛角尖，你都不理我了，可我还是没完没了，我把和你的事告诉了大姐，姐姐也认为我在这个时候不应该提出离婚，我想，这一定是老天爷想给我的人生留些遗憾，惩罚我曾经做过的错事。想你，晚安。"

"菲菲：我的移民面试是九月十三日，我很紧张，不知道移民官会问些什么问题，无从准备，想你，晚安。"

"菲菲：我在向你的上帝祈求，看在你的面子上能不能也帮我个忙，让你早点打开我的邮箱，看看我的信，我只想让你知道我依然想你，希望你跟我说点什么。想你，晚安。"

"菲菲……想你，晚安。"

"菲菲……想你，晚安。"

……

一石激起千层浪，菲菲的心又翻起了波澜。一但分别，爱人的魔力便更加强大，菲菲只记着她爱人身上那些最美好的部分，甚至他从远方传来的每一个字，都带着甜蜜的回忆在她心中荡漾。

菲菲读不下去了，泪水模糊了她的眼睛。尽管心中翻腾着巨大的涌动，但菲菲还是忍住没有回信，她不能说她仍然爱他，也不想说她也是每天都在想他，她害怕一切努力都半途而废。

尽管菲菲没有回信，但自从看到了这些邮件后，菲菲每天放学回家后的第一件是就是情不自禁地要查看邮件，情欲在这一封封带着思念的信件中死灰复燃，散遍菲菲整个灵魂，蒋毅楠又开始牵扯她的心了。

"菲菲：我真高兴，我知道，你读了我所有的信，我能不能给你打个电话？我只是想听听你的声音。想你，晚安。"

"菲菲：如果你不想让我给你打电话，那你给我打个电话吧。想你，晚安。"

"菲菲：给我打个电话吧，哪怕只是听听你的声音也好。我每天都在等，想你，晚安。"

菲菲的心软了，其实她也非常想听到蒋毅楠的声音，几个月来的思念，实在是一种煎熬，菲菲终于忍不住拿起了电话。

"菲菲？！哦，终于等来了，谢谢你给我打电话，想你，想抱着你。"蒋毅楠在电话里激动地说。

听到蒋毅楠的声音，菲菲立即感到一种生理需要上的愉悦，她浑身颤抖着，没有打断蒋毅楠。

"菲菲，你怎么不说话？说点什么，想听到你的声音。"

对于蒋毅楠来讲也是一样，哪怕只是听到菲菲的声音，也同样会感到生理上的快感。

"你好吗？"菲菲终于声音颤抖地问道。

"啊哟，我的小祖宗呀，你可说话了，我挺好，你呢？"

"还好。"

"菲菲，上网聊好吗，电话太贵了。"

"哦，不聊了，我还有作业要做，再见。"说完，不等蒋毅楠同意，菲菲一咬牙挂断了电话。

蒋毅楠对菲菲的热度在菲菲的冷处理后，逐渐凉了许多，也冷静了许多，不过，蒋毅楠觉着很多事没法和妻子说，说了她也听不懂，所以，这次通话之后，孤独的时候，蒋毅楠还是会给菲菲发封短信，谈谈他的心情，他的思念，他的想法和他的苦恼，好像只有这样，他才能平静下来，他知道，即便菲菲不回信，她每天也都会查看他的邮件。藕断丝连，的确，菲菲每天都要打开邮件，看看蒋毅楠是否又有信来，又说了些什么，这似乎已经成了菲菲日常生活的一部分，不过，她从来没有回过邮件，就像英惠和阿萍劝她的那样，菲菲知道，尽管她依然全身心地想念蒋毅楠，但既然已经下定了决心，强忍着也要坚持，她希望时间能让他们逐渐淡忘彼此。

2001 年九月十一日，老师们开会，学生放假一天，早上九点钟左右，英惠打来电话，让她赶快打开电视，说美国出大事了。

放下电话，菲菲急忙打开电视，这时候，美国 CNN 新闻电视台正在播放恐怖分子飞机撞击纽约世贸大楼的情景。只见世贸中心双子楼火光冲天、烟雾缭绕，大楼被硝烟围绕着，纸片漫天飞舞。菲菲看到有什么东西从窗户里掉落出来，像是从天上向地面直坠而下，电视里一个声音惊呼到"有人跳楼了……！"

哄的一声巨响，北楼坍塌了，将近十点钟的时候，南楼也在硝烟中消失了。如同是好莱坞大片中的惊险镜头，就在世贸大楼坍塌的瞬间，空气中充满了碎石和尘埃，浓烟滚滚而来，两栋大楼的接连坍塌，殃及到周围的建筑和人群，街上的行人像是看到了死神的魔爪，纷纷逃离金融区，向着远离大楼的方向奔去，他们一边跑一边不断惊恐万分地回头张望着，陷入前所未有的恐慌之中。

尘烟中，满面灰土的救援人员把遇难者的尸体从废墟中抬了出来，天被浓烟和尘土笼罩着，不再明朗湛蓝，满地都是碎片和瓦砾，曾经高耸入云的世贸大厦，在人们的惊愕中，难以置信地变成了一片废墟。

在这震惊世界的黑色星期二，菲菲目瞪口呆地站在电视机前，和全世界亿万观众一起目睹了纽约象征性建筑物、世贸大楼毁灭性的灾难。

晚上，菲菲打开邮箱，蒋毅楠在邮件中写到："菲菲：今天你看到纽约世贸大楼倒塌的电视吗？我们公司的总部就设在纽约，所以，今天白天，公司里的人都在看电视，大家感到十分震惊。公司里另一个中国人对我说，他很担心公司会因此而裁员，如果裁到他，他就必须要卖掉房子，他说他以前经历过一次。听他这么一说，我也感到这可能不是一件小事，它可能会影响到许多人和许多公司，尤其是美国公司，牵连到我的可能性也不是不可能的。想你，晚安。"

第二天在学校里，大家也都在议论着这件大事，正常的教学难以进行下去了，老师只好早早收摊放学。回到家，菲菲整日都在想这件事，她很难想象这件事对蒋毅楠会产生什么样的影响。晚上，蒋毅楠在邮件里这样写道："菲菲，我收到了移民局的通知，面试要推后两周。我的护照很快就要过期，我有一种非常不祥的感觉，我很沮丧。想你，晚安。"

菲菲搞不明白蒋毅楠到底沮丧什么，不过她一直以来都觉着蒋毅楠有些什么事情她不知道，神秘兮兮的。尽管两个人不再来往了，但菲菲在心里还是暗暗惦记着蒋毅楠，关注着他移民的结果，如果移民成功，也许他们的关系还会柳暗花明，而且，只有他能留下来，他们才可能有未来。

护士英语班的学习强度和压力都很大。大量的医学知识，特别是那些英语医学术语中又长又绕嘴的拉丁语、希腊语的词汇和缩写，更是令人头晕脑胀，加上晚上还有大量的家庭作业，菲菲的生活变得十分紧张，但菲菲却觉得很充实，很有意义，并且感到了一种从未有过的自信与愉快。

九月底，蒋毅楠终于进行了移民面试。面试之后，他在邮件中对菲菲说，面试官是个白人胖女人，表情冷酷，一脸横肉，想必一定很苛刻，这让他感到很不吉利。由于面试官说话语速太快，很多问题他都没有听明白，因此，他觉着面试官对他的英语程度可能会很不满意，因此很有可能会导致他的移民申请被拒。

在邮件中，蒋毅楠还提到，9.11 事件后，美国经济似乎明显地受到了重创，许多公司已经开始减员，他们公司也已经有过好几次视频会议，各大部门的主管个个表情严肃，声音低沉地讨论着如何拯救公司业务下滑的严峻问题。而每次会议之后，大家总是议论纷纷，猜测着，说可能很快就要裁员了，每个人都小心翼翼，如履薄冰。

第十八章　　　十字架

　　十一月底，蒋毅楠在给菲菲的另一封邮件中说：移民面试后还没有任何消息，但近期他必须回国。原因有两个，第一，他目前持有的是因公护照，已经过期，如不回去，那么他就是非法滞留；二，即便是移民现在批下来了，他的因公护照也不能用于移民登陆，老胡建议他最好不要回去，他完全可以花钱在国内弄一本假的因私护照，但他认为这样做危险太大，如果在移民登陆时被发现使用的是假护照，那他将会被遣返回国，那不仅仅是一件不光彩的事，而且可能会面临永远不能入境加拿大的处罚，因此，他似乎没有别的选择，必须回国。他已经向中国住多伦多大使馆申请了临时护照，理由是他的护照丢失了，而这个临时护照也只能作为回国一次性入境使用，拿到临时护照后，他希望走之前，能和菲菲见上一面。

　　当然，蒋一楠并没有告诉菲菲他必须回国最重要的原因，那就是，一旦他使用假护照被发现并被遣送回国，那么他带着现役军人的身份申请办理加拿大移民的事情将暴露无遗，那么他叛党、叛军、和叛国的罪行将昭然若揭，罪证确凿，军事牢房的大门必将向他敞开着，这点他心知肚明，毫不怀疑。因此他决定放弃一切幻想，悄悄回国，神不知鬼不觉地把移民事件掩盖过去，他认为，只要部队不知道移民这件事，对他只是超期不归的错误处理可能会宽容的多。只要不坐班房，任何处置他都可以接受。

　　对于蒋毅楠希望来见见她的这个请求，菲菲犹豫不决，她想了好几天，但轰轰烈烈地爱了一场，临走时还是应该再见上一面，也许从此天各一方，这辈子再难有机会见面了。

　　自从梅梅知道了蒋毅楠一直有着一个婚姻家庭后，小姑娘恨透了蒋毅楠，她认为蒋毅楠在感情上欺骗了她们母女二人，占了她妈妈的便宜，尽管她也知道蒋毅楠对她妈妈很好，但还是不肯原谅他。为了不使蒋毅楠来了后梅梅给他难堪，菲菲决定事先还是应该和梅梅商量一下。听说蒋毅楠又要来找她妈妈，梅梅非常不高兴，她说她坚决不同意蒋毅楠再到家里来了，梅梅嘟着嘴说，回国就回国吧，还来干嘛，她希望妈妈不要再和他来往了。菲菲很为难，极力劝说着梅梅，看着妈妈那个可怜的样子，梅梅勉强同意了，但她坚决不允许他们再睡到一起了，菲菲同意了。

别看梅梅年纪不大，已经知道保护妈妈了。

那天，菲菲又去机场接机了。当她看到蒋毅楠从电梯上下来时，菲菲又感到了心跳和躁乱。蒋毅楠明显的瘦了，他神情潦倒，一脸憔悴，乌黑的头发中添了许多白发，看着似乎背也驼了，矮了许多，也老了许多。

当蒋毅楠拖着沉重的脚步来到菲菲面前时，两个人面对面地站着，沉默着，好像初次见面。

"你瘦了。"菲菲说。

"是吗？可你还是那样漂亮。"蒋毅楠说。

菲菲用肩膀撞了一下蒋毅楠，学着他的口气苦笑着说："得了吧你。"

"走吧。"蒋毅楠像以前那样拉起了菲菲的手。

"哦，我必须事先告诉你，听说你有家有太太，梅梅非常生气，所以，她可能会很不礼貌，你别跟她计较，另外，按照梅梅的要求，这次你不能再到楼下去了。"

"好的，我知道，我理解，我不会和梅梅生气的。"

到家了，进门后，看见梅梅坐在客厅里，蒋毅楠向梅梅问了声好，梅梅用鼻子哼了一声，对着蒋毅楠翻了个白眼，下楼去了。蒋毅楠看了菲菲一眼，尴尬地说，看来梅梅是真生气了。

　　像以往一样，蒋毅楠帮着菲菲做了晚饭。自打蒋毅楠进了门，梅梅就没有正眼看过他一下，平时总是戴着耳机听音乐的梅梅，晚饭的时候特意摘掉耳机，还故意把音量放到最大，整个客厅里回荡着美国著名乡村音乐乐队 Diamond Rio（钻石里奥）新发行的，火爆的流行歌曲－《再一天》（One More Day）：

　　……

　　我只是希望，多一天与你一起（I simply wished for one more day with you）

　　多一天，再一次（One more day, one more time）

　　也许再有一个日落，我才会满意（One more sunset, maybe I'd be satisfied）

　　但是（But then again）

　　我知道应该做什么（I know what it would do）

　　那就是，多一天与你在一起（Leave me wishing still for one more day with you）

　　……

　　"多一天，再一次（One More Day ，One more time）……"梅梅跟着录音机，扯着嗓子一遍一遍大声地唱着。不知道是梅梅故意挑选的这首歌，还是巧合，这歌词就像是专门给蒋毅楠写的，蒋毅楠和菲菲面面相视，哭笑不得。

　　"梅梅，能不能小声点？"菲菲央求道。

　　梅梅没有说话，她不满意地对着妈妈翻了个白眼。

　　匆匆吃罢饭后，梅梅又下楼去了，临走时，小姑娘对着妈妈使了个眼色，然后用两根手指指了指自己的眼睛，又指了指菲菲，意思是说：不许你们下楼去卧室，我会盯着你们的。

　　安静了，菲菲和蒋毅楠总算可以单独在一起说话了。梅梅走后，一直坐在沙发上的蒋毅楠还是一言不发，他木呆呆地看着菲菲。

　　"怎么不说话？那么多的邮件，那么多的话，千里迢迢跑到这里来就哑巴了？"心情一直很不好的菲菲假装轻松地责怪道。

　　"这歌怎么听着像是专门给我写的，多一天，再一次。"蒋毅楠摇了摇头，所问非所答地嘟喃了一句。

　　菲菲也觉着好像是这么回事，于是忍不住咯咯地笑了。

　　"哦，你的课上的怎么样？"蒋毅楠换了个话题问道。

　　"不容易，你呢？公司的情况怎么样？"

　　"开始减员了，虽然没有裁到我，可我已经无所谓了，我自己辞了，腾出个名额让别人留下来吧。"蒋毅楠勉强地笑了笑，接着又说道："菲菲，对不起。"

　　"为什么对不起？"

　　"我没有想到事情会到这个地步，差点害了你。"

　　"别这样说，你给了我很多，我没有责怪你的意思。"

　　"谢谢你，菲菲，有些事我一直没有告诉过你，但我觉得无论如何我还是应该告诉你。"

　　"什么事一直对我保密？难道你是个间谍不成？"菲菲开玩儿笑地说。

　　"嘿嘿，"蒋毅楠又是苦笑了一声，"我倒不是什么间谍，但我是一个军人，一个有着高级职称的职业军人。"

　　听说蒋毅楠是个军官，菲菲没并有感到十分诧异，不知道为什么，她早就有这种感觉，蒋毅楠是个军人。

　　"我早就有这样的感觉了。"菲菲平静地说。

　　"是吗？那你为什么从来没有问过我？"

"我觉得有些事，问你，你也不一定会说，反而倒显得我在打探你的底细，所以我等着，如果你觉着有必要告诉我，你会告诉我的。"菲菲耸了耸肩。

"菲菲，你知道我这次回去后将要面临的是什么吗？"

"不知道，会是什么？"菲菲摇了摇头。

"几个月前，单位就开始催我回去，前些日子，单位最后通牒，说如果我再不回去，就派人来找我，找我？抓我吧，所以，我必须回去也有这方面的原因，而且也是主要原因。我回去后，很有可能要面对军事法庭的审查，弄不好可能会坐牢，我可能永远都回不来了。"

听说蒋毅楠是个军官，菲菲没有感到吃惊，但是回去后将可能受到军事法庭的审判，严重了或许会坐牢，这可把菲菲吓坏了。

"啊哟，我的妈呀！叛党、叛国、叛军罪，是吗？你可别吓唬我。"菲菲吓得嘴都哆嗦了。

"如果我不回去，应该是这样的吧。"蒋毅楠又苦笑了一下。

"那回去了呢？"

"不知道，那就要看领导怎么给我定性了，擅自离队也许是最好的罪状。"

"要是早知道你是个军人，两年前，我就会劝你到期回去。可是，你为什么非要留下来，就是不想回去呢？"菲菲惋惜地问道。

就要走了，蒋毅楠也不在乎了，于是，他对菲菲讲述了他一直不愿说出来理由：一个由于一时冲动而导致的婚姻，继而导致职业生涯的不如意，再又导致家庭的不幸福。

　　"其实刚结婚的时候我们也有过快乐的日子。可是菲菲，你可能不知道，在军队里如果你一旦在所谓的生活作风上犯了错误，那你就有了瑕疵，同时也就意味着无论你的专业能力有多好，都很难再有被重用的机会。尽管我是中科大毕业的研究生，在部队也混了二十多年了，可是多少年来，这件事的阴影始终笼罩着我，而且也直接影响了我的职务、职称、军衔和待遇等等。为这事我和领导谈过很多次，可是一直都没能得到解决。而她的前夫无论是在军衔还是收入上都远远超过了我，为此她感到很不平衡，于是她就没完没了地抱怨，说是我破坏了她的家庭，说那些优越的物质条件本应该属于她的，她后悔不该嫁给我，总而言之她恨透了我，那道刀疤就是她对我仇恨的惩罚和发泄。菲菲，你知道吗，就在那把刀砍到我身上的那一瞬间，我突然觉得她完全是个陌生的人，她的行为举止完全不可以理解，我曾经爱过的那个女人再也不存在了。一个男人在职场上混得不如意，回到家里能好好过日子也可以得到些安慰，可是她就不是那种善解人意温柔的人。在家里，我不但得不到同情，反而不断地遭到指责，我被洗脑似地灌输着我欠了孽债，而这孽债就是八百辈子做牛做马也还不清。是的，婚姻就在这些指责和仇恨中轰然崩塌，终于，我忍无可忍，坚决要求离婚，可是，一提离婚，她就一哭二闹三上吊，寻死觅活，居然真的动了刀子。我不知道上交了多少份离婚报告，可是离婚报告一到领导的手里就被扣下来，接着就是谈话劝说。哎，中国人的劝合不劝分真是坑死人！"蒋毅楠越说越生气。

　　"后来呢？"菲菲小心翼翼地问道。

　　"后来？后来我习惯了，麻木了，想来想去，不管怎么着，即然生米已经煮成熟饭，将就着吃吧，心想只要她高兴，这个家就能够安宁。但是一个安宁的家庭是需要付出代价的，所以我尽量想让她满意，为了让她高兴，我孤注一掷，决定出国，办移民，如果成功了，也能让她看看我蒋毅楠不是个废物。另外，我还想，也许新的环境和新的生活会让我们之间的关系变得融洽起来，重新营造出曾经的温暖和亲密的氛围和关系，像我们刚结婚时曾经有过的感觉。"

说完，蒋毅楠深深地叹了口气。一失足成千古恨，蒋毅楠追悔莫及，在婚姻的选择上，他犯了一个很大的错误，然而作为一名职业军人，在出国办移民的决定上，他更是跟自己的人生开了一个致命的玩笑，他知道，他将断送自己半生的努力，一生的前途。

不说也罢，没想到蒋毅楠的自述反倒让菲菲突然醋劲大发，作为一个女人，她嫉妒另外的一个女人，嫉妒蒋毅楠能够为那个女人赴汤蹈火，在所不惜。

"这就是你出国办移民的全部理由？小的时候我们受到的教育是报效国家是军人的天职，你怎么可以糊涂到这种地步，放弃一切，甚至不惜葬送自己，出国挣钱办移民，就是为了赎罪？为了让她高兴，为了让她能为你骄傲，为了让她能拿你来和别人攀比？是不是？！"菲菲很激动，她皱着眉头硬生生地质问道。

"应该是这样的吧，还有，她也希望我能把孩子带到国外来上学，如果我能把孩子带来上学，那也可以算是将功赎罪了，孩子也会对我好一些吧。"蒋毅楠低着头，喃喃地说道。

"那孩子跟你有什么关系？我真不明白，你为什么要这样自贱，甘心情愿为别人做嫁衣裳！"菲菲再也控制不了自己的情绪了，她大声地说道。

"怎么没关系，他是我养大的！"蒋毅楠的情绪也有些失控，因为，从心里讲，他还是喜欢那个孩子的，十多年来他给了那孩子全部的父爱，他不愿意别人来亵渎和伤害他深藏在心里的这份感情，特别是菲菲，因此他厉声反驳道。

"你养大的？你以为人家会这样想吗？难道人家妈妈不挣钱嘛？莫名其妙！"菲菲冷笑了一声，鄙视地反击道。

"菲菲，你就别再刺激我了好不好，"蒋毅楠大着嗓门说道，"你还觉着我不够倒霉吗？"

"你倒霉？你活该！你自己做的孽，当然要你自己去还这个孽债。你为了她，真是能够不顾一切，还要来骗我说你恨她，要离婚！"菲菲越说越激动，她突然想起了阿萍的那些话，她感觉到自己的感情又一次受到了欺骗，于是她用词尖刻地吼了起来。

"菲菲！菲菲！！菲菲！！！"蒋毅楠一声比一声高，他一把抓住菲菲的双手，猛地把她拉进怀里，然后像是一个泄了气的皮球，有气变成了无气，"别说了，我自作自受，行了吧。"蒋毅楠小声地说道。

很久没有哭过的菲菲又哭了。她一肚子的委屈，一胸腔的怨恨，一脑门的嫉妒，被挡不住的泪水裹挟着，哗啦啦地一泄千里。

"哎，"埋头哭了一会，菲菲抬起头叹了口气，她抹掉眼泪接着说："敢做敢当，回去吧，人不可苟且，何况堂堂军人。回去后，给我来封信，告诉我你的情况，如果你进了大牢，她不要你了，我回去看你。但无论如何，我都会在这里默默为你祝福，愿上帝保佑你，别再折腾了。"菲菲的心软了，她忍着痛苦安慰着蒋毅楠。

"我要是混到那个份上，哪还有脸见你呀。"

"没关系，我不嫌。"

说完这话，菲菲突然为自己说出来的话感到吃惊，她真的不在乎吗？她真的能爱得这样纯洁无私吗？不，不！不！她希望自己不再爱得糊涂，她希望这只不过是她脱口而出的一句善意的安慰话而已。可是，爱情就是糊涂的，身不由己的，没有理智的。

菲菲陪着蒋毅楠说了一夜的话，快到清晨的时候，两个人才一人一头，脚对脚地在长沙发上迷糊了一会。菲菲睡不着，干脆早早起来，悄悄来到厨房，想给大家准备早饭。看着菲菲的背影，就像当年那样，蒋毅楠又走了过去，在菲菲的身后轻轻地搂住她。菲菲咬着嘴唇依然低着头，没有说话，也没有回头，豆大的眼泪吧嗒吧嗒地掉在了炉台上。

匆匆吃过早饭，蒋毅楠要走了，因为要上课，菲菲不能去机场送行。出门前，两个人久久地拥抱着，他们都清楚地知道，这是他们今生今世最后的拥抱。

出租车到了，蒋毅楠迈着沉重的步子走出门去。菲菲倚门而立，看着蒋毅楠，似乎仍有千言万语想要诉说，但是，菲菲觉着现在说什么都是多余的，她还是希望蒋毅楠最好凭他自己的感觉去认识她对他的全部感情。

"回国后别忘了给我写封信，报个平安，别让我牵肠挂肚。"菲菲再次叮咛道。

菲菲的话让蒋毅楠这个汉子顷刻间泪眼朦胧，他望着菲菲，目光里充满着痛苦，他没有说话，只是点了点头。在菲菲的脸颊上轻轻地吻了一下之后便扭头快步向出租车走去。

人生没有什么事情可以一成不变的永远美好。看着渐渐远去的出租车，菲菲神情恍惚，脑子里一片空白，一种难以名状的痛苦涌上心头。走了，就这样永远地走了。爱的风筝彻底断了线，曾经那浓浓的两情相悦再也回不来了，留给菲菲的只有那亘古持久的忧伤和遗憾。

下午放学回家，像往常一样，菲菲进门的第一件事就是想打开电脑，当菲菲站在电脑桌前的时候，她发现她放在电脑旁的照片不见了，而放照片的地方，是那枚已经归还了的钻戒，蒋毅楠拿走了她的照片，留下了戒指。

拿起戒指，菲菲慢慢地坐了下来，痛苦重新涌上心头。是的，对与她来讲，这枚戒指就像是一张无法兑现的空头支票，代表不了任何承诺，然而，当她从手上摘下这枚戒指的时候，就已经把它连同她的爱一起交给了上帝，订在了耶稣受难的十字架上。

蒋毅楠回国了。

由于心情不好，一周后他才给菲菲写了一封简短的邮件：

"亲爱的菲菲：我到家了，可是我一点也没有回家的感觉，很久以来，在我的感觉中只有你那里才是我的家、我的天堂。这里的一切都是那样的陌生，人和物，还有事。晚上和她躺在一起，我一点都不想碰她，我满脑子想的都是你，我时时刻刻担心我会叫出你的名字，说错事情。她不让我看她被切掉的乳房，其实我根本就不想看，你不能想象同床异梦的感觉有多么痛苦和可怕。我真后悔回来了，让我死在外面，都要比回来好。

我已经给部队领导打了电话，领导说人回来了就好，让我先休息几天，写一个总结，我知道，实际上也就是写一个检讨，我想部队可能是要先研究一下如何处理我。虽然我很想继续留在部队，但看来这个可能性几乎没有了，我认为，我至少要面临双开（党籍和军籍）的结果，将来怎么办，我也不知道，哎，不说了，反正我已经是死猪不怕开水烫了。

还是那句话，要是十年前遇到的是你就好了，哎，真想你。

哦，另外，对不起，没经你的同意，我把你的照片拿走了，你不会生气吧？我现在只是能在心灵深处单独和你在一起，想你的时候，看你一眼，孤独的时候，和你聊一会，只要你的温柔依然在我身边，我相信，一切都会慢慢好起来的。

好好照顾你自己

爱你，并千万次地吻你

蒋毅楠

与北京"

短短的一封邮件，菲菲却读了一遍又一遍，久埋的回忆在心中瑟瑟发抖。虽然菲菲从来没有给蒋毅楠写过信，但她也是有千言万语想要对他诉说，可是面对电脑，菲菲却又不知道说什么才好了。这真是，一张纸怎能写尽愁肠百转，一封信怎能道完入骨相思，回忆是美好的，让人难以释怀，有些经历一辈子都忘不掉，但越是美好的事情，回想起来就越是苦涩。

两天后，菲菲给蒋毅楠写了封短信：

"亲爱的：邮件收到了。

知道你已经平安到家，我就放心了。几年没有回家，感到陌生这很正常，时间长了，一切又都会习惯起来的。

夜深人静，回想过去，我用心，蘸着泪，第一次，也许是最后一次给你写信。万语千言，此时此刻，我只想对你说：无论将来怎样，昨日你曾陪伴我，今天我送你一程。

我看到了，你留下了戒指，拿走了我的照片。

戒指，我不知道应该如何处理，它的存在就如同痛苦的存在，只能让我的心碎了又碎。

照片留在你那里，我会很不舒服的，我不想像一个小偷一样，耻辱地躲在你家里，还要让你一天到晚提心吊胆地害怕被发现。既然不能堂堂相爱，为何还要偷偷厮守？求你，请尽快将照片寄还给我。

人的一生有太多的身不由己，所以，我想你这一走，后会是否有期，那就要看上苍是否有意了，但无论如何，我都要感谢上帝让我遇见你，你的陪伴温暖过我的心，也填满过我对爱的渴望，让我靠着你的肩，度过了我人生中最艰难的日子。

婚姻未必就是爱的最好归宿，有的时候，放弃也许才是爱的真谛。但愿时间能够治愈你我心中所有的创伤，只留下那些最美好的记忆。

深深地祝福你

永远爱你的菲菲

深夜与温城

ＸＸＯＯ"

两周后，菲菲收到了蒋毅楠从北京寄来的一封挂号信，信中没有一个字，只有照片。

第十九章　　　剪不断理还乱

一年一度的圣诞节转眼又到了。英惠和夏尔邀请菲菲去家里和他们一起庆祝平安夜，同时他们还邀请了在单身俱乐部认识的朋友吉尔。

吉尔和夏尔的年纪差不多，五十来岁，自雇职业-高级会计师，收入比较高。吉尔是西班牙后裔，热情奔放，性格与沉稳安静的夏尔截然不同。吉尔兴趣广泛，除了努力工作挣钱外，不忙的时候他最喜欢做的事是弹吉他，听音乐。吉尔离婚多年，在三个孩子都已长大成人，不再需要付孩子们的抚养费之后，吉尔希望能够找个女朋友，如果可能的话再成个家。吉尔一直在单身俱乐部和一些交友网站上寻寻觅觅，但一直也没能找到一个合适的人选，当他看到英惠和夏尔两人恩恩爱爱，过得挺不错，很是羡慕，于是就托英惠看能不能也帮他找个中国姑娘，他说他已经厌倦了霸道不讲理的白人女人。

一方面希望能把菲菲从低靡的情绪中拯救出来，彻底忘掉蒋毅楠，另一方面他们也想帮帮吉尔，因此，夫妇俩安排了这么一个平安夜的晚餐，想让菲菲和吉尔两个人见个面，认识一下，看看他们是否有缘份，见面之前，英惠也和菲菲说了他们的意图。和蒋毅楠分手之后，生活虽然趋于平静，但菲菲心中依旧波澜不止，心灰意冷，打不起精神，因此，她不想见任何人，只想清静些时候，好好学习，但经不住英惠的好言相劝，最后只好答应了去见见这位吉尔先生。

平安夜下午，夏尔把菲菲母女两接到家里的时候，吉尔已经先到一步。一进门，菲菲就看见一位中年男子坐在客厅里正在看电视，看到夏尔带着菲菲和梅梅进来后，中年男子立即热情地迎了上来。

"我是吉尔，你一定是菲菲了？认识你很高兴。"还没等夏尔开口介绍，浑身都散发着活力的吉尔已经殷勤地向菲菲伸出手来，做出讨人欢喜的模样介绍了自己。

看来吉尔已经知道来这里的目的了。

"认识你我也很高兴。"菲菲客气地回答道。

吉尔是一个见面熟的人，不管什么人，第一次见面，都能立刻像是彼此已经认识了好几十年的老朋友似地。

吉尔和菲菲打了招呼，又对着梅梅嗨了一声，然后问夏尔，"嗨，夏尔，近来怎么样？"

"挺好，没什么新鲜事，你呢？"夏尔问道。

"还好，瞎忙，快到退税的季节了，准备要忙起来了。"

说着，大家坐了下来，夏尔和吉尔寒暄了几句之后，带着梅梅下楼看画去了，留下吉尔和菲菲单独在客厅里。

"来啦，菲菲？"英惠在厨房里大声问道。

"来啦，英惠，我来帮帮你。"菲菲来到厨房，把她带来的酒和饮料交给英惠后穿上围裙，准备帮着英惠做晚饭。

"不要，不要，你们坐着说话好了，别让吉尔一个人坐在那里没人理他，我自己忙得过来，都差不多了。"接过东西，英惠把菲菲推回客厅，然后对菲菲挤了挤眼，又朝着吉尔那边努了努嘴。

"还有一晚上的时间呢，不着急。"菲菲说。

"去吧，去吧，厨房小，没你待的地方。"英惠说完又回厨房去了。

客厅里只剩下了吉尔和菲菲，这个时候，菲菲才开始打量吉尔。吉尔暗暗的皮肤，一身休闲打扮，个子不高，结结实实，有着运动员一样非常健壮的体格，一头天生的鬈发油腻腻的乌黑发亮，弯弯曲曲地披到肩头。他两只黑眼睛烁烁有神，一脸的络腮胡子刮得干干净净，留下一片难以消除的青灰。

菲菲坐下来后，不知道该说些什么，只好看着电视，等着吉尔先开口。

"我经常听夏尔夫妇谈到您，没想到您比我想象的还要漂亮，给我的印象非常好。"吉尔先开口了，而且说起话来声音洪亮，手舞足蹈，给人一种性格张扬的感觉。

洋人对女人一贯使用的客套，就是赞美她们漂亮，不管她们是不是真的漂亮，不过对于吉尔来讲，这可不是什么客套话，他倒是真心觉着菲菲漂亮。

"谢谢。"对于如此大胆，直言不讳地当面赞美，菲菲还有些不大习惯。

"哦，我听夏尔说您正在上学。"

"是的，我准备去学护士。"

"哦，护士，好呀，我侄女就是护士，很好的工作。"

"我的英语不是很好，一定会很困难的。"菲菲的确没有足够的自信。

"您的英语说的很好，您不要担心，有问题来问我，我可以教您一口非常纯正的英语。"

不知道吉尔为什么要这样说，但可以肯定他是相中了菲菲，而且很自信地认为他们一定可以开始约会了。

"谢谢。"虽然菲菲有些吃惊吉尔的回答，但她还是很客气的表示了感谢。

不一会，晚餐开始，大家入座。

"夏尔，你真是有福气，太太这样会做饭。"看着英惠中餐西餐做了一大桌，吉尔对英惠的手艺赞不绝口，"我自己一个人，很少做饭，饿了就到街上买个三明治，汉堡包什么的凑合一下，难得吃上一顿像样的家常饭菜。"

"以后你要是想吃了，过来好了。"英惠友好地说。

"好，好，谢谢，我会的。哦，今年新年你们两打算怎么过呀？还去不去单身俱乐部的晚会了？"

"今年我们就不去了，别忘了，我们已经不是单身了，单身俱乐部就不应该再去了。哦，你呢？"英惠问道。

"新年的时候，孩子们都是要去他们妈妈那里，我也没地方可去，所以，我是一定要去的，而且我已经买了两张票，不知道菲菲女士是不是愿意和我同去？"说着，吉尔转过脸去看着菲菲。

吉尔的邀请，让菲菲感到十分意外，她可是一点思想准备都没有，她想，没准这也是英惠两口子的主意，吉尔事先安排好了的。

"我想我可能不行，过年我怎么能让女儿一个人在家，不行，不行。"菲菲推辞着。

"妈，你去吧，我自己一个人可以在家的。"梅梅很懂事，她知道妈妈还想着蒋毅楠，所以也希望妈妈能够早些忘掉过去的事，生活的快乐一些。

"去吧，梅梅可以到我们这里过来新年，对不对呀，梅梅？"英惠说。

"怎么可以老是麻烦你们呀。"菲菲不好意思地说。

"没有关系了啦，我们是梅梅的干爹干妈，这点事总是可以做得来的，你就放心去玩儿好啦。"

"去吧，我们以前每年都去的，晚会挺热闹的，是不是呀，夏尔？"吉尔说。

“是的，以前我们每年都去的。”夏尔是个老实人，这种事最多只能跟着敲敲边鼓，迎合一下。

“是的，我也去过，很不错。”英惠也来帮腔，看来这个红娘她是一定要做成不可了。

“好了，就这么定了，我们一起去单身俱乐部过新年。”吉尔宣布道，替菲菲做了决定。

整个晚上，吉尔都难以抑制自己的激动，他快活地面红耳赤。菲菲要比他想象的还要令他满意，因此，他兴奋不已，吃饭的时候他感到浑身燥热难耐，干脆把衬衣也给脱了，只穿着一件 T 恤衫，而且还不止一次地单独跑到外面，想让自己凉快凉快，镇静一下。晚饭后不久，大家说了一会话，早早散了席。回家时，英慧委托吉尔把菲菲母女送回家，这好像也是要给菲菲和吉尔安排一个说话的机会。

一路上，吉尔不停地问东问西，爱好什么呀，喜欢吃什么呀，看来是在为约会做准备了。把菲菲送回家后，下车之前，吉尔要了菲菲的电话号码，并且对菲菲说，第二天是圣诞节，商店不开门，后天，也就是节礼日，中午的时候，他会来接菲菲，一起去给菲菲买一件新年晚会上穿的晚礼服。吉尔还嘱咐菲菲一定等着他，来之前，他会先打电话过来的。

节礼日的午后，吉尔果然打来电话，并且说他已经在门外等着了。菲菲穿戴好了，带着梅梅，跟着吉尔一起来到温城最大的购物商城。

节礼日永远都是人们购物的好时候，因此这天商场里的人总是很多。尽管这个时候商店里卖的商品都在打折销售，但对于目前还没有工作和固定收入的菲菲来讲，要自己花钱去买一件晚礼服，还是有些为难的。

　　吉尔是在情场上游荡多年的"老司机"，深知道女人的心理，更知道如何讨女人的喜欢，因此在购物前他就告诉菲菲说不要担心钱的问题，他收入高，又是一个人生活，所以不在乎花钱，今天她们母女俩想买什么就买什么，所有的东西都由他来付账，不就是钱吗，他说，只管买、买、买。

　　为了挑选一件适合自己的晚礼服，菲菲试了这件试那件，不过，菲菲怎么都觉着晚礼服太暴露了，中国人还是比较适合自己的传统服装-旗袍，所以菲菲很想买一件旗袍，可是梅梅坚决不同意，她说她更喜欢晚礼服，吉尔也认为还是晚礼服好看些，而且他还认为，在那种场合穿旗袍大家一定会觉得很奇怪的。拧不过女儿，说服不了吉尔，菲菲只好同意他们的意见。

　　在挑选颜色的时候，吉尔认为银灰色的比较高雅，可梅梅却说酒红色的看上去秀丽，而且也适合节日穿着，尽管菲菲喜欢黑色的端庄，但最终还是按照女儿的意思挑选了一件只有两根细吊带，酒红色的丝绒露肩晚礼服。当菲菲穿着晚礼服从试衣间里优雅现身时，吉尔和梅梅立即把眼睛瞪得圆圆的，他们惊讶地赞不绝口。穿着晚礼服的菲菲显得既高贵又光彩照人，于是大家一致赞成菲菲买下这件晚礼服。为了搭配这件漂亮的晚礼服，吉尔还送给菲菲一枚胸针，另外还买了一双高跟鞋和一件装饰小手包，菲菲被"全副武装"了起来。

　　新年那天的傍晚时分，吉尔给菲菲打了个电话，说他马上就到，并叮咛菲菲现在不要穿晚礼服，路上会很冷的，等到了晚会地点再换上。菲菲放下电话后不一会门铃就响了，当菲菲打开大门时，站在门外的吉尔把菲菲吓了一跳。只见眼前的吉尔打扮的英俊潇洒，他不但脸刮得干干净净，而且头发上还喷上了发胶，向后梳得一丝不苟。一件半敞着的羽绒夹克外套内，雪白的衬衣硬领子上特意打上了一条酒红色的领带，看来是有意要和菲菲晚礼服的颜色搭配一致。最令菲菲惊讶的是吉尔手里还捧着一束鲜艳，但又不十分耀眼的深红色的玫瑰花，这架势简直就像是三十年代电影里的绅士们求爱的场景。好浪漫呀，菲菲有点晕，搞不清自己是在电影里，还是在现实生活中。

"我可以进来吗？"吉尔哈了一下腰，彬彬有礼地问道。

吉尔这么一问，菲菲才醒过神来，连忙说："哦，请进，请进。"

"有花瓶吗？"吉尔进门后问道。

"哦，我没有花瓶，瓶子行吗？"

"行，大一些的有吗？"

"有，有。"菲菲答应着。

菲菲找了个准备腌酸黄瓜用的大瓶子，放了些水，接过吉尔手中的玫瑰花，把它插在瓶子里，摆放在了客厅里的电脑桌上。在这冗长的冬日里，玫瑰花带着她袭人的芳香和春天的愉快，仿佛改变了季节，使得这座寒风中的小屋满室生辉，如同阳春三月。

菲菲低头用手整理了一下花束，然后俯下身去把鼻子凑了过去，"哦，真漂亮！谢谢你。"菲菲一边说，一边回头对着吉尔莞尔一笑。

"喜欢就好，我以后还给你买。"吉尔受宠若惊地说。

把梅梅送到英慧家后，吉尔带着菲菲来到离飞机场不远的一家希尔顿饭店，单身俱乐部的晚会将在这里举行。走进酒店，吉尔对菲菲说，现在她可以去换上晚礼服了。

拿着晚礼服，菲菲转身进了洗手间。换好晚礼服，根据梅梅的建议，菲菲把头发也盘了起来。对着镜子，菲菲考虑着是否应该化点妆。这时，菲菲突然想起蒋毅楠曾经说过的话，她天生丽质，不化妆也很漂亮，菲菲苦笑了一下，做了个鬼脸，心说，无论蒋毅楠说的对还是不对，今天她都决定素颜登场，不化妆。

吉尔对菲菲不化妆倒是很赞赏，他认为东方女性不化妆反而显得更加清纯秀气。存放好他们的外衣，吉尔带着菲菲来到餐厅。巨大的餐厅里摆满了一张张铺着白色桌布的餐桌。晚餐是典型的西餐自助，酒和饮料也是可以随便喝的。吉尔和菲菲找了张桌子坐了下来，吉尔让菲菲不要客气，想吃什么自己去取，票价里已经包括了晚餐，无需另付费用。

很快，餐厅里就座无虚席。前来参加晚会的单身男女们，有的成双，有的单挑，大家欢聚一堂，气氛始终热烈亲切，无以复加。晚餐吃到了一半，一些半醉的单身男女们端着酒杯开始串门，他们频频举杯，和每一张桌子上的人说着笑着寒暄着。认识的问声好，拍拍肩膀开个玩儿笑，不认识的，碰个杯也问声好，算是认识了。有意交往的，交换一下联系方式，给个电话号码或者电子邮箱地址，也许会进一步相互了解。不知道什么时候音乐悄然响起，人们开始跳起舞来。

"想跳舞吗？"当一曲华尔兹响起时，吉尔问菲菲。

"我不会。"菲菲不好意思地说。

"其实华尔兹舞很简单，跟着音乐的节奏迈步子就可以了，来，我教你，你能学会的。"吉尔鼓励地说道。

说着，吉尔来到菲菲面前，深深地鞠了个躬，然后拉起菲菲的手一同走进舞场。吉尔一只手搂住菲菲的腰，另一只手握住菲菲的一只手，他挺着胸脯，手臂弯成半圆弧，下巴稍稍昂起。他告诉菲菲，跳舞的时候要挺胸抬头收小腹，眼睛直视两肩放平，身体一定要放松平稳，第一拍要低 ，第二拍略高，第三拍再高，如秋千般摆动，高低起伏，另外，脚的移动要跨步而不是走步。说到这里，吉尔半开玩儿笑地又说，跳舞就像家庭生活一样，男带女跟，所以，要想跳好舞，男伴要会领，女伴要会跟，要配合，要默契。吉尔让菲菲不要紧张，随着他的舞步就可以，他是一个很好的舞伴。

吉尔教授示范一番之后，他们开始了。一开始他们跳得慢，后来越跳越快，他们转了起来。菲菲很聪颖，很快就学会了跳华尔兹舞，她颈脖俯仰自如，伴随着欢快的三步舞节奏和吉尔一同消失在芸芸众生的漩涡之中。周围的一切都在旋转，天花板上的吊灯，铺着白色桌布的餐桌，椅子、酒杯、花束，还有大厅中的男男女女……。

吉尔带着菲菲在舞池中不停地转着。他非常兴奋，并不时地还想要示个爱，他紧紧地搂着菲菲，想把脸也帖上去。菲菲很不习惯洋人的这种亲昵方式，而且她敏感地嗅到一个她非常不熟悉的男人身上的气味，这气味很强，很奇怪，它让菲菲感到很不自在。她闭上眼睛，身体尽量向后倾斜，努力把脸扭向一边，下意识地躲闪着扑面而来的陌生感。

舞池内外一片朦胧，菲菲机械地迈着步子，跟着吉尔继续旋转着，她过去的生活似乎也在这一片眼花缭乱中，如同昙花一现，烟消云散。跳了一会，菲菲感到有些头晕腿软，便不想再跳了，吉尔只好把她送回到座位上。虽然菲菲今天看着很漂亮，但似乎并不快活，不知为何，菲菲始终都有一种兴味索然的感觉。看着菲菲苍白的脸色，吉尔关心地问她是不是不舒服，菲菲说没什么，只是感到有些头晕，为了不扫吉尔的兴致，让自己也安静一会，菲菲劝吉尔去找个舞伴继续跳舞，可是吉尔说什么也不肯，之后，除了偶尔到别的桌子上去和以前的老朋友们打个招呼，开个玩儿笑外，其余的时间吉尔都是在陪着菲菲看别人跳舞。

　　音乐停止了，主持人宣布新年就要到来，舞池中跳舞的人们退潮似地回到了他们各自的座位上。人们期盼地仰着头，看着墙上的大挂钟，鸦雀无声地听着钟的滴答声，静静地等候着新年的到来。当分针与时针在 12 点汇合的一瞬间，整个会场沸腾了，全体单身们不约而同地站了起来，他们欢呼、跳跃、拥抱，并互相祝贺着，也不管认识不认识。这个时候，乐队奏起了友谊地久天长的音乐，菲菲饱含泪水，她看着这欢腾景，欢腾的人，突然隔世般地想起了去年的新年，想起了蒋毅楠，也想起了他说的那句让她一辈子都忘不掉的话。时间过得真快，一晃一年过去了，如今他们天各一方，物是人非，菲菲心中陡然感到一种从未有过的怅然若失。

　　吉尔站起身来，他走过来拥抱着菲菲，并祝菲菲新年快乐。

　　晚会结束了，接上梅梅，吉尔把她们送回了家。吉尔没有进屋，他站在门外说他今天过得非常愉快，并希望菲菲也同样感到愉快。吉尔说他会给菲菲打电话的，说完，拉起菲菲的手，在她的手背上轻轻地吻了一下之后，道了声晚安，开着他的吉普车消失在了新年的夜色之中。

　　进门后，菲菲首先打开电脑，查看了一下电子邮件，没有，还是没有蒋毅楠的来信。洗过澡，菲菲把晚礼服挂进了衣橱里。衣橱里，菲菲又看见了蒋毅楠送给她的那件睡裙，拿出睡裙，菲菲没有穿，而是抱在怀里躺了下来。虽然已经过了午夜，但窗外仍不时地传来烟火的噼啪声，嗅着蒋毅楠留在睡裙上面的体味，菲菲久久不能平静，心似乎只能感觉到一个人，那就是蒋毅楠。一切又都笼罩在忧郁的气氛中，想念沉入了心灵的深处，发出了低沉的呼啸，如同冬天的风，吹过一片废墟。这是对一去不复返的时光的魂牵梦萦，菲菲感到她的心极度衰竭，她的生命正在枯萎。

　　自从收到蒋毅楠寄回来的照片后，菲菲就再也没有得到过任何来自蒋毅楠的任何消息，思念又成了她忧郁的中心。他现在干什么呢？部队的事处理完了吗？怎样处理的？他会不会真的去坐牢？新年他是怎么过的？是不是还记得她？菲菲极力想甩掉这些念头，但痛苦依旧承受着为求脱胎换骨而带来的骚动与苦闷，还有对灵与肉的惩罚，这些都是菲菲以前从未体验过的。菲菲疲惫地打捞着记忆中的幸福，感到空前的孤独与悲伤，她在心里和他说话，希望伴随着希望，梦想伴随着梦想。是呀，她多想让他知道，她的温情依然远远地关注着他，梦想着有一天他会突然推门进来，大声地对她说：菲菲，我回来了，再也不走了！

　　女人的心啊，一旦陷入爱的沼泽，便再也无法自拔。

　　剪不断，理还乱。身心疲惫的菲菲困顿不堪，她昏昏入睡，乱哄哄的情景开始在她脑海中不停地闪过：咆哮着的瀑布、眯着眼睛的老虎、快速飞奔的赛马，还有那个让她心惊肉跳，仿佛就要断裂的玻璃天桥……。菲菲的大脑像是一台电脑，紧张快速地搜索着，然而，无论有多么迷茫，菲菲的记忆终于定格在了那曾经的一刻。没错，是这里，菲菲要寻找的东西在这里。

　　不舍的眷恋，剪不断的思念，记忆虽然遥远，但依然清晰。在一个阳光灿烂的日子里，菲菲又来到了那个湖边的小沙滩，她的心如同这片沙滩，充满了神秘的符号 — 他们曾经留下的脚印。是的，菲菲还想拉着蒋毅楠的手，踩着他的大脚印，跟着他走呀走，一直走到天荒地老。

　　但是，菲菲没有找到那些画符般的脚印，被风沙覆盖了，还是让湖水冲走了？那些脚印像是一个久远而古老的故事，随着时间的流逝，渐渐被遗忘，丢失在了岁月里。菲菲哭了，她该怎么办？谁来牵她的手？谁来和她一起走天涯？她一边哭喊着，一边疯狂地在沙滩上寻找着，寻找着，寻找着……

苍白的月光照在窗上，黑暗笼罩了一切，万籁俱寂。

梦，一切都只是一个梦，一个浑沌的梦。

菲菲醒了，泪水打湿了那件洁白的薄纱睡裙。

第二十章　　远方的问候

新年后，吉尔给英惠打了个电话，向他的介绍人汇报了一下和菲菲约会的感觉，并感谢英惠的热心。吉尔告诉英惠说他非常喜欢菲菲，希望能和菲菲继续来往，相互了解，他请英惠转达他的意思，并希望英慧能帮他问问菲菲对他的印象如何。

周末，菲菲带着梅梅去学画，英惠和菲菲谈起了这件事。

"菲菲，感觉怎么样？"

"什么怎么样？"菲菲装作不知道英慧的意思。

"对吉尔的感觉？"

"一两次的接触，还说不上来，好像没有特别好的感觉，也没有特别坏的感觉，只是觉得他这个人挺礼貌，很热情，也很会讨人喜欢。"菲菲说。

菲菲知道吉尔是真情实意，但她很不习惯那种过分的殷勤，而且吉尔周到的礼貌也让她感到有些造作，不过，尽管和吉尔暂时擦不出火花来，但菲菲觉着吉尔还没有让她十分讨厌和倒胃口。

"单身晚会后吉尔找过你吗？"

"打过一次电话，问我喜欢什么，看电影还是听音乐，挺逗的，好像是高中生约会是的。"说完，菲菲呵呵地笑了。

"是吗？大人有的时候也像孩子，那你怎么说的？"

"我说都喜欢，然后他就说哪天约我一起去看电影，还说要带我去二手书店看看有没有什么好的老唱片。"

"这个吉尔真有意思，你是怎么回答的，去吗？"

"我不知道，但是他特别热情，好像要把人融化了似的，都不好意思拒绝。"

"不要拒绝，去吧，试着再多了解一下。"

"哎，我怎么觉得我心灰意懒的，打不起精神来，过去的事很难轻易忘掉。"

"你看你，当初是他蒋毅楠追的你，结果倒是你死活放不下了。"

"我放下了，就是还有点别扭。"

"痴情是不是？"

"其实现在已经不完全是痴情了，主要还是挺为他担心的。"

"蒋毅楠的事就让他和他太太去面对吧，这种事谁也帮不了他们，他是自作自受，你就别再操心了，真没必要让他的事影响你的生活。"英慧好心劝道。

"哎，说的容易，做起来就没那么容易了，也许是当初用情太深，一下子难以自拔。"说到这里，菲菲自嘲地笑了笑。

"那就让吉尔帮帮你吧。"

"好吧，这个艰巨的任务就交给他了，让他试试吧。"说完菲菲和英惠一起笑了。

英惠把菲菲同意继续往来的意思告诉了吉尔后，吉尔就开始频繁地约菲菲出去了，而约会吗，也就是老一套，一起出去吃个饭，看场电影，或者逛逛书店而已。不过，吉尔是个喜欢浪漫和张扬的人，而且特别喜欢在人面前表现他那如同年轻人火一般的热情，因此，有些时候，菲菲放学的时候他会在学校门口等着菲菲，众目睽睽之下，手捧鲜花，尽管这让菲菲经常感到很难为情，但心里倒也觉着挺温暖，挺舒服的。

周末了，吉尔会和菲菲一起去逛二手旧书店，买几张黑胶老唱片，和一些旧的音乐杂志。吉尔酷爱弹吉他，所以，他买的唱片基本上都是吉他曲、爵士乐之类的东西，对于这些东西，菲菲一窍不通。有的时候，由于客户催得紧，没时间陪菲菲，吉尔也会邀请菲菲到他家里，吉尔忙他的帐务，菲菲就一边看书，一边听老唱片，工作累了，吉尔会停下手来，给菲菲弹上一首吉他曲。如果菲菲学习上有问题，吉尔也会尽力帮着解答，如果吉尔答不上来，他会抽时间给他的侄女打个电话，咨询一下，再转告菲菲。就这样，菲菲和吉尔不温不火，各自忙着自己的事，有时间了就见个面，没时间就打个电话，保持着联系。可是不知道为什么，吉尔从来没有给菲菲讲过任何有关他婚姻失败的原因，他似乎非常小心地躲避着这个话题，像是害怕触动他那脆弱的神经。

日子过的飞快，五月份的生日又到了。

这天，当菲菲从学校出来的时候，吉尔已经手捧鲜花站在学校门口等着了。吉尔安排好了，他们先去看电影，然后去吃晚饭，餐馆还是吉尔经常去的那家西餐馆 — Applebee's，这是吉尔最喜欢的餐馆，而且永远都在这家餐馆吃饭。坐定后，点菜吃饭，说说笑笑，一切和平时一样，但是这天，吉尔特地为菲菲点了一个生日蛋糕。吃完了饭，当生日蛋糕端上来的时候，大厨和全体招待员们出乎菲菲意料地一同围了上来，齐声为菲菲唱了生日快乐歌，结果招来整个餐厅的顾客们也跟着一起唱了起来。激动之下，吉尔吻了菲菲，并在大家的掌声中把他事先准备好的生日卡和巧克力交给了菲菲，弄的菲菲怪不好意思的。

回家的路上，菲菲说不知道为什么她卫生间的下水道不通了，她问吉尔是否可以帮她看看，吉尔认为可能是头发堵塞造成的，应该不会有太大的问题，他说，他马上就可以去去看看，帮着修理一下。到家后，吉尔立即脱掉上衣，卷起袖子，为菲菲修起了下水管道。两个人正忙着，电话铃响了，菲菲对吉尔说，她上楼去接个电话，就回来。

菲菲跑到楼上，拿起了电话。

"喂，菲菲吗？我是蒋毅楠。"电话那头是蒋毅楠的声音。

"蒋毅楠？！"菲菲简直不敢相信自己的耳朵，上帝呀！她终于又听到蒋毅楠的声音了。突然间，辛甜交进，菲菲浑身筛糠似地颤抖了起来，心也一下子提到了嗓子眼上，几乎跳了出来。

"是的，我是蒋毅楠，听不出来我的声音了？"

"哦，你在哪？"菲菲有点糊涂了，她不知道蒋毅楠的电话是从哪里打来的，这声音就好像是从天边传来的。

"我在上海。"

"上海？哦，我还以为你又回多伦多了呢。"菲菲似乎有点失望。

"哦，哪能啊，我可没有那样自由了，我现在在上海开会。"蒋毅楠说。

"噢，你怎么样？事情都处理完了吗？"菲菲问道，到现在她还不知道部队是怎样处理蒋毅楠的。

"处理完了，我没有坐牢，但我没有得到一分钱的转业费，净身出户，双开了。"蒋毅楠轻松地说道，好像他很满意这个处理结果，尽管没钱，但至少他没去蹲大牢。

"没有坐牢就好。"菲菲似乎也放心了，因为她知道要是蒋毅楠真的去蹲监狱了，那他这辈子可就真的彻底毁了。

"菲菲，回来后，她收拾我箱子的时候，发现了你的一根长头发和那双皮手套，她说长头发一定是女人的，手套也是新的，一看就是女人送的礼物，她怀疑我有了外遇。"蒋毅楠继续说着。

"哦，那你怎么解释的呢？"菲菲苦笑了一下问道。

"我说头发可能是洗衣服的时候房东家洗衣机里带来的，手套是房东太太送的。"

"你可真能编谎。"菲菲带着些蔑视的口吻说。

"哎，从那以后她开始怀疑我了，查我的电话，还有邮件。不过她现在好像变了，不打也不闹了。她不上班，整天呆在家里，去医院看病，我也得陪着，其实我一直都想给你打电话，可就是找不到机会，对不起。"

"那你这个电话是怎么打的呢？"

"事情已经处理完很长时间了，朋友帮我在中关村找了个工作，刚上班没几天，正好这两天在上海开会。今天是你的生日，我只想说一声，生日快乐。"

"哦，谢谢你还记得我的生日。"菲菲心里百感交集。

"当然记得，怎么能忘记呢，就是没有办法送你生日礼物了。"蒋毅楠不无遗憾地说。

尽管这是一个不适时宜的电话，但菲菲还是感到有些说不出的感动，她终于知道了，蒋毅楠没有忘记自己，也没有坐牢，而且正如她所希望的那样，他有了工作，开始了新的生活，她从心里为他高兴。

菲菲不想接着说那些容易勾起回忆的事情，于是她换了个话题，"哦，你移民的事怎么样了？"

"移民倒是通过了，可是我没有因私护照无法登陆，军人转业后五年内又不能持有因私护照，所以，我只能放弃了，而且……"

正说着，吉尔从楼下咚咚地跑了上来，他一上来就大声地对菲菲说："菲菲，修好了，你要不要下去看看？"

电话里蒋毅楠没有听清吉尔在说什么，但他听出来是个男人的声音，蒋毅楠觉着不大对劲，于是他问道："家里有人？谁呀？"

菲菲没有回答。

"是个男的，男朋友？"蒋毅楠不情愿地猜测道。

"算是吧。"菲菲勉强说道，她不想遮遮掩掩，她知道遮掩也没用。

蒋毅楠沉默了，他责怪自己怎么就没有想到菲菲可能会有了男朋友呢？是的，尽管他没有权利限制菲菲的自由，但是当他意识到菲菲有了男朋友的时候，自己还是感到心如刀绞，菲菲应该是他的呀！

"菲菲，谁的电话？英慧？"不知情的吉尔又大声问道。

菲菲对着电话筒，低着头没有回答吉尔的问题。她想，既然他蒋毅楠还活得好好的，那就没有必要再为他担心了，应该让他忘了我，好好生活。想到这里，菲菲一咬牙挂断了电话。

看到菲菲表情不大自在，又看到菲菲不愿意说是什么人打来的电话，吉尔感觉到了什么，于是他又追问了一句，"是谁呀？"

菲菲躲避着吉尔的眼睛，定了定神，但最终还是诚实地告诉了吉尔，"是我过去的男朋友，"菲菲觉着大家都有自己的过去，堂堂正正，没有必要隐瞒，更没有必要撒谎。

"过去的男朋友？他从哪里打来的电话？他要干什么？"吉尔警觉起来。

"他现在在中国，打电话，只是想问候一下我的生日。"

"在中国？他为什么会在中国？"菲菲的话把吉尔给说糊涂了。

"我们认识的时候他在这里，后来他去了多伦多，再后来他妻子得了癌症，他就回中国了。"

"什么？！"菲菲最后的一句话把吉尔给惹恼了，他突然暴跳如雷，大声喊道："什么？！他结婚了，还有妻子，你怎么可以和这样的人谈恋爱？！"

　　菲菲脸色煞白，头晕目眩，四肢无力，她神情恍惚地坐了下来，低垂着头，呆呆地盯着自己的脚尖发楞，蔫蔫的像是一朵美丽的鲜花受到了暴风雨的打击一样。

　　"他追求你是吗？你也爱他是吗？他骗你说他一定离婚和你结婚是吗？！"吉尔声震屋宇地继续吼道。

　　菲菲还是一声不响，这无疑是一种默认。有些事像是命中注定了似的，一次过失就会终身失去幸福。这个时候，菲菲感到非常沮丧，她的沮丧并不是因为吉尔的生气，而是担心这个穿越了大半个地球打过来的电话又要搅乱了她已经逐渐平静下来的生活，而她，已经不再想牵扯那段不但像是隔着大西洋一样无法跨越的，而且也使她感到自卑的感情了。

　　"这个混帐东西，他要是敢来找你，我就杀了他！"怒不可遏的吉尔简直无法控制他的情绪，他狂怒的像是一头发了疯的狮子。

　　吉尔的喊叫声惊动了楼下的梅梅。当梅梅跑到楼上来的时候，吉尔正站在客厅中央挥舞着胳膊大声地对着菲菲叫喊着。

　　好朋友杰西卡的遭遇，对梅梅的打击和影响很大，然而，蒋毅楠的事情对梅梅心灵的伤害更是有过之而无不及。梅梅变了，她开始对男人抱有极大的成见和敌视，同时也像是一头脑袋上生了角的公牛，性格变得极具攻击性。蒋毅楠走后，梅梅发誓要保护妈妈，再也不允许任何一个男人来欺负她妈妈。

　　当梅梅看到吉尔对着妈妈大喊大叫的时候，小姑娘顿时怒火万丈，她不问青红皂白，冲上去狠狠地推了吉尔一把，"你为什么对我妈妈大喊大叫？！"梅梅质问道。

　　没想到梅梅居然动手了，吉尔愣住了，他看着梅梅一时半会反应不过来，简直不知道该说什么好，吉尔憋了半天才冒出一句话来，"你知道你妈妈原来的男朋友有妻子吗？"

“知道，怎么了，所以他们分手了！”梅梅嘴快，且不饶人。

“你知道他刚刚又打来电话了吗？！”

梅梅当然不知道这个了，她回过头，用眼神询问着妈妈是否有这回事，菲菲没有说话，只是点了点头。

“他为什么打电话来？不是都分手了吗？”梅梅很不高兴蒋毅楠又来打搅妈妈，她改用中国话恶狠狠地问道。

“他就是问候一下生日的。”菲菲也用中国话回答梅梅。

吉尔听不懂中国话，他转着脑袋，看看菲菲，又看看梅梅，一脸的不满和懵懂。

“那又怎么了，不就是问候个生日吗。”梅梅转过头来，强词夺理地对吉尔说道。

“问候生日？都分手了为什么还要打电话？哼！他要是敢来找你妈妈，我就杀了他！”吉尔依旧无比愤怒。

一听吉尔说要杀了蒋毅楠，梅梅心里暗暗高兴，她差点噗哧一声笑出来，不过，梅梅还是板着面孔，假装生气地说：“你要杀了他，我没意见，但是你不能对我妈妈嚷嚷，要是你再敢对我妈妈嚷嚷，你就给我滚出去。”

“梅梅！”菲菲试图阻止梅梅的无礼，但已经晚了。

“什么？！你居然让我滚蛋？！”吉尔对着梅梅再一次怒吼道。

吉尔本来快要平息下来的怒火，再次被梅梅的话点燃，他恶狠狠地对菲菲说道：“你听见了吗？你的女儿真无理，你应该好好管教管教她了！”说完，拿上他的外衣，碰地一声摔门走了。

“梅梅，你不应该让人家滚蛋的，这样很不礼貌。”菲菲无可奈何地对梅梅说。

　　"我不在乎！走就走！谁害怕呀！"说完，梅梅甩着胳膊下楼去了。

　　看了看消失在黑暗中的吉尔，又看了看女儿下楼去的背影，菲菲摇着头叹了口气，她一屁股坐进沙发里。这个生日过得真是晦气，她朝思暮想的电话，居然搅的大家吵成一团，蒋毅楠的这个生日礼物让菲菲感到十分意外，但让她更感到不解的是，一个电话为什么会让吉尔如此大动肝火，仅仅是因为嫉妒吗？

第二十一章　　失联

自从那晚甩门走了之后，吉尔已经有一个星期没有消息了。菲菲曾打过两次电话，想替梅梅道个歉，但都没有人接。梅梅去学画的时候，菲菲问英惠，吉尔是否给他们打过电话，英惠说没有，英惠问菲菲出什么事了，菲菲把生日晚上发生的事告诉了英惠。听了菲菲的故事，英惠对蒋毅楠的电话表示十分不满，但对梅梅倒是赞不绝口，她夸赞梅梅是好样的，说菲菲有福气，家里还真少不了这样一个知道保护妈妈的孩子，梅梅在家也可以顶半个男孩子指望了。

"你还夸她呢，这样坏的脾气，将来到了社会上还不知道要怎样吃亏呢。"听到英惠夸奖梅梅，菲菲无不担心地说。

"你错了，这样的孩子在社会上才不会吃亏呢，谁敢欺负她呀。"

"但愿如此，她不去给我惹祸就烧高香了。"

"放心，梅梅是个好孩子，她只不过是想保护你，我巴不得能有这么一个女儿呢。哦，要不要我给吉尔打个电话问问怎么回事？"

"不要，不要，随他去好了。"

不知道是不是英惠给吉尔打了电话，还是吉尔自己想明白了，几天后菲菲接到了吉尔打来的电话，电话里，吉尔一个劲地道歉，说那天他不应该对她大声嚷嚷，菲菲也替梅梅道了歉，并问吉尔为什么这么多天没有任何消息，吉尔说他生病了。一听说吉尔生病了，菲菲更觉得过意不去了，她问吉尔什么病，是否已经好了，要紧吗。吉尔说他很想见见菲菲，有话想当面说，并约好第二天下午五点一起去吃晚饭。

　　第二天，吉尔准时到了。当菲菲打开门的时候，眼前的吉尔简直让菲菲目瞪口呆。只见吉尔面容憔悴，胡子拉碴，头发乱蓬蓬的，衣服也皱皱巴巴的，一副无精打采的样子，和菲菲以前见到过的吉尔判若二人，唯独有一样没有改变的，那就是吉尔手上依旧捧着一束鲜花。

　　吉尔的样子把菲菲吓了一跳，她不知道吉尔到底生了什么病，怎么会把他折磨成了这副模样。

　　"哟，吉尔，快进来，快进来。"菲菲拉着吉尔，把他拽到客厅里，接过吉尔手中的花，把它插进吉尔送给她的一个漂亮的玻璃大花瓶中。

　　"坐一下吧，想喝点什么吗？"

　　"不用，不用。"吉尔客气地说。

　　"你这是怎么了？病得这样厉害。"

　　"我已经好多了，谢谢。我就不坐了，要是梅梅看到我又要打我了。"吉尔可怜巴巴地说。

　　菲菲捂着嘴忍不住笑了，她不好意思地说："对不起，孩子的脾气是坏了点，请你别往心里去，我替梅梅向你道个歉。"

　　"没关系，我也有孩子，我知道的，青春期的孩子都是这样，具有极强的叛逆性，什么事都不顺心，喜欢和人打架。你准备好了吗？要是准备好了，咱们就走吧。"

　　"准备好，也没什么可准备的，你要是没事，咱们就走吧。"

　　菲菲下楼去敲了敲梅梅的门，告诉梅梅说她就要出门了，并叮咛梅梅给自己弄点饭，别老是吃薯片喝可乐。梅梅在屋子里不耐烦地说了声知道了，就再也没动静了。

　　还是那家餐馆，菲菲和吉尔不知道来过多少次了，这里的招待小姐们都已经认识他们了。吉尔慷慨大方，每次吃完了饭，都会付给她们很好的小费，所以，一看见吉尔又来了，姑娘们立即笑脸相迎，热情招呼。

吃饭的时候，吉尔好像很久没有吃饭的样子，他狼吞虎咽。看着吉尔的狼狈样子，菲菲忍不住地问道："吉尔，你是什么病呀？看医生了吗？"

"我这是老毛病了，我有药，只是需要按时服用。"

"什么样的老毛病？能告诉我吗？"菲菲不知道吉尔什么病，担心会不会是什么传染病吧。

"我有抑郁症，很多年了。"

"抑郁症？很多年了？"抑郁症是个什么鬼病？怎么能把一个仪表堂堂的家伙搞得这样狼狈不堪，像个叫花子，菲菲心里嘀咕着，又问道："你是怎么得的？"

"说来话长了，长话短说吧。"吉尔说。

唉，吉尔长叹了一口气，他向菲菲诉说了他以前的婚姻对他造成的伤害，心灵与世隔绝的痛苦，以及生活像活埋了一样的沉闷。

吉尔三十多岁的时候，一起生活了十年的妻子突然要求离婚，这个时候他才发现妻子有了外遇，而其情人居然还没有离婚，就像洪哥和蒋毅楠一样，那个情人发誓说一定离婚。妻子相信了，所以任凭吉尔怎么劝，怎么挽留都没用，最终，妻子还是带着孩子们走了。妻子走了，可是那个男的始终都没有离婚，为了躲避这桩婚外恋事件的责任，那个男人带着他的全家人搬到别的城市去了。吉尔是个很要强的人，那个时候他在一家大公司做主管会计师，不光工作压力很大，数字也令他厌烦。妻子的背叛，给吉尔的刺激和打击很大，因此他患上了严重的抑郁症。抑郁症很难治愈，有些病人犯起病来情绪容易激动，也很难控制，因此在工作中，由于他经常与同事、上司争吵，无法和大家相处，因此他接二连三地被解雇了好几次，最后只好自己单干。吉尔说这个抑郁症已经折磨他几十年了，而且曾经几度试图自杀。

说着说着，吉尔哭了起来，"对不起，菲菲，我道歉，那天我非常不冷静，伤害了你和梅梅。"

看到吉尔哭得像个孩子，菲菲简直不知所措，她没有想到吉尔的身后还有这样一个令人心酸的故事。

"没有关系，我不知道你的事情，我不是有意要伤害你的。"菲菲同情地说道。

"请原谅我，请你一定要原谅我，我很爱你，我保证今后不会再发生类似的事情了。"隔着餐桌，吉尔拉着菲菲的手不停地恳求着。

"没事的，没事的，你也不要太往心里去，我没有生气。"吉尔沮丧的情绪引起了菲菲极大的怜悯，她尽量安慰着伤心的吉尔，自己的眼泪也脆弱地快要掉下来了。

甜美的五月象征着爱情，她为愿结伉俪的情人张开温柔的双臂。回家的路上，吉尔说周末是他侄女的婚礼，他邀请菲菲一起参加，同时他还想把她介绍给他的家人。

介绍给他的家人？这不是说明要确定关系了吗？这突如其来的邀请，让菲菲有点无法接受。菲菲不讨厌吉尔，自从认识吉尔以来，一起出去吃个饭，看个电影，逛逛商店，这都行，但是，由于吉尔情绪的忽高忽地，时常变化无常，菲菲对他的感情也是一会热起来，一会又冷下去，始终不能由心向外自然持续地发展。尽管吉尔的爱恋让菲菲感激，但他的性格却很难引起她的尊重，也无法对他发生特别的兴趣。今天，又听吉尔说他有抑郁症，这让菲菲更加担心起来，这样不稳定的情绪，将来怎样一起生活，动不动就要死要活要自杀，这谁受得了呀。

吉尔看出菲菲的犹豫，便恳求道："来吧，我父母早就听说你了，他们都希望能在这个婚礼上见见你。"

菲菲不想去，但又觉得不去不礼貌，毕竟去的目的是为了祝福一对新人，再加上又是一对老夫妇的邀请，好像盛情难却。看着吉尔祈求的目光，菲菲最终还是答应了去参加婚礼。

婚礼按照传统习俗在教堂举行。婚礼这天，风和日丽，晴空万里，新郎新娘两家的亲朋好友们打扮的漂漂亮亮，聚集在教堂内，等待着新娘的到来和婚礼的开始。为了迎接新娘，新郎专门租了一辆漂亮的老爷车把新娘从娘家一路送到教堂，之后，身披婚纱，美丽娴静的新娘在父亲的陪同下，幸福地款款步入教堂，他们身后还跟着一对手提小花篮，可爱的小花童，他们一边走一边向参加婚礼的人们抛撒着花瓣。当新娘的父亲把女儿交给新郎之后，牧师开始证婚，然后交换戒指，接吻……，整个过程就像许多电影中婚礼的情节一样。

婚礼之后，大家开始吃饭，然后跳舞，一些很久没有见面的亲戚、朋友们相互问候着，谈笑着。趁这个机会，吉尔把菲菲介绍给了他的父母、兄弟姐妹，还有他的孩子们。吉尔的父母是一对非常慈祥的老人，尤其是他的母亲，好像很喜欢菲菲的样子。矮矮胖胖的老妇人拉着菲菲的手，微笑着问长问短。吉尔的兄弟姐妹和孩子们也都非常友好，他们大大方方，对菲菲也没有一点歧视和不礼貌，可以看出来，这是一个非常和睦、温馨的大家庭。

吉尔身后的这个幸福友好的家庭，还有充满欢笑的婚礼过程感动了菲菲。婚礼后她开始努力试着和吉尔培养感情，但不知道为什么，菲菲就是找不着感觉，而且吉尔几次希望能留下来过夜，菲菲都没有同意，这让吉尔感到很不满意，他认为菲菲一定是不爱他，嫌弃他。

一个学期很快就要过去了，菲菲决定夏天放假期间回国看望家人和朋友，因为，再一开学又要有两年的时间不能回家了。当菲菲告诉吉尔她准备回国省亲的时候，吉尔的抑郁症立即又犯了。他怀疑菲菲依然爱着她的前男友，回国一定是要去看望他的，加上菲菲始终不愿意和他做爱，这也让敏感且疑心很重的吉尔感到他又遭到了欺骗，吉尔又失联了。

像是钻进牛角尖里似地，吉尔把自己关在家里，不见任何人，也不接任何人的电话，即便是服了药，他还是用各种猜想折磨着自己，痛苦不堪，无法自拔。而这个时候的菲菲却蒙在鼓里，不知道到底为了什么事又让吉尔抑郁了。

根据以往的经验，菲菲知道吉尔服了药过上几天就会自动好起来的，所以没有去打搅他。菲菲忙着呢，来加拿大已经四年了，这还是头一次要回家，除了买票，收拾行李，菲菲还要去购物，给老父亲、哥哥侄子买点东西。果不其然，一周后，吉尔自己又冒出来了，他给菲菲打电话，还是老一套，赔礼、道歉，请求菲菲原谅，并说他已经和英惠夫妇商量好了，菲菲回国之前，一起去野餐烧烤一次，给菲菲送行。吉尔出来了就好，对于野餐的安排，菲菲当然是欣然接受了，谁又愿意辜负这浪漫的夏日呢。

野餐之前，菲菲给阿萍和易真都打了电话，一是告诉她们她就要回国，问问她们有什么东西需要从国内帮着带回来的，同时也邀请她们一同去参加野餐。

自那天晚上交谈后，菲菲和阿萍便成了无话不说的好朋友，她们经常在电话上一聊就是很长时间。认识吉尔后，菲菲告诉阿萍，她想试一试看在爱断情殇后，是否能够重新收拾好自己的岁月与山河，从旧日的阴影中走出来。可是参加婚礼后，菲菲又告诉阿萍，无论她怎样努力，对吉尔，她依然爱不起来。也许就像女人们常说的那样，爱一次，伤一回，是爱的激情已经燃尽，还是两个人的性格不合适？是依然为了蒋毅楠操守着一份心灵上痴情，还是仍然没有找到喜欢吉尔的理由？菲菲自己也说不清，但无论如何，菲菲都不想因情欲而一错再错了。现在，又加上吉尔的抑郁症，更是让菲菲犹豫不决，电话里，阿萍劝菲菲再耐心试试，如果不行不要勉强，婚姻不合适会难受一辈子的。

前些时候，阿萍告诉菲菲，康大姐帮她在一家香港人开的服装公司找了个打杂的工作，缝缝扣子，拆拆疵品，不忙也不累，以前在国内做服装生意摆摊的时候，这些事她也是经常要自己来做的，所以对阿萍来讲这个工作没有什么难度和压力。虽然是最低工资，但这毕竟是阿萍迈向自由的第一步，她终于可以独立了。阿萍已经租了个住处，从妇女保护所搬了出来，现在，她一边工作，一边在律师的帮助下着手办理离婚事宜，等着离婚判决的结果。尽管还有许多辣手的事要解决，但阿萍感到生活有了盼头，心情也好了许多。因此，当菲菲邀请她一起去野餐的时候，她非常高兴地接受了。阿萍说，在这迷人的夏日，她没有理由拒绝阳光、拒绝欢乐、拒绝友谊、拒绝到户外去享受大自然。另外阿萍还开玩笑地说，她一直都很想去见见吉尔，看他到底是不是比蒋毅楠更帅。

接到菲菲的电话后，易真说她一时半会也想不起来需要从国内带什么东西，所以这次就不麻烦菲菲了，至于野餐的邀请，她也感到十分遗憾。为了增加一些收入，易真经常在一家中文网站上找些清洁工的事做，主要是给从中国来的小留学生们打扫卫生，野餐那天，她正好约了有活，所以这次她不能应邀前往，不过对于菲菲的热情邀请，易真表示感谢，她说以后有机会一定去参加。

野餐的时候，菲菲把吉尔介绍给了阿萍。吉尔的心情很好，他看上去很快乐，对菲菲也是体贴入微，关怀倍至，所以，阿萍悄悄地告诉菲菲说，她觉着吉尔挺不错的，而且根本看不出他有什么抑郁症。

虽然吉尔是这次野餐的发起者，但聪明能干英惠却是主要操办人，在英惠的精心策划下，野餐办的非常成功，大家玩的都很开心。野餐后的第二天，菲菲带着梅梅登上了回国的飞机。

第二十二章　　背叛

时隔四年，菲菲终于回到了祖国，祖国这几年天翻地覆的变化让菲菲感到十分震惊，尤其是她生长的地方上海，更是让菲菲耳目一新，那些新盖的楼房和新开发区，简直让她找不着北。

这次回去，菲菲没有告诉洪哥。姓洪的曾经那样无情地抛弃了她，使她几乎失去了生活的勇气，她肯定是不会再去见他了，当然，也没有必要再去见他了。还有什么好说的呢，各自都有了各自的生活，过去的爱也好，恨也罢，已经没有必要去再纠缠了，过去的就让它过去吧。不过，菲菲倒是带着梅梅去见了见梅梅的爸爸。经过几年的努力，梅梅的爸爸现在也过得挺好，两年来，他自己经营着一家冲洗照片的小店，虽然辛苦，但丰衣足食，而且又结了婚，并且又有了一个可爱的小女儿。

回到上海后，对上海几乎已经淡忘了的梅梅一直激动不已，她说她最喜欢做的事就是让阿公带着她下馆子逛商店，而菲菲则忙着见同学，会朋友，看到自己的同学和朋友们的生活变化如此之大时，菲菲除了感慨外，同时也受到了极大的刺激，她不知道，当初她要是不离开上海，她的生活会是一个什么样子。

一个多月的时间一晃就过去了。菲菲和梅梅就要离开上海了，两个人都感到十分不舍，要不是必须回去上学，她们真的是不想走了。

回到加拿大后，菲菲依然沉浸在兴奋之中，她兴高采烈地给吉尔讲述她在中国的所见所闻，可是不知道为什么，吉尔反应却显得十分冷淡，对菲菲说的这些事情一点兴趣都没有，而且和菲菲在一起，也总是显得心不在焉，菲菲回来后不几天，吉尔无缘无故地又蒸发了。

对于吉尔间歇性的失联，菲菲已经习惯了，她觉着，吉尔一定为了什么事又想不开抑郁了，吃点药，过几天就会好的，然后道歉请求原谅，一切又都会和以前一样了。

马上就要开学，开学之前，梅梅说想去看新上映的电影《蜘蛛侠》（Spider - Man）。一说到看电影，菲菲就想到了吉尔，因为吉尔也像孩子一样最喜欢看这类有关超凡能力的电影，而且，以前看电影她们总是和吉尔一起去的，所以，菲菲想着看电影怎么也应该约着吉尔一起去。菲菲给吉尔打电话，可是电话打过去始终没有人接，找不到吉尔，菲菲只好自己带着梅梅去了。

看完了电影，菲菲和梅梅高高兴兴从电影院出来，梅梅搀着妈妈，一边走一边兴高采烈地继续谈论着那位超级英雄蜘蛛侠的神奇。当两个人来到前大厅的时候，菲菲听到有人在叫她，回头一看，是易真。

"嗨，菲菲，你们也来看电影了？"易真叫住菲菲，问道。

"哟，是易真，对，我们刚看完，"看到易真只是自己一个人，菲菲感到很奇怪，于是问道："你怎么一个人来看电影呀？"

"没有，我是和我男朋友一起来的，"说完，易真指了指身后买爆玉米花的长长的队伍。

"男朋友？哪一位呀？"菲菲好奇地回头看着队伍，心说怎么从来没听易真说过她已经有了男朋友。

"那个，那个，正在付钱的那个。"

菲菲顺着易真手指的方向定睛一看，那个正在付钱的人不是吉尔吗？

"付钱的那个人？"菲菲皱着眉头，眨着眼睛疑惑地又问了一句。

"对呀，怎么了？"易真不明白菲菲为什么一副十分惊讶的样子。

"噢，你们什么时候认识的？"菲菲用怀疑的口吻继续问道。

"噢，我们刚认识不多久，大概一个来月吧。"易真不知道怎么回事，所以毫无防备。

"你们在哪认识的？"

"噢，我们是在一个叫 Lavalife 的免费交友网站上认识的，怎么了，你也认识他？"易真开始觉着有点不对劲了，网上和谁都能约，别是吉尔和菲菲也约了。

"当然认识了，他叫吉尔是不是？"

"对呀，你怎么知道他叫吉尔？他和你也约过？"

易真的话让菲菲突然有一种恍然大悟的感觉，吉尔动不动就玩儿失踪，是不是和这个网站有关呀，抑郁症只是一个借口而已吧。

"我怎么会不知道，因为他应该还算是我的男朋友，我们何止是约了，我们都约了快一年了。"菲菲生气地说。

"我听阿萍说过你有个男朋友，没想到就是他！不过他从来没有跟我提起过关于你的事。"易真也十分生气地说道。

正说了，吉尔端着两杯可乐和一大包爆玉米花乐呵呵地走了过来，当看到易真正在和菲菲说话的时候，他楞住了。到底是老油条，尽管十分吃惊，但吉尔还是假装镇静，勉强地走过来和菲菲打了个招呼，"嗨，是菲菲呀，看电影来了？"

"吉尔，怎么回事？！"菲菲眼珠火光闪闪，怒目而视，愤怒地问道。

　　现在，吉尔身上的一切都让菲菲感到无比厌恶，他的脸孔，他的衣服，他的动作，还有他准备说出来的话，他整个的人，总而言之，他的存在。

　　"你们认识呀？"吉尔也看了看易真，厚着脸皮地问菲菲。

　　"是的，我们认识，我们是同学。"菲菲和易真异口同声。

　　易真接着又追问道："吉尔，怎么回事？！"

　　"你怎么可以这样？！"不等吉尔回答，菲菲也生气地质问了一句。

　　"走、走、走。"吉尔没有回答易真和菲菲的问题，他知道菲菲一定非常生气，而且也一定不会原谅他的。吉尔胆怯地回头瞟了一眼站在一边，正怒目圆睁盯着他的梅梅，心想，这姑娘没准立马就会上来撕他了，于是他拉着易真就要走。

　　"告诉我，这是怎么回事？！"易真猛地甩掉吉尔拉着她的手，再一次追问道。

　　"走、走、走，回去给你解释。"吉尔说完，不管三七二十一，硬是把易真给拽走了。

　　别看梅梅还是个孩子，可凭着一个孩子的直觉，小姑娘从一开始就没有喜欢过吉尔，而且怎么看他怎么不顺眼。梅梅讨厌吉尔说话的声音太大，一张嘴就像是在跟谁吵架，而且，吉尔好像也有强迫症似的，特别喜欢强求别人服从他的意志，哪怕是一件很小的事情，谁要是跟他的意见相反，那么他就会认为这人不是个傻瓜，便是存心跟他捣乱，好像不照着他的意思办事，天就要塌下来了。梅梅和吉尔都是脾气急躁，性情激烈的人，来往中不免经常交换一些难堪的话和难看的脸，因此谁也看不上谁，然而，最让梅梅无法忍受的是，吉尔总是斤斤计较她说了什么话，和对他的态度，神经质地总是觉着她对他不礼貌，有一次，为了这事，吉尔和梅梅居然当着菲菲的面吵了起来，结果造成吉尔又失联了好些天。

"妈，别理他了！我一点都不喜欢他，一天到晚一惊一诈，疯疯癫癫的，一会天堂，一会地狱的，神经病！"一直站在一边的看着事情全过程的梅梅终于插了进来，一脸嫌弃地对菲菲说。

此时的菲菲像是挨了一闷棍，她没有理会女儿的话，看着吉尔拉着易真远去的背影，心里别提有多窝火了。

回家的路上，母女俩一句话都没有。如果说菲菲对吉尔曾经还有过一点好感的话，那么现在已经荡然无存了，而且，无论如何菲菲都想不到吉尔会在她回国的时候和别人约上了，而且还是她认识的人。

菲菲迷迷糊糊回到家，进门后就坐在沙发里发呆，一言不发。梅梅担心地看着妈妈，不知如何是好，想劝又不知道该说什么，害怕万一说错了，惹得妈妈更加心烦，梅梅想了想，悄悄下楼去了。

梅梅走后，菲菲独自来到后院。天已经完全黑了，月亮和星星不知道躲到了什么地方，只有邻居家百叶窗的窗缝里透出灿烂的灯光。天空中凝集着大片带电的乌云，闷热潮湿，好像就要下雨。四处一丝风都没有，也没有一点声音，这沉默，似乎正在酝酿着一场暴风骤雨。菲菲咬着嘴唇，低着头在院子里不停地走着，她咀嚼着自己受到伤害的心灵，思考着怎样才能使自尊不被侵犯。

由于两个人的性格、爱好都很不相同，因此，菲菲对吉尔没有什么特别的感觉，更谈不上吸引，也从未产生过一点爱的激情。吉尔的性格截然不像蒋毅楠那样耐心，忍让，随和，让人感到舒服和轻松。和蒋毅楠在一起，菲菲愉快、想撒娇，可是尽管吉尔对她也是百般宠爱，但菲菲从来也没有对吉尔撒过娇，就连最正常的，成年人对异性应该有的生理反应都不曾有过。回想和吉尔接触的这些日子，在两个人的关系上，虽然谈不上屈辱，但似乎总是少了些平等，而菲菲总是谦让的一方。

吉尔精力旺盛，脾气激烈，心胸狭窄，他不是极端兴奋，就是极端消沉，从一个极端跳到另一个极端，而转换的方式也非常突兀，令人措手不及。他对所有的事都抱着固有的成见，别人的话一句都听不进去，也不想听，就像一个不懂世故的大孩子，敏感而且任性。他喜欢不停地追求，永远都在寻找新的刺激，好像只有这样他的人格魅力才能得以体现，生命才能得以绽放、延续，然而，在这些追求中，虚张声势又多于真情实意。吉尔对人对事的态度忽冷忽热，时而豪放，精力充沛，一腔热爱，积极向上，心灵健全，时而猜疑、闷闷不乐、心境低落、萎靡不振、愤世嫉俗、怨天尤人。吉尔的这些特点，时常让菲菲感到十分苦恼，也很不愉快。为这个原因，菲菲一直苦于找不到一个理由，干脆和吉尔分手得了，可没想到，今天吉尔竟然把这个借口送到了她的手里。

老天像是要发怒，远方传来的一声闷雷，打破了天地间的沉寂，接着，一道闪电照亮了天空。下雨了。雨点劈劈啪啪，豆子般地掉在了地上，也打在了菲菲的脸上。大雨浩浩荡荡，劈头盖脸倾盆直泻，像是头上突然被浇了一盆凉水，菲菲醒了过来，她猛地转身回到屋里，抓起电话就给吉尔打了过去。吉尔仍然没有回家，就像以往一样，菲菲用她那一贯柔软的声音，冷静地在留言机上留下了短短的一句话："吉尔，It's Over! - 我们结束了。"

放下电话，菲菲如释重负，她对自己的果断感到满意，她，已经不想再和吉尔争个什么水落石出，斗换星移了。

　　听说菲菲已经宣布和吉尔分手后，英惠感到非常吃惊，她告诉菲菲说她和梅梅回中国之后，吉尔曾多次给她打电话，询问菲菲回国到底是干什么去了，同时他还问英慧，梅梅是不是总在他背后说他的坏话。英惠不知道吉尔为什么要这样问，但她好言好语，劝吉尔最好不要疑神疑鬼，她从来没有听到梅梅讲过他的半句坏话，而且，据她所知，菲菲这次回去的确是去看望父母家人的。

　　电话上，菲菲和英惠聊了很长时间，菲菲把和吉尔接触的这段时间所有的感触和委屈一股脑地向英惠说了出来，而英惠对菲菲和吉尔的分手也感到非常抱歉和遗憾，她说她本想办件好事，可没想到吉尔竟是这样的一个人，倒给菲菲添了许多烦恼。

　　菲菲的性格懦弱隐忍，遇事知道退让，就连生气的时候说话也是细声慢气的，从来不会咄咄逼人。易真可就完全不同了，除了爱慕虚荣外，她的性格倒是非常直率，且眼里容不得沙子，当然，心里更承受不了委屈，所以，遇到像这样的事，她岂能罢休。当吉尔拉着她离开电影院后，两个火爆脾气的人坐在车子里立即针尖对麦芒，你说我一句，我顶你两句，互不相让，吵得脸红脖子粗。

　　易真大喊大叫地问吉尔为什么没有把他和菲菲的关系告诉她，而吉尔也声势汹汹地吼叫着辩解说他并不知道易真和菲菲认识。易真指责吉尔还没有和菲菲明确断了关系就又到网上约人，很不道德，而吉尔立即愤怒地反驳说，他以为菲菲这次回中国，瞒着他又去见她过去的男朋友，回来后就不会再和他好了，吉尔还强词夺理地认为是他首先受到了欺骗和伤害。敏感的吉尔始终感到菲菲仍然爱着那位打电话来问候生日的前男友。

　　虽然易真觉着吉尔说的似乎也有道理，但还是觉着没法跟菲菲解释这件事。这毕竟是菲菲和吉尔之间的事，所以，易真问吉尔准备怎么办，吉尔没有回答问题，只是耸了耸肩，表示不知道。

天下起了大雨。本来说好看完了电影一起去吃饭，要是兴致好了，没准会到吉尔家去，再来它一次八级床震。可是万万没想到，电影没看成，还遇上了一件如此令人不愉快的事，易真饭也不想吃了。

吉尔把易真送到家后，闷闷不乐地在必胜客随便吃了几块批萨饼，回到家就听到了菲菲的留言，言简意赅——掰了。听完了留言，吉尔立即给菲菲打电话，吉尔觉着，无论菲菲怎样选择，他都有必要解释一下。菲菲家的电话自然是打不通了，这个时候，菲菲正在电话上和英惠说得热闹。

认识吉尔后不几天，易真曾经地给阿萍打过一个电话，激动万分地告诉阿萍，说她在网上认识了一个男朋友，易真没有说男友的名字，她只是说她的这个新男友是个洋人，待她特别好，花起钱来超级大方，刚一认识就给她买了很多东西，衣服鞋子皮包，甚至还有一件价格十分昂贵的皮外套，这让易真大为感动，另外，她认为这个新男友非常性感，刚认识的那几天，他们两十天就做了九次爱，两个人都疯了，所以她非常满意她的这个男朋友。

从电影院回到家后，易真也是闷闷不乐，好不容易找了个有钱的男朋友，怎么还和菲菲搅到了一起，易真越想越恼火，于是，她拿起电话又给阿萍打了过去。

"嗨，阿萍，我是易真，睡了吗？"易真问道。

"哟，是易真，已经躺下来，还没睡着呢，这么晚了，有事吗？"说完，阿萍捂着嘴打了个哈欠，转头看了看床头柜上的电子小闹钟，已经快到午夜时间了。

"噢，你知道我的男朋友是谁吗？"

　　"你又没有告诉我他的名字，我怎么会知道，谁呀，我认识吗？"

　　"猜猜。"

　　"猜不着，快说吧。"

　　"吉尔，菲菲的男朋友。"

　　"吉尔？怎么会是吉尔？"这个消息让阿萍感到十分惊讶，她顿时睡意全无。

　　"今天我们去看电影，在电影院遇到了菲菲，我才知道，吉尔原来是菲菲的男朋友。"

　　"噢，是的，这个我知道，菲菲回国之前，野餐的时候我见过这位吉尔先生，要是上次你和我们一起去野餐，就不会发生这样的事了。"阿萍遗憾地说。

　　"唉，谁知道呢，你看我现在该怎么办？"

　　"我看你最好不要再和吉尔来往了。"阿萍劝道。

　　"为什么？"

　　"我觉着，吉尔这样做事实在不地道。我不知道你是怎么想的，但是，如果我是你，我就退出来。因为人家俩毕竟是朋友在先，再说了，咱们可不能让这些垃圾洋男人觉得咱们中国女人都在追他们，抢他们。"阿萍带着对白人男人极大的成见说道。

　　"其实这也不能全怪吉尔，他以为菲菲回去是要和她原来的男朋友重归于好呢，而且，他也不知道我和菲菲认识。"

　　"这和你是否认识菲菲没关系，不管怎么说，他这样做就是脚踩两只船，本身就是欺骗，你说呢？"

　　易真不说话了，她想了好一会才勉强地说道："好吧，那我就不理他了，说真的，如果情敌不是菲菲，我绝不会放弃的。"

　　易真的确是不想放弃，找个有钱的洋人男友一直是她梦寐以求的事。

　　停顿了一下之后，易真接着又说："阿萍，你能不能替我向菲菲解释一下，我不是故意的，我实在不知道他们俩的关系。"

　　"没问题，你要是觉着不方便，我可以帮你在菲菲那解释一下。"

　　放下电话后，阿萍立即播响了菲菲家的电话。

　　与此同时，易真也给吉尔的手机打了电话，吉尔没有接听电话，易真只好留言吉尔，希望他能尽快把和菲菲的事情处理了，如果他还想和菲菲继续来往，就不要再来找她了。

　　电影院事件后的第二天，菲菲接到了吉尔打来的电话。电话里，吉尔还是老一套，解释和道歉。撒谎，一切都是撒谎！菲菲对吉尔完全失去了信任，因此，无论吉尔怎么说，都已经无法改变菲菲的决定了。

第二十三章　　交友网

护士课程正式开始了，紧张的学习让菲菲不得不把那些乱七八糟的事丢在脑后。十月的第二个星期一是加拿大的感恩节，菲菲请英惠两口子，还有阿萍一起到家里来热闹热闹，让自己从繁重的学习中解放一下。

吃饭的时候，英惠和阿萍又问起了有关吉尔的情况。菲菲说和吉尔分手后，他就再也没有来打搅过她，阿萍说，据易真说，吉尔也没有回去找她，而是又回到了 Lavalife 上，开始寻找下一个目标了。为这事，易真一直怪罪阿萍，说都是听了阿萍的话才给吉尔留了那么个言，要不然和菲菲分手后，吉尔不会不来找她的。看来易真还一直记着吉尔对她的好处呢。

英惠说，她听很多人都提到过 LavaLife 这个免费交友网站，电视上也有广告，她建议如果菲菲有闲心的话可以上去溜达溜达，要是能遇到吉尔，也可以看看这家伙到底有多么无耻，怎样在那上面招摇撞骗的，而且，说不定还能遇上个合适郎君呢。

菲菲以前也听说过交友网，但从来也没有玩儿过，至于和吉尔，已经分手了，管他是死是活，已经和她不相干了，所以也没兴趣再去追踪他。菲菲推辞说她不会玩儿网络，可英惠说她可以帮她，菲菲想了想，心说也好，那就当作学习使用互联网吧，于是就同意了。吃完了晚饭，菲菲打开电脑，三个女人叽叽喳喳一阵忙乎，终于找到了 Lavalife 这个网站，阿萍给菲菲取了个漂亮的网名：Jasmine　—　茉莉花。之后，英慧顺利地帮助菲菲注册成功，但是，当英惠告诉菲菲说要把她的一些个人状况也填写上去时，菲菲犹豫起来，菲菲不想把自己的情况暴露在公众视野中，可英惠说，不填写个人状况是上不了这个网站的。没办法，菲菲只好勉强同意，不过，菲菲希望写的越简单些越好。英惠帮着菲菲写了一个非常简单的个人状况，例如：种族、职业和一些爱好等等之后，她们便开始了搜寻，因为不知道吉尔的网名，所以搜查的结果令她们三个人大失所望，在 Lavalife 上她们没能找到吉尔的踪影。

数周后一个周六的晚上，学习了一天的菲菲在临睡前突然又想起了这个交友网，她打开电脑，上到了 Lavalife。一上网，菲菲就发现有些人已经给她送来了笑脸表情包，菲菲研究了半天才明白这是人家表示对她感兴趣，想跟她聊聊，如果菲菲也对他们感兴趣的话，回个笑脸或者直接写点什么，这样就算接上头了。不过，也有些人干脆在留言板上直接问候，希望能和菲菲立刻开聊。

在这种交友网上，有些人会把自己吹的天花乱坠，不是高、富、帅，就是白马王子，但实际上骗子、流氓，同性恋，污七八糟的什么人都有。这些人中有的是百无聊赖，到这里招三惹四，聊天解闷的；也有的是直接来找一夜情的；还有的是有家有室到这里寻求刺激，填补空虚的；当然也有真心觅知音，想找个对象正经过日子的人，不过像菲菲这样莽撞地来找失足前男友的实属少见。在这里，那些诚心诚意，且长相、职业、收入、性格各方面条件都比较好的人，一旦找到合适的人选，谈成了，人家就会下网，携手走人，不在这里玩了。剩下的那些各方面条件都不好的困难户，当然，也有一些是因为自我感觉良好，要求条件太高，所以很难遇到一个称心如意的人选，这些人像臭鱼干似的长期挂在网上，寻寻觅觅，几乎跟每一个人都谈过了，因此，只要有个新人上来，这些臭鱼干们就会一窝蜂地扑上来，看能不能捕捉到他们感兴趣的猎物。

看到一下子有这么多的人想和她认识，菲菲吓了一跳。哇！在网上找个人聊天居然这样容易，难怪吉尔老是失踪！对于初学上网的菲菲来讲，网聊实在是件新鲜事，她傻了眼，不知道该怎样和这些素不相识的人打岔攀谈，聊什么呢？有没有什么规矩？而且还要用英语，这可不容易，菲菲感到有些应接不暇。菲菲正琢磨着怎样对付这些要聊天的人的时候，有个网名叫拉尔夫的人上来了，他在聊天板上直接写道："嗨，你好，想聊聊吗？"

"想，但是我不知道怎么聊。"菲菲写道，心想问的正是时候。

"不知道怎么聊？为什么？"对方问道。

"我是刚上来的，正在学习。"

"噢，那你到这里来的目的是什么呢，也就是说你想找一个什么样的人，长期相处的、短期相处的、一起去旅游的，或者只是一个性伴侣？"

哇！这么多的名堂呀，什么长期短期性伴侣，我是来找骗子的，菲菲没好气地想。

"我是来找一个骗子的。"菲菲回答说。

"什么？找一个骗子？有意思，为什么？"拉尔夫写道。

"是的，我是来找我过去的男朋友，听说我们分手后他又到这里来了，我想看看他是怎么骗人的。"

拉尔夫送来一个笑脸表情包，"这倒很有意思，你找到他了吗？"

"还没有。"

"他是不是骗你了？"

"是的，这让我很生气。"

"那就祝你好运了。"

"好的，谢谢。"

"再见。"

"再见。"

　　对方下线了，菲菲在网上又看了一会后也下线睡觉了。

　　这次网聊之后，菲菲发现网聊的确挺有意思的，而且绝对是个学英语的好地方和好方法，反正没人知道我是谁，英语说得不好也不怕别人笑话。由于平时忙于对付上课和作业，再加上一些家务，菲菲是没有时间上网的，只有到了周六才会有些闲暇。这个周六吃过晚饭，菲菲收拾完了后又上网了。一上网，菲菲就看到一周来又有许多素不相识的人送来笑脸表情和留言，其中有几条是拉尔夫前两天留下来的：

　　"嗨，今天你怎么没上网？"

　　"嗨，今天你还是没有上网，你很忙吗？还是已经找到那个骗子？"

　　"嗨，在吗？"

　　……

　　今天，当菲菲刚一上网，拉尔夫的留言立即跳了出来。

　　"嗨，你好，你终于上来了，我等了你一星期，你很忙，是吗？"

　　菲菲想了想写道："是的，我很忙。"

　　"哦，忙工作？"

　　"不，我没有工作，我是学生。"

　　"哦，学生，学什么专业？"

　　"护士专业。"

　　"哇！护士！你一定是一个善良的人，我觉着护士专业很难学的。"

　　"是的，我也觉着很难学，另外我的英语不好，所以我不知道我是不是能够学完。"

"上次和你聊了后，我觉着你很聪明，虽然有的时候你的拼写和语法会有些错误，但我能懂。以后有时间，你就上来，我和你聊，慢慢你的英语就会好起来的。我相信你可以学好的。"

"谢谢你的鼓励，我会努力。哦，顺便问一下，你是学什么，或者干什么的？"

"我是做电脑编程的。"

IT 男？和蒋毅楠同行。菲菲虽然自己不懂电脑，但她总觉得电脑这东西非常深奥、神秘，而且她还认为搞 IT 的人都非常聪明，这让菲菲立刻对这个叫拉尔夫的人产生了一种莫名的好感和敬畏。

"哦，我对电脑一窍不通，正在学怎么使用，所以，我觉着电脑专业一定也是很难学的。"

"也难也不难，如果喜欢，就不会觉得难了，不过你要是在使用电脑上有困难，我也可以帮助你。"

"好的，我会的，谢谢。"

"哦，不早了，你该休息了吧？"

"是的。"

"下个星期六你还来吗？"

"我不知道。"

"来吧，我们认识一下，我非常希望能和你继续聊。"

"那好吧，我争取。"

"谢谢，再见。"

"再见。"

拉尔夫下线了。菲菲正准备下线时，这时又有一个人给她发来了留言。

"嗨，你好，你是新来的吧？我怎么从来没有见过你？"

　　菲菲扫了一眼，这个人的网名叫 Kid-do-J，一个很奇怪的名字，菲菲又仔细看了看，呵，还有张照片。当菲菲好奇地打开照片时，她差点叫出声来，没想到这个叫 Kid-do-J 的人正是她要找的吉尔！

　　真是踏破铁鞋无觅处，得来全不费功夫，菲菲暗自好笑，她心里嘀咕着，你这个坏蛋可让我逮着了。菲菲就像是一张蜘蛛网，她在暗处，吉尔在明处，这让菲菲感到好不得意，好你个骗子，我正找你呢，没想到你自投罗网，居然自己送上门来了。

　　"是的，我是新来的。"菲菲应酬着，想看看吉尔怎么骗人。

　　"哦，你是希望找一个长期相处的，还是暂时相处的？"

　　这里的人为什么都要问这个问题，菲菲好生奇怪，"你为什么要问这个问题？"菲菲写道。

　　"因为在你的个人状况一栏中你没有填写这个问题。"

　　噢，原来如此。当初注册的时候比较匆忙，而且也不想真的找人约会，所以很多问题英慧都没有帮着菲菲填写上。

　　"哦，我必须填写吗？"

　　"应该是的，这样别人就知道你的目的了。"

　　"哦，我什么人都不想找，只是到这里看看，学习一下怎样使用互联网。"菲菲编了个谎。

　　"哦，你是亚洲人，对吗？我非常喜欢亚洲人。我是单身，离婚很多年了，我有一个很好的工作和一份很好的收入，你愿意和我交往吗？"

　　"不愿意！"菲菲满怀仇恨，咬牙切齿地写道。

　　"为什么？"吉尔感到十分惊讶。玩儿了这么多年网约，还没有人拒绝过他呢，今天是不是遇到鬼了。

　　"你太丑！从里到外！"

写出这句话后，菲菲感到很得意也很痛快。她想，吉尔肯定想不到这个对他无礼的家伙居然是她菲菲，而且她也居然会玩网约了，如果吉尔知道了，眼珠子准会气得掉出来，想到这里菲菲忍不住笑出了声。

"？！！！"无缘无故地被人骂了一顿，吉尔莫名其妙地表示很不理解，也很愤怒。

菲菲觉得吉尔好无耻，她不想和他再纠缠下去了，于是下线，关机，睡觉了，留着吉尔在网上自个生闷气去吧。菲菲觉得，和吉尔的分手，是她一生中做出的最英明的决定，像报了仇似的，那天晚上菲菲睡得很香，很沉。

时间过得好快，又到了星期六。晚上，菲菲突然想起好像答应过拉尔夫周六上网的，当菲菲打开 Lavalife 时，正如菲菲预料的那样，拉尔夫已经等着了。

菲菲一上网，拉尔夫立即写道："嗨，茉莉花，你好，我正等着你呢。这周你过的怎么样？学习压力大吗？"

一句简单的问话，让菲菲感到心里热乎乎的。尽管菲菲已经不再介意独自一人，但在周末的夜晚，有一个人在一个什么地方等着你，愿意和你一起分享孤独，说说话，分享周末，这的确挺令人欣慰的。这个陌生人似乎有着一种莫名的吸引力，让菲菲突然产生了要和他交谈的强烈愿望。

"还好，马上要考试了，所以格外紧张。你呢？"菲菲也亲切地问道。

"谢谢你的问候，我很好。已经和你聊过两次了，我觉得你很可爱，所以我看了一下你的个人状况，你是亚洲人，对吗？"

"是的，我是中国人。"

　　加拿大是一个移民国家，这里的人们无论祖先曾经是从那个国家来的，大家都会为自己的祖先感到骄傲的，因此，菲菲也并不觉着做为一个中国人有什么可以难于启齿的。

　　"噢，你是中国人？！太好了，我也有十分之一的中国血统呢。"

　　听说拉尔夫居然也有中国血统，菲菲感到很吃惊，不过她想，据说网上的骗子很多，这家伙会不会是为了和我套近乎瞎编的吧。

　　"真的？"菲菲怀疑地问道。

　　"真的。"拉尔夫回答的很简短，似乎也很肯定。

　　"怎么是十分之一？"菲菲很难想象一个有着十分之一中国血统的人是个什么背景情况。

　　"因为我母亲的外婆是中国人。"拉尔夫写道。

　　"母亲的外婆？那是很久很久以前的事了吧？"菲菲情不自禁地笑了起来。

　　"是的，我可以给你看她的照片，很老的老照片，很有意思的，你想看吗？"知道菲菲是亚洲人后，拉尔夫就把照片准备好了要给菲菲看的。

　　"照片？那好呀，当然想看了，那你怎样把照片给我看呢？"菲菲嘴上这样说，心里却想，忽悠我呢吧，别是从哪个老杂志上找到的老照片吧。

　　"把你的电子邮箱地址给我，好吗？我可以发到你的邮箱里。"

　　菲菲犹豫了一下，心说会不会是骗邮箱地址的？菲菲不知道随便把自己电子邮箱地址给一个陌生人是否合适，不过菲菲转念又一想，只不过是一个电子邮箱地址而已，又不是真实的住址，估计不会有什么危险，再说，菲菲也实在想看看母亲的外婆，大概一百多年前了吧，那个时代的中国女人是个什么样子。

"好吧。"

菲菲把邮箱地址给了拉尔夫后，拉尔夫说过几分钟就可以去查看邮箱了。菲菲飞快地去了趟卫生间，回来后急忙打开邮箱，照片果然已经发过来了。

这的确是一张非常旧的老照片，照片的颜色既不是黑色的也不是黄色的，是灰色的，而且照片上面可以明显地看见折痕。菲菲仔细端详着，只见照片上的那位中国女人 — 也就说是母亲的外婆 — 虽然小巧玲珑，但却有着一双中国人难得的大眼睛。老外婆梳着一个非常奇怪的发型，头上还插了几朵花。她坐在那里，半低着头，腼腆地笑着，身上穿了一件看不出来到底是什么颜色的，镶边上绣着花的旗袍，一双尖尖的小脚从旗袍下露了出来，很秀气但也很恐怖，这是菲菲有生以来第一次见识了什么是三寸金莲。

回到 Lavalife 上，菲菲写道："这张照片能够留到现在，简直就是奇迹。而且你母亲的外婆很漂亮。"菲菲客气地赞美了一下。

"谢谢你，我也这样认为。当我第一次看到这张照片的时候，我就想，我以后也要娶一个中国姑娘。"

"啊？！可是我们现在的中国女人已经不是这个样子了。"菲菲惊讶地写道。

"我知道，可我还是觉得那个样子很可爱。我没有那个运气，不过我的前妻是菲律宾人，她也很漂亮。"

"噢，你离婚了，为什么？"话送出去后，菲菲有些后悔不该这样冒昧地问这样隐私的问题，也许人家会认为不礼貌。

"9.11 事件后，我工作的公司关闭了，我失业了，那段日子过得挺艰难的，我想她一定是不能忍受了吧，后来她跟一个菲律宾男人走了，虽然我很难过，但我也没有办法留住她。"

"对不起，我这样问是不是很不礼貌？我想我不该这样问的。"菲菲表示道歉。

"没关系，我在努力忘掉和原谅，人总是应该继续前行的。我想你可能还没有去看我的个人状况，你要是有兴趣继续和我来往的话，你可以先去了解一下我的情况，这样对你可能会有好处的。"

"好吧，我抽空去看看。"

"已经很晚了，你该休息了。"

"好的。"

"下周六见？"

"好吧。"

"晚安。"

"晚安。"

第二十四章　　美国人

拉尔夫下网后，菲菲查看了一下他的个人状况。个人状况一栏内是这样写的：

拉尔夫，美国人，大学文化，四十三岁，离异，有一个十岁的儿子并一起生活，自雇职业，经营着自己的一家电脑公司，爱好冰球、橄榄球、喜欢野营、打猎、摇滚乐，家庭型男人，性格温和耐心，工作努力有责任心，喜欢温柔、善良、聪慧的亚洲型妇女，如有合适的，愿长期相处，并建立家庭……

看完了拉尔夫的个人状况后，菲菲躺在床上翻来覆去怎么也睡不着了。美国人？菲菲压根没想到自己居然跟一个美国人聊上了。菲菲有点心慌意乱，接着聊还是就此打住？说实话，菲菲真的很喜欢和这个美国人聊天，尤其是上了一周的课，周六晚上，有个人聊聊天，练练英语，听听别人的故事，感觉挺好，要不然，人都快要崩溃了。可是，要是不想和人家好，趁早别招人家，人家可是真心想找个伴，结婚成家的。菲菲没了主意，她觉着，这种事还是应该和两个闺蜜商量商量，听听她们的意见。

第二天下午，估计英惠和阿萍都不忙了，菲菲先给英惠打了个电话，把她这几周在 Lavalife 上的收获说了一下。菲菲首先告诉英惠，她找到了吉尔，是吉尔送上门来的，她把吉尔骂了一顿，然后就再也没有见到吉尔了。之后，菲菲又告诉了英惠关于拉尔夫，一个美国人的事情。英惠听了后也感到很有趣，她没想到菲菲网聊已经玩儿的这么好了。菲菲征求英惠的意见，她是接着聊，还是就此打住。英惠说她没有网约的经验，不知道这种事应该如何处理，不过，夏尔可能对网约比较了解，所以，英惠说最好先征求一下夏尔的看法，另外，鉴于吉尔事件，她现在不敢再随便给菲菲出主意了。英惠说，夏尔这会不在家，等晚上他回家了，她问问之后再给菲菲打电话。

菲菲挂断了电话后，又给阿萍打电话，当然也是征求意见了。阿萍说，她也从来没有在网上和人约过聊过，所以在这方面毫无经验，无可奉告，不过，她觉着菲菲完全可以和这个美国人再接触接触，看看到底能是个什么结果，不过一定要千万小心，最好不要把什么隐私都告诉他。她听人说过这种网上有些骗子又骗钱又骗色，杀人越货的也大有人在，所以如果这个美国人要跟菲菲借钱，或者邀请她去他家做客什么的，可千万别答应，防着点没坏处。虽然菲菲觉得阿萍的说法有些危言耸听，但阿萍的建议总是很具体也很实用，菲菲点头称是，并感谢阿萍的忠告。

晚饭后，英惠果真打来电话，说她和夏尔谈过了，夏尔的看法是，虽然这种交友网上乱七八糟什么人都有，比较复杂也很危险，不过也有好人和诚实的人，他的朋友中就有在网上认识并结婚的夫妇，到目前为止还都过得挺不错的。所以，他认为，不妨和这个美国人继续聊着，但要小心，要是有什么事拿不准，还可以再和他们商量。

得到朋友们的支持和忠告后，菲菲决定继续和拉尔夫交往下去。

似乎已经成了习惯，每到周六的晚上，菲菲都要和拉尔夫在网上聊上一会。

有一次，拉尔夫问菲菲是不是找到了她要找的骗子了，菲菲说找到了，而且她还毫不客气地把骗子骂了一通。菲菲的回答让拉尔夫感到非常有趣，他说菲菲的性格很好，是一个非常真实的女子。

聊了一段时间之后，拉尔夫说他很想看看菲菲的照片，他问菲菲能不能发张照片给他看看，菲菲回答说她不太想给别人看她的照片。

"为什么？我相信你不会丑的。"拉尔夫写道。

"我不是说我丑，而且我认为我并不丑。"菲菲开玩笑地回复道。

"那你为什么不愿意让别人看你的照片呢？"

"我也不知道，你不是也没有上照片吗，你能不能先让我看看你的照片？"

由于朋友们的忠告，菲菲不想给拉尔夫看照片的主要原因是还不太信任拉尔夫，菲菲含糊其辞没有说出实情，是觉着直接说不相信人家很不礼貌。

"我长的可不怎么好看，不过没有问题，那我就先给你看看我的照片，还有我的儿子诺亚，等一下，我马上就把照片发到你邮箱里。"拉尔夫倒是很爽快。

"别着急，我等着。"

实际上菲菲也很想看看拉尔夫长什么样，她认为人是卦象的，所以，如果这个人长得萎缩，看着不正经，那就赶快别再理他了。

很快，菲菲就收到了照片，那是拉尔夫和他的儿子诺亚的合影。

照片上的拉尔夫一身牛仔打扮，个子很高，虽然瘦瘦的，但肩膀宽宽的，看着挺精神，他身边站着一个虎头虎脑，有着一对大眼睛的小男孩，在他们身后是一个很大的帐篷和一片茂密的树林，看来是野营的时候照的。

"你儿子很帅，很可爱。"菲菲觉着直接评论大人不合适，所以只是夸奖了一下孩子。

　　"是的，他很可爱，我很爱他。好了，我的照片你看过了，现在该轮到我看你的照片了。"

　　"让我想想好吗？你不会生气的吧？"菲菲还是有些为难。

　　"不会的，我不会强求你做你不愿意做的事情。"

　　"谢谢你，下次吧，我的电脑里现在也没有照片，等我选一张好点的，请朋友帮我扫描到电脑上再给你看好吗？"菲菲好像是在故意吊拉尔夫的胃口，不过她说的也是实话。

　　"好的，希望下次我能看到你的照片，不过这样一来整个星期我都会猜想着你的模样。"

　　在英慧的帮助下，菲菲挑选了几张在多伦多照的照片，请夏尔帮着存到了电脑里，之后就给拉尔夫的邮箱里发了一张。看到菲菲的照片后，拉尔夫来信说他并不吃惊，菲菲和他想象的一样，很有东方人的特点，而且非常漂亮。

　　和拉尔夫谈话总是让菲菲感到非常愉快。他们彼此谈了很多，例如职业、语言、性格、爱好、孩子、家庭等等，当然，他们谈论最多的还是各自的感情经历和对待爱情的看法。拉尔夫对菲菲讲述了妻子离开他的经历。拉尔夫说，人难免犯错，因此，尽管他不愿意接受，也很痛苦，但他最终还是选择了原谅与宽恕，因为宽恕才是生活的真谛，因为只有这样才能让我们自己从痛苦中解脱出来，重新生活。

　　在认识拉尔夫之前菲菲从来不曾和任何一个人，更不要说和一个陌生人推心置腹地交流过自己最隐私的想法。感情的遭遇和孤独让菲菲学会了思考，她的生活，在很大程度上已经从情感和情欲转向思想，谈话中也略带了几分哲理。

　　菲菲对拉尔夫讲述了她被抛弃后的绝望与反思。

　　菲菲说她以前从来都没有认真思考过什么是她真正想要的爱情，也没有一个明确的道德标准，也可以说，她不想做殉道者，因此从来也就没有过道德观念，而且对所谓的美德这东西多多少少怀有一丝憎恨。她是一个极端的利己主义者，她的人生的哲学就是讲究实际，只要对她有利，她是不会去考虑别人的利益和感情。而且，更糟糕的是她把欲望和爱情混淆在一起，然而，当她自己成为被欺骗的受害者之后，她才意识到了道德存在的意义，因此，她认为在两性关系上，一切欺骗都是不道德的，是罪孽的罪孽，你可以不爱我，但你不可以欺骗我。人总是希望能够得到爱情和幸福，但在这个问题上，她犯了很大的错误，并且为之付出了惨痛的代价。突如其来的物质诱惑，以及很难从理智上克服的虚荣心，使她措不及防，心理和感情上的缺陷，又使她没能抵挡住巨大的诱惑。当初她并没有觉着她做错了什么，那个时候她年轻，漂亮，自以为凭借天资就可以轻而易举地赢得天上人间的幸福，可是她错了，现在想想，她简直就是在出卖自己的灵魂。而且，更可悲的是，虽然她本无意去伤害别人，但她确确实实伤害了别人，同时也伤害了自己，直到自己的感情和利益遭到侵害之后她才猛然醒悟过来。她憎恨自己的那段经历，也对自己的行为感到羞耻，并深深忏悔。

菲菲也讲了她和蒋毅楠的爱情故事。那段感情虽已过去，但菲菲依然旧情未了。

"你的故事听起来很浪漫。"看完了菲菲的叙述，拉尔夫这样写道。

"是吗？不过尽管我从来都不是一个浪漫的人，当然我也不希望自己永远是悲剧中的主人公。"

"你很爱他是吗？"拉尔夫问道。

"我想是吧。"菲菲坦诚地回答。

"我也相信你是爱他的，一个人在爱的是时候一定是坚信爱情的，尤其是女人，不过我感到他并不真的爱你，至少不像你爱他那样真诚，他只是喜欢你，或者只是想临时和你做一个露水夫妻而已。"

"你为什么这样说呢？我的女朋友们也是这样认为的。"菲菲很奇怪为什么拉尔夫也有这种感觉。

"我只是凭着直觉判断而已，你周围的朋友或许也有这种感觉，只不过你是当事人，看不清，或者你不愿意承认罢了。"拉尔夫写道。

"也许是吧。最初我也怀疑过、试探过、矛盾过、自责过、后悔过，但最终我还是被感动了。可能你们大家的感觉是对的，我也知道，装出来的，或者想象出来的爱情可能要比真正的爱情更加完美动人，就像沙漠中飘渺虚无的海市蜃楼，即使不是真的，但的确美丽迷人。或许正因为我也需要一个美好的幻想去支撑我的生活，我才自欺欺人，不愿意去探究事实的真像。是的，无论我们的爱情最终是否可以修成正果，我都宁愿相信他是爱我的，是真诚的，因为我是真诚的。"菲菲回复道。

"难道你就一点都不在乎他有家庭，有妻子吗？"

"当然在乎，也很不舒服，不过他太太不在这里，也没有家在这里，所以我很少能感觉到他有家有妻子。他的出现是在我万念俱灰的时候，那个时候我很孤独，也很沮丧，稀里糊涂，鬼迷心窍（Be Possessed)。另外，我不喜欢有道德洁癖的人和道德绑架，也讨厌完美人设。爱本身无罪，两情相悦，何错有之，如果是真爱，就应该是合理的。真诚的爱情应该是永恒的道德标准和最高尚的人性，因此，爱情应该是维系男女关系的唯一真理。如果说法律保护的是合法婚姻，那么道德就应该保护的是真正的爱情，如果命运硬是要把两颗相爱的心分开，那是亵渎圣灵。"

"哦，既然你是这样认为的，那你为什么不坚持下去？"

"在我得知他妻子得了癌症的哪一刻，我才突然切实地意识到了那个女人的真实存在，而且，在病魔和死神面前，我们每一个人都应该敬畏上苍。我是自私，但我绝不是杀人魔鬼，更不想后半辈子活得有愧。"

拉尔夫认为菲菲是一个诚实、勇敢和善良的人，尽管他觉着她的观点还显得有些幼稚和混乱，但至少她不怕承认自己曾经作错了事。拉尔夫还从来没有遇到过有哪一个女子能够如此坦荡地解剖和批判自己。

"你仍然很想念他吗？"有一次拉尔夫这样问菲菲。

"我不知道我是不是还在想念他，但是我必须承认，我的确非常怀念那些日子，那些日子就像我喜欢的一首老歌，一本难忘的小说，仿佛能够让我思念一千年。不过有的时候我也怀疑那些事情是否真实地发生过，一切都好像是上辈子的事，好像是一场梦，他只不过是我梦中的虚幻罢了，因此，每一次想起他来，我都希望能从深深的记忆中找回他渐行渐远的身影。"

拉尔夫认为两个人分手并不可怕，可怕的是有一个人始终痴情地、苦苦地等待另一人的回头，因此在决定是否应该继续和菲菲来往之前，他很想知道这个问题，他希望能从菲菲那里得到明确的答复，如果菲菲还在等待，那么他就不会再来打搅菲菲了，当然他不想听到肯定的回答，他不希望菲菲痴情等待，因为他知道，那是不会有结果的。

"你还在等待吗？"拉尔夫问道。

"是我提出分手的，因此，按道理来讲我是不会等的，就像你选择了原谅一样，我选择了放弃。"

"为什么？"拉尔夫很有兴趣地写道。

"为什么？这很简单，虽然我对那段感情是认真的，但我还是决定不再去期盼和等待了，因为，如果我还在梦想着什么，依旧痴心等待着什么的话，那么这种等待不仅会折磨我自己，同时也会让我自然不自然地去希望、或者去期待另一个女人的死去，因此，一旦我有了这种恶毒心理，它将会大大影响我的生活质量，增加我的罪恶感，使我的灵魂生活在黑暗和罪孽之中，我不想生活在阴暗中，我想快乐阳光地活着，内心无愧地活着。实际上，有的时候放弃是为了更好的获得，因为，放弃不该占有的幸福是幸福的，放弃不该占有的痛苦是更幸福的。所以，看似我做出了某种牺牲，但我却得到了灵魂的解脱，而且，在同感情做斗争的忏悔中，我所获得的快乐，远远大于失魂落魄时的痛苦。当痛苦消失之后，灵魂得到了解放，剩下的只有对自己坚定意志的满足。我这样做并不完全是因为我道德高尚，修养升华，为了别人的幸福而让自己痛苦，绝对不是的。我说过，我是一个自私的人，因此我的放弃也是自私的，是一种在不伤害他人的前提下合理的利己主义，是为了我自身的幸福和与安宁，这也许是一种伪道德。我不想做殉情者，没有人值得我这样去做，无论我曾经是否一往情深。虽然有的时候我依然会感到些许遗憾，但我相信时间一定会完全治愈我心中所有的伤痛。"

"你信仰宗教吗？"他问道。

"不，虽然以前我也去过教堂，但我不信教，因为我不懂，你呢？"菲菲问道。

"虽然我也不信教，但我妈妈是一个虔诚的基督教徒，她经常对我说，有信仰的人才不会孤单，所以，做人必须要有信仰，否则他是不会有幸福的，如果你不信仰某个宗教，起码也应该具有一些宗教精神。"拉尔夫说。

"那什么是宗教精神和信仰呢？"

"什么是宗教精神呢？我认为宗教除了传授于我们设喻、神话之外，它还告诉人们要能够体察我们自身的渺小，了解自己的使命、确信自己走在正确的道路上，让人们懂得自知与自信，以及生命的尊严与坚韧，最终获得对命运不屈服不抱怨的虔诚的心态，还有宽宏与牺牲的精神。这就是信仰的神圣与力量。"

拉尔夫认为凡是天性刚毅的人才能具有生存的本能，因此，他钦佩菲菲，他认为菲菲无疑是具备某些宗教精神的人，她只是自己并被有意识到。因为，在勇敢地放弃之后，她没有自暴自弃，而是坚韧勇敢地面对人生。一个女人最值得尊敬的就是其宽宏与牺牲精神，以及自身的强大，而这种强大使得女人不需要丢弃自尊和自由便可以得到爱情，而爱情又赋予女人以魅力，人格、以及风韵。

"我想我是爱上你了。亲爱的，爱情这道绚丽夺目的生命之光不应该对咱们稍纵即逝，人不老，情未枯，我们全部生活还在前头，重新振作起来，携手同行，一起去追回曾经失去的幸福与快乐。"在邮件中，拉尔夫深情地写道。

第二十五章　　相见

虽然菲菲和拉尔夫还未曾见过面，但半年来的网聊，菲菲和拉尔夫感到彼此之间都已经很熟悉了。拉尔夫把他的住址和电话号码以及他家房子的照片都发给了菲菲，说要是有什么紧急的事可以给他打电话，要是能直接敲上门来那更是欢迎。不仅如此，实际上两个人已经在电话上也聊过了几次，拉尔夫说菲菲的声音很好听，软软的，特别是那带着口音不标准的英语，让菲菲显得更加可爱。

夏天到了。学校放假前，拉尔夫问菲菲放假期间有没有什么计划和打算，菲菲说她没有什么特别的计划，只是想趁放假的时间好好休息一下，多陪陪女儿。拉尔夫说从他那里开车到温城大约 8 － 9 个小时，如果菲菲不介意的话，他想和诺亚专程到温城来拜访她们。听说拉尔夫要来看望她，菲菲有些不知所措，她很难想象和拉尔夫见面时的情景和见面后的结果。

对菲菲来讲，这可是件大事，她少不得又要征求英惠和阿萍她们的意见。听说美国人要来登门拜访，女友们倒像是吃了兴奋剂一样很是兴奋，她们一致认为见见也好，不行了就别再浪费感情，浪费时间瞎聊了，大家该干嘛干嘛去。鉴于大家对这个美国人还不太了解，加上菲菲和梅梅又都是女的，所以，英惠和阿萍都认为最好不要让他们到家里来，安全第一，小心为好。

菲菲觉着女友们的话很有道理，因此她给拉尔夫回信说她很高兴他们要来做客，但是她实在不好意思让他如此花费，另外，由于家里地方比较小，所以对于她无法接纳他们到家里来感到十分抱歉。

拉尔夫请菲菲不要担心花费，他说每年学校放假他都要带着孩子去野营打猎，这次去温城，虽然主要是去拜访菲菲，但也可以算是他们的一次自驾兜风旅行，至于住处，拉尔夫请菲菲更不要操心了，不要说家里没地方，就是家里有地方，初次见面，他们也不会冒昧地去打搅女士们，他们准备在温城只逗留一天，两个晚上。拉尔夫已经查好了，在离菲菲家不远的地方有一家饭店—Canada In，他们可以住到那里，花不了多少钱，见面后的第二天他们就会离开，然后直接去野营打猎。

既然拉尔夫把一切都安排好了，菲菲也就放心了。

对菲菲和拉尔夫来讲，这是一次重大的，历史性的会面，它将决定两个人是否有必要再继续了解下去，以及未来是否有可能一起生活的大事。

为了这次见面，拉尔夫进行了周密的思考与安排。拉尔夫是个细心人，从谈话中，他已经感到了菲菲的担忧，所以，从菲菲的角度考虑，他认为见面的地点最好选择在一个公共场所，因此拉尔夫把见面地点安排在离菲菲家不远的一个商场中的一家餐馆，时间约在早上九点半，大家一起共进 Brunch (早餐和午餐合并的一餐），如果有兴趣，吃过饭之后，他们可以带着孩子们一起逛逛商店，如果还有什么别的想法，到时候看情况再做临时安排。对于拉尔夫的这个安排，菲菲毫无异议，完全赞同。

为了顺利到达，拉尔夫选择了一个好天气，上路之前，他给菲菲打了个电话，通知菲菲他们已经动身，菲菲则叮咛他们路上小心，到了温城之后立即联系她，并祝他们一路顺风。

由于路上停车休息了两次，当拉尔夫和诺亚到达温城的时候已经是夕阳西下的傍晚时分，黄昏中幽静的小城和不紧不慢的生活节奏让拉尔夫感到十分惬意。拉尔夫带着诺亚住进了 Canada In，放下行李之后他立刻给菲菲打了电话，通知菲菲他们已经到了。拉尔夫在电话里说安顿好洗洗澡之后，他们要去找点吃的，然后就该休息了，十几个小时的路程，感觉还是有些累的。拉尔夫还说，虽然他现在急切地想见到菲菲，但第一次见面，他不想带着一身尘土和一脸的疲惫去见她，因为他太想给菲菲留下一个良好的印象。

菲菲也是一样，她一夜都没有睡好。整个晚上菲菲是既高兴又担心。聊了大半年，两个人终于要见面了，明天，就是明天，菲菲就要见到这位在她的生活中已经占有特殊地位的朋友，因为，和他的谈话已经成为她生活中的一个重要部分，她当然应该高兴，可是高兴之余，菲菲也有理由担心，是的，如果见了面后两个人相互没有感觉，擦不起火花，那岂不是要破坏了半年来的友谊和美好感觉嘛。

第二天早上起来，菲菲对着镜子把所有的衣服都试了个遍，但还是拿不定主意到底应该穿哪一件好。看着妈妈六神无主地来回折腾，梅梅插嘴了，她说美国人最不讲究了，无论男女老少都是牛仔裤 T 恤衫，他们只在乎自己的感受，怎么舒服就怎么穿，所以，梅梅劝妈妈没必要那么紧张，穿什么他们都不会在意的。虽然菲菲也觉得梅梅说的有道理，但她认为太随便了会给人一种不礼貌的感觉，所以第一次见面，她还是希望能给拉尔夫一个好的印象。经过思考，菲菲最终还是选中了当年去看蒋毅楠时穿的那身淡淡的、橘红色的连衣裙。

终于出门了，这天天气的确很好，阳光明媚，天空蔚蓝，空气中一点杂质都没有。当菲菲带着梅梅准时来到餐馆门前的时候，她们远远地就看到拉尔夫和他的小儿子已经坐在餐馆里面了。可爱的诺亚就像是一个最好的接头暗号标志，人群中一眼就能看到这个黑头发，黑眼睛，漂亮的小男孩。而当看见菲菲和梅梅走进餐馆时，拉尔夫并没有惊慌失措地站起来，而是目光温和面带微笑地依然坐在那里，带着掩饰不住的高兴，像是见到了老熟人那样，向菲菲和梅梅挥了挥手。

见面了，总算是见面了。

菲菲和梅梅走了过去。来到拉尔夫的面前，拉尔夫礼貌地微微欠了一下身子，和菲菲握了握手后，又和梅梅握了一下手。

"嗨，女士们，早上好！"拉尔夫带着微笑和气地问候道，黑眼睛快活地闪烁着。

尽管认识有些日子了，而且也算是已经做好了充分的心理准备，但毕竟是第一次见面，所以菲菲还是感到有些拘谨，她回答了拉尔夫的问候之后，便和梅梅在拉尔夫和诺亚的对面坐了下来。

"孩子们，饿了吧？"拉尔夫问道，他看了一眼梅梅，又看了一下诺亚，两个孩子没有说话，只是使劲地点头。

女招待很快过来了，早餐点好，女招待说早餐很快就会送过来，之后转身走了，不一会就把孩子们要的饮料和大人们要的咖啡端上了桌子。

平时在网上有说不完的话，可见了面，菲菲和拉尔夫一时半会却不知道如何开口了，另外，孩子们在跟前，有些话又不方便说，所以，拉尔夫只是简单地寒暄着，说了说来时路上的情况，以及他们对小城的印象。

虽然女招待说是早餐很快就好，但大家还是感觉等了很长时间，尤其是孩子们，闻到了香味，就更感饥肠辘辘。等待早饭的时候，百无聊懒的梅梅想和诺亚搭讪，可又不知道用什么方式和怎样开口才好，淘气的梅梅突发奇想，她实在忍不住地想逗一逗面前这个一脸稚气腼腆的小男孩，于是她一边用吸管吸着她的饮料，一边用眼睛咄咄逼人地注视着诺亚。看到梅梅死死地盯着自己，诺亚非常慌张，他满脸涨得通红，手脚都不知道该放在什么地方好了。看到诺亚如此这般紧张，梅梅开心极了，她伸出脚去，在桌子底下轻轻地撩了一下诺亚，这大胆的举动让可怜的诺亚更加不知如何是好，他身体僵硬，呼吸都要停止了。

看到梅梅的这些小动作，菲菲在桌子底下轻轻地掐了梅梅一下，以示警告，叫她不要欺负诺亚，可是淘气的梅梅不管这一套，她假装被什么东西咬了一口似的夸张地尖叫了一声，搞得拉尔夫和诺亚不知道发生了什么，紧张地看着梅梅。梅梅看到效果不错，于是嬉皮笑脸地对着妈妈挤了一下眼睛，然后又对着诺亚挤了一下眼睛。诺亚松了口气，带着一脸的稚气，羞涩地笑了。就这样，梅梅用她的方式几分钟的功夫就算是和诺亚打过了招呼，相互认识了，而且迅速地奠定了两人之间以后可以继续友好交往的基础。

吃过了饭，拉尔夫问大家有没有兴趣逛逛商店，菲菲说她经常到这里来逛，好像也没什么东西需要买的，可是梅梅和诺亚却说想去看看有没有什么新的游戏盘。两个大人对视了一下，点头表示同意，菲菲嘱咐梅梅记着点时间，不要走的太远了。听完了交代，梅梅向一直安安静静站在一边的诺亚挥了一下手，说了声"跟我来"，然后就大踏步地转身走了。看到梅梅这个不容否定的命令，诺亚像是被招了魂似的，想都没想地就跟着梅梅一起走了，从此成了梅梅忠实的跟屁虫。

孩子们走了，菲菲和拉尔夫在一把长椅子上并排坐了下来。商场里的人不多，也不喧闹，他们身后的长椅子上，两个老头正在聚精会神地玩儿着国际象棋，另外几位老头围在他们身边在给他们支招出主意，他们不时地发出几声得意的笑声、争执声，和后悔的叹息声。

坐定后，菲菲带着好奇开始仔细打量起拉尔夫，就像照片上那样，拉尔夫很高很瘦，鼻梁挺直，眼睛细长，深色的嘴唇线条分明，性感但又不特别引人注目。他柔软的黑发中参杂了一些白发，懒散地偏分在他前额的一侧，透着一点点沧桑感。菲菲还注意到，像很多北美男子那样，拉尔夫把连腮胡子精心修剪成两条细线，从鬓角一直延伸到下巴，和三角形的胡子连在一起，又好看又有趣。拉尔夫并不是出众的帅，但也并不难看，他的神情和善、淡定、自信，放松，但又不失礼貌，让人感到很舒服，很得体。从拉尔夫的整个形象来看，他既不完全像西方人，也不完全像东方人，在他的身上，菲菲可以感觉到一个很明显的血统混凑的痕迹，在这个血统里有着许多不同的种族成分，杂七杂八，有些是菲菲喜欢的，也有些是菲菲陌生的。

"我是不是像你想象的样子？"看到菲菲正在打量自己，拉尔夫笑着问道，同时露出两排干净整齐的牙齿。看来他很健康，而且不抽烟，生活习惯良好，菲菲心想。

"差不多，和照片上的你没有什么太大的不同。"菲菲收回她的视线，不好意思地说。

"你可和你的照片不大一样。"拉尔夫说。

"是吗，怎么讲？"菲菲感到有些吃惊，难道我的照片美化了我的长相，让他觉着我用照片欺骗他了？

"是谁给你照的照片，我认为一是照相机不够好，二是照相机的角度也不够好，三是照相的时间也不是最佳时间，所以你给我看的那张照片除了有些失真外，光线和清晰度都不太好，实际上在自然的光线下你比照片上的你要漂亮，也自然的多。"

"哦，是吗？我还以为你觉着我拿照片骗了你，让你失望了呢。"菲菲笑了。

"哪里，哪里，我想象的你就是这个样子，我一点都不失望，我非常高兴能见到你的。"拉尔夫说道，眼睛里闪烁着喜悦。

梅梅和诺亚说说笑笑地回来了，他们脸上的表情有些诡异，好像在极力掩饰他们的鬼心眼。

"这么快就逛完了？有没有看到你们喜欢的游戏呀？"拉尔夫问梅梅。

梅梅犹豫了一下，她回头看了一眼诺亚，好像是想得到诺亚的鼓励和最后的认可，说还是不说。诺亚没有说话，只是抿着嘴笑。

"是的，"梅梅想了想，接着就连说带比划地说："我们发现了一盘我们都非常喜欢的游戏，"说完，梅梅转头面向菲菲小声央求地说："妈妈，给我们买一盘吧，求你了，特别好玩。"

为了表示支持梅梅，一直站在梅梅身后的诺亚向前跨了一步，虽然他什么也没说，但他那一双明亮的大眼睛却带着祈求的目光，忽闪忽闪地看着他的爸爸，好像也是在说，"给我们买一盘吧。"

孩子们是最聪明的，他们知道这个时候完全可以放心大胆地勒索一下大人，而且一般来讲是不会遭到拒绝的。看着两个孩子，菲菲想，自己的孩子可以娇惯，但可不能让梅梅把别人的孩子给带坏了，于是她转过脸去，征求意见地看着拉尔夫。这次来之前，最让拉尔夫担心的就是不知道两个孩子是否合得来，如果孩子们合不来，那么他和菲菲的事多半是成不了的，可以说，两个孩子之间的关系对于他和菲菲之间的关系至关重要。可是，完全出乎他的意料，两个孩子居然能够如此和平相处，而且似乎比他期望的还要友好，这让拉尔夫大大的喜出望外。

看到菲菲递过来的目光，拉尔夫笑了，他站起身来说："好，我给你们去买。"

饭也吃了，东西也买了，两家的大人和孩子似乎还都没有想要分开的意思。拉尔夫建议说，来之前，他在网上搜了一下这里的旅游景点，据网上介绍，在距离温城大概 32 公里的一个地方，有一个叫 Lower Fort Garry 的历史遗址，它是 1830 年由 Hudson's Bay 公司在红河岸边的一块高地上建盖的，这是一个有着几百年历史的贸易场所，一个堡垒式围墙把贸易场所围了起来，里面有办公室、店铺、仓库、甚至公司管理人员的家庭住宅，现在，每当春季开放的时候，工作人员和志愿者们就会穿上那个时代的古装，用娱乐的形式，真实地演绎着 1850 年代人们在这里的日常活动，参观者可以亲身经历般地看到二百年前这里的生活场景，拉尔夫认为值得一去。说完，拉尔夫看了看时间，问大家有没有兴趣，如果想去，时间完全来得及。

菲菲说上英语课的时候老师也曾经给他们介绍过这个遗址，但因为是在城外，自己又没车，一直没能有机会去参观，所以菲菲当然很愿意借此机会去看一看，至于梅梅和诺亚，他们对历史没有太大的兴趣，不过只要游戏盘已经买到手了，他们也就不在乎大人们要去哪里了。说走就走，四个人立即上了拉尔夫的车，一路向北，直奔 Lower Fort Garry National Historic Site。

遗址中介绍的内容非常有趣，不仅菲菲感到很新鲜，就连梅梅和诺亚也感到非常有意思，因此，大家都看得津津有味。由于拉尔夫已经在网上仔细阅读过遗址的内容介绍，所以，当菲菲和孩子们有什么不明白的地方，他便成了他们的义务解说员。除了介绍当时贸易往来和日常生活的情景外，在遗址大院里的草地上还有各种古老的娱乐游戏，像什么转扫帚、滚铁环、拔河等等。玩这种游戏的感觉可是大大不同于玩游戏机里的游戏，梅梅和诺亚乐不可支，两个孩子高兴地一遍又一遍地玩着，直到累瘫在草地上。

一抹晚霞依旧残留在天际，悠长灰蓝的暮色笼罩着寂静的田野，宛如祈祷般地凝重与平和。从古遗址出来后，拉尔夫开车行驶在回城的路上，玩了一天的孩子们嚷嚷着说他们又累又饿，肚子都咕咕叫了。也是，从早上出门到现在已经整整一天了，不要说孩子们，两个大人也感到了疲劳。

回到城里，拉尔夫和菲菲商量了一下，他们决定带着孩子们一起到城里著名的高层旋转餐厅去吃晚饭，在那上面可以俯视整个城市的风景，而餐厅脚下是那条横穿温城，源远流长的红河，她就像是一条缓缓流淌着的命运之河，诉说着红河谷的喜怒哀乐，从南向北，川流不息。离餐厅不远处的河岸上有一个小码头，那里有游船，游客们可以乘船观赏红河风光。晚饭后，虽然天已经完全黑了，但拉尔夫还是决定带着菲菲和孩子们去坐游船，一方面大家可以一起观赏红河两岸的夜景，另一方面，一天的时间实在是太短暂了，明天一早他们就要离开温城，所以拉尔夫想尽可能延长和菲菲待在一起的时间。

终于，在汽笛的长鸣声中，游船满载着游客离开了码头，向下游缓缓驶去。一轮新月在天空上移动着，甲板上有一大群快乐的年轻人，他们正热热闹闹地举办高中毕业后的聚会。他们喝着啤酒，大声地唱着、喊着、跳着，摇滚乐的低音吉他声穿越黑夜，在红河上空翁翁作响。吃饱了饭的梅梅和诺亚已经疲倦不堪，俩个孩子蔫蔫地坐在一边，呆呆地看着船上的那群疯狂的年轻人。月光下，几对白发老夫妇坐在船边的凳子上，静静地欣赏着红河岸边清明而又美丽夜景，并不在意那些喧闹的年轻人。菲菲和拉尔夫肩并肩地站在甲板上的护栏边，默默凝视着红河两岸的万家灯火，任凭自己的思绪不知伸向随便什么地方。河面飘来一阵缠绵的微风，轻轻掠过他们的脸颊，拉尔夫转过脸去看了看菲菲，他轻轻地握住了菲菲放在围栏上的手。菲菲没有把手抽回来，只是用另一只手拢了一下被风吹乱了的头发。

"嗨，高兴吗？"拉尔夫小声地问道。

　　拉尔夫的问话勾起了菲菲的回忆，她蓦然地想起了蒋毅楠曾经也这样问过她，是呀，我高兴吗？菲菲也问自己。也许是累了，也许是别的什么说不清的原因，菲菲感到心头一阵莫名的惆怅，她把头轻轻地靠在拉尔夫那结实的肩头，没有回答他的问题，只是眺望着夜雾茫茫的远方，好像答案就在那遥远的天边。

　　菲菲不能说她不高兴，必须承认，这一天她过得非常愉快，她已经很久没有这样高兴了，而拉尔夫的和蔼和耐心实在令她感到无比的温慰。

　　是的，自从和蒋毅楠分手后，菲菲始终努力把对以往那些幸福的，褪了色的记忆压缩在一起，让她们沉淀，再沉淀，一直沉淀到心底那最隐秘，最柔软的深处。那些碎片般的记忆，如同绘画的油彩，乱七八糟地涂抹在菲菲已经不再洁白无暇的人生画布上，使得她不敢相信快乐还会再次降临到她的身上。

　　很久以来，菲菲竭力想要知道爱情和幸福这些美丽的字眼，在真实的感情世界里到底意味着什么。

　　谁都不想把一个浪漫变成一个悲剧，但是情爱无常，人生无常，几经磨难，菲菲已经失去了对幸福的渴望与自信。没有希望，心就得不到安宁，然而，当幸福来临时，菲菲又不敢相信，不敢正视，更不敢高兴，快乐对于她来讲好像总是那样的奢侈和短暂。哦，幸福就像是五月灿烂的阳光，一旦乌云出现，一切就都没了踪影，因此，菲菲不知道眼前的这幸福时光能持续多久，结果又会带来怎样的痛苦，以及什么样的命运在等待着她。

　　菲菲此刻的心情依旧是喜忧参半。她像是大海中随时可以倾覆的一叶孤独小舟，在探寻幸福的航海中，听天由命，随波漂流，并在灵魂深处虔诚地祈祷与等待，这祈祷与等待如同落入大海中的水手，遥望着天边朦胧的雾色，祈盼着一张能够起死回生的白帆，向她抛来一个红色的救生圈，把她带到幸福的彼岸。

第二十六章　纽带

这次见面无疑是非常成功的。

拉尔夫和诺亚第二天早上就要离开温城去打猎了。一大早，菲菲带着梅梅来到他们下榻的饭店去送行。行李已经装上了车，大家站在停车场上互相道别。拉尔夫张开双臂热烈地拥抱了菲菲，并感谢她们母女二人的友好陪伴。梅梅和诺亚跟在大人们的身后并排站着，谁也不说话，直到要上车了两个人才不好意思地握了握手。拉尔夫和菲菲看到孩子们的眼神里闪烁着掩饰不住的依依不舍。

"爸爸，我们还会再来吗？"坐进车里，诺亚突然问道。

手扶方向盘，坐在司机座位上的拉尔夫正在和车窗外的菲菲说着什么，听到诺亚的问话后，他转过脸去惊讶地看着他的小儿子，他知道对羞于说话的小诺亚来讲这样的问话是需要极大的勇气，拉尔夫笑了，他疼爱地用手摸了摸诺亚的头。菲菲低下头来问发生了什么事，拉尔夫转过脸去对菲菲说，诺亚问是否还可以再来玩。梅梅和诺亚似乎都明白，拉尔夫和诺亚是否可以再来温城的生杀大权完全掌握在菲菲的手里，因此，他们紧张地用祈求的目光看着菲菲。是的，大家都心照不宣，这事的确要取决于菲菲的感受了。

看着三个人期盼的目光，菲菲忍不住呵呵地笑了，只要孩子们高兴，她怎么能让他们失望呢。透过车窗，菲菲微笑着对诺亚点头了点头。得到了肯定的答复，拉尔夫和孩子们都非常高兴，特别是诺亚，更是激动得满脸通红，他转过头去，什么也不说，只是激动地对着梅梅不停地点头，两个孩子伸出手来，啪地一声，两个小巴掌拍到一起，兴奋地来了个 High 5，以表庆祝。诺亚还在点着头，梅梅一句话不说，她满脸放光，只听到彭地一声，梅梅狠狠地替诺亚把车门关上了，然后俏皮地对着诺亚挤了一下眼睛，好像这个问题是他们俩事先商量好的，而且已经胜利地得到了解决。

车，嘟嘟嘟地起动了，载着心满意足的父子俩慢慢地开出了停车场。诺亚从车里探出半个身子，不停地对着梅梅挥舞着他的小手。菲菲和梅梅没有立即离开停车场，她们一动不动地站在原地，目送着渐渐远去的吉普车。当吉普车完全消逝在她们的视线之后，菲菲才发现梅梅眼里含满了泪花。

回到美国后，拉尔夫立即给菲菲写了一封热情洋溢的邮件，他在邮件中这样说道："亲爱的茉莉花，在这里我首先要说的是，这次温城之行我和诺亚都感到非常愉快，这要感谢你和梅梅的友好陪伴。你不知道，见到你之后我有多么的高兴，你比照片上的你还要年轻漂亮，而且你的性格比我想象的更现代的多，你安静友好，也很大方，但又不失东方女子的温柔。我不知道你对我的印象如何，但我并不急于让你一下子就喜欢我，这样倒显得过于急躁和不稳重，不过无论如何我相信我是值得你考虑的，我们可以共同给孩子们创造一个美好的生活与未来。虽然我不是非常的帅，但我热爱家庭，为人诚实，正直善良，有责任心，我认为这些都是一个男人起码应该具备的良好品德，你不这样认为吗？希望能够尽快再见到你。

哦，诺亚问梅梅好

爱你的拉尔夫"

见到拉尔夫之后的菲菲心情比较复杂，她对于拉尔夫的初步印象很奇怪，菲菲知道拉尔夫是一个好人，也喜欢他，但不知道为什么，菲菲的情感完全没有当初爱上蒋毅楠时的那种难以抑制的激情。这个美国人显然没有蒋毅楠那样迷人，他沉稳，很少表现得兴高采烈，他像是一个大哥哥，和他在一起，菲菲感到亲切、自然、温暖，可靠和安全。

七月份，拉尔夫带着诺亚又到温城来看望了菲菲和梅梅，这一次两个孩子钢铁般的友好同盟更是到了坚不可摧的地步。在夏去秋来之前，梅梅和妈妈说，她希望在开学前的最后一个周末再去一次野营烧烤，并央求菲菲一定要邀请诺亚和拉尔夫一起去。菲菲和拉尔夫商量了一下，他们答应了梅梅的要求。听说要和梅梅一起去野营烧烤，诺亚别提有多么激动了，他坐卧不安，寝食无味，恨不能立即去找梅梅。

这天，菲菲给英惠打了个电话，把梅梅想去野营烧烤的想法告诉了英惠，并说她已经邀请了拉尔夫和诺亚，希望英惠和夏尔也能同去，一方面人多热闹，另一方面他们也可以认识一下拉尔夫，看看人怎么样，帮她参谋参谋，拿个主意。英慧和夏尔欣然同意，菲菲和拉尔夫已经认识快一年了，他们只是经常听菲菲说，但至今还未曾谋面，所以他们也想利用这个机会了解一下这位美国先生的性格与人品。

八月份最后的一个周末，拉尔夫和诺亚周五下午就赶到了温城。一到温城他们就和菲菲母女一起把野营和烧烤需要的东西都采购齐了，大包小包里装满了牛排，热狗、汉堡、面包、土豆、蔬菜、水果、薯片、玉米棒子、饮料和一次性餐具等等，可以说是应有尽有了。除此之外，拉尔夫还特意买了两箱啤酒，说是要和夏尔好好喝一通。因为这次去野营菲菲同样又邀请了阿萍，并且说好把她们原来用的帐篷借给阿萍使用，所以，拉尔夫在 Wal-Mart (沃尔玛）专门给菲菲她们又买了一顶更大、更新，也更舒服的新帐篷。吃罢晚饭，菲菲还特地做了一大盆孩子们最喜欢吃的土豆沙拉，也是要带到野营地去的。

　　梅梅激动的整夜都没有睡好，她一会起身看看窗外，一会大声喊着告诉妈妈已经几点了，提醒妈妈不要误了起床的时间，闹得菲菲也是一夜没睡。为了能在野营地找一个方便用水、用厕所，又可以同时安扎三顶帐篷的地方，第二天天刚蒙蒙亮大家就从床上爬了起来。拉尔夫开车带上他的全体家庭成员-女人和孩子们（拉尔夫现在总是这样戏谑地称呼他们这两个家庭的新组合）先去接了阿萍，然后再与英慧夫妇汇合一同向野营地驶去。

　　野营地并不很远，开车两个来小时就到了。到了野营地，车子在野营地里转了几个圈后，终于选好了安营扎寨的地方。接下来，卸车支帐篷，一阵忙活，各家的帐篷都安顿好了，拉尔夫和夏尔不知道从哪拖来了一张又大又重的木头野餐桌，几个女人开始忙着把他们带来的食物分别摆放在桌子上。虽然英惠带了一个小型煤气烧烤炉，但很有野外生活经验的拉尔夫却说用木头烤出来的食物才正宗，味道才会更好，因此，他让诺亚带着梅梅到附近的小树林去捡些干树枝，越多越好。梅梅和诺亚不负重任，陆陆续续拖回来一大堆干树枝，拉尔夫很高兴，他拍着孩子们的肩膀夸奖他们干得漂亮。接着，拉尔夫三下五除二就在三顶帐篷围起来的空地中间点起了一堆篝火，大家各自打开自己带来的折叠椅，在篝火旁围成一圈。拉尔夫用一根长树枝挑了一下火堆，树枝劈劈啪啪地响着，在火堆中熊熊燃起来。拉尔夫弯腰在啤酒箱里拿出两瓶啤酒，顺手递给夏尔一瓶，然后把椅子向夏尔身边靠了靠，用牙咬开了瓶盖。

　　"拉尔夫。"拉尔夫向夏尔伸出手去，自我介绍道。忙了半天两个人还没顾上彼此介绍一下。

　　"哦，夏尔，认识你很高兴。"夏尔和拉尔夫握了握手后也用牙咬开了瓶盖。

坐下之后，两个人轻轻地碰了一下酒瓶子，翘起瓶子底各自往嘴里倒了一口。

拉尔夫和夏尔，两个北美人之间谈话既没有语言上的困难，也没有认同上的障碍。尽管两个人的职业不相同，但两个人都属于那种个性不太古怪的人，有着许多相同之处，例如，安静、随和，谦让、稳重，不神经质等等，因此，半瓶酒下肚，两个人已经找到了可以交流的共同话题。

北美人说，如果你想找人吵架，那么你就去和这个人谈论政治，所以一般人初次见面都会尽量避免谈论政治，因此，拉尔夫和夏尔的谈话只是聊些家常琐事，例如房价物价，夫妻关系、儿女情长，以及恋爱婚姻等等。而当夏尔问及拉尔夫和菲菲的关系前景时，拉尔夫笑着说，菲菲是根据她的性格和感觉来安排她的命运，而这次看来他也要根据菲菲的性格和感觉来安排他的命运了，言外之意，他们的事完全取决于菲菲。

在篝火边坐了坐，女人们就来到野餐桌边，她们一边说笑着，一边准备烧烤用的肉和蔬菜。实际上烧烤很简单，比起做中国餐来容易得多，真没什么需要准备的，蔬菜不用炒，无论白菜花还是绿菜花，无论是芹菜还是红萝卜，一律生吃，只有牛排在烧烤之前需要腌制一下。英惠是这方面的能人，所以她很快就把牛排腌制了起来。

牛排腌上了，三个女人沿着野餐桌坐了下来。女人自然有女人们的话题，而且，她们都是中国人，自然没有必要非说英语不可，大家都感到还是说母语容易的多，亲切的多。

"嗨，菲菲，你和拉尔夫认识的时间不短了，感觉怎么样啊？"阿萍问道。

"我也说不清。"菲菲说。

"怎么会说不清呢？"英惠问道。

　　"真的，虽然我很喜欢他，但不知道为什么我就是不能疯狂地爱他，也许是以前把热情都用光了吧，"菲菲自嘲地笑了笑，"我好像从来也没有特别思念过他，他来他走，我都很平静，既不激动也不难过。他这个人没有什么特别与众不同的优点，但他的确是个好人，做人做事认认真真，按部就班，每一件事都像是事先编好了的程序，表达感情也如同例行公事，就连亲吻和拥抱都像是一个礼貌的习惯，他的性格太过于一板一眼，四平八稳，像一个守旧的老夫子。"菲菲描述着对拉尔夫的感觉。

　　"让心中的感情自然发展，要比一上来就有令人颤抖的爱情可靠的多，所以，喜欢就已经是好兆头了，慢慢你就会爱上他了。"阿萍咬文嚼字地说道，口气像个文人书生。

　　"没错，我同意阿萍的观点，吉尔就属于那种上来就想让别人为他颤抖的人，可那是个疯子。嫁给一个永远都不会伤害我们的人，这是婚姻中最重要的，你说是不是？"英惠操着台湾口音，笑呵呵地说。

　　"是的，吉尔太强势，太急躁，他热得快，凉的也快。拉尔夫就截然不同，他特别有耐心，不温不火，特别谦让。现在他正在教我开车，态度一丝不苟，非常认真，从来不对我发火大声嚷嚷，真让人感动。而且，每次来这里，他总是把家里大大小小的事都安排的井井有条，每次从这里回去，他都会给我买些生活必须品和食物之类的东西留下来，我说不用，他还是要那样做。他很会体贴人，也很会过日子，从来不大手大脚花钱，我说的不是不花钱，而是不像吉尔那样乱花钱，我想也许是因为他一直是自己照顾孩子，又当爹又当妈的缘故吧。这方面我就不如他，有的时候我真有点担心，这样的生活会不会毫无情趣呀，再说，以后要是在一起生活，事事都这样精打细算，那样我可能会受不了的。"菲菲说。

“我想谈恋爱的时候女人大概都喜欢像吉尔那样的吧，出手大方，热情有余，不过我倒是喜欢会过日子和温和的男人，就像夏尔这样的。”英惠骄傲地说。

“所以说你毫不犹豫地嫁他了，而且是对的，是不是？好了，夏尔肯定是个好丈夫，不过，今天你们可都见到拉尔夫了，帮我参谋参谋，怎么样？我还在矛盾。”菲菲说。

英惠和阿萍说她们刚刚见到拉尔夫，好坏还都不太了解，不过她们认为到目前为止，拉尔夫看着像是一个比较正派可靠，也比较适合做丈夫的家庭型男人。

“我这个人可能太实用主义了，不过我觉着只要男人有责任心，对你好，其实这也是一种爱，一种实实在在的爱。”阿萍说。

“这个我知道，不过我想我还需要再看看，再等等，再想想。”菲菲说。

牛排腌好了，英惠端去给夏尔，两个男人接过牛排，烟熏火燎地烤了起来。

诺亚是学校棒球队的，这次来他带上了一个棒球和两副棒球手套，还有一个小橄榄球。诺亚问梅梅会不会打棒球，梅梅说不会，不过她是学校啦啦队的，经常去给棒球队和橄榄球队的男孩子们加油助威。诺亚找了块空地，递给梅梅一只手套，说他可以教她，于是，两个人拉开距离，开始你扔过来，我扔过去地玩起了棒球。诺亚像是一个很称职的小教练，他不时地跑到梅梅身边，不是帮她摆弄一下站立的姿势，就是帮她纠正一下投球的动作。诺亚像他爸爸，很有耐心教，可是梅梅却没有兴趣学，扔了一会棒球，又玩儿了一会橄榄球之后，梅梅觉着实在无聊就嚷嚷着说累了，不玩儿了。两个人收起球来，在野营地漫无目的到处溜达，侦查地形似的东瞧瞧，西看看。

　　湖边的沙滩上，一群孩子正在和几只小狗嬉戏，孩子们把球扔得远远的，小狗们争先恐后地跑过去把球捡回来，还给它们的小主人，孩子们把飞盘扔得高高的，小狗们飞身跃起，用嘴接住，再把它们叼回来，送到小主人的手里。梅梅目不转睛，痴痴地看着那些孩子和小狗。梅梅多么希望自己也能有一只小狗呀。

　　"你有小狗吗？"梅梅问诺亚。

　　"有，我有一只黑色的比利时牧羊犬，我叫它黑比利，它是我的好朋友，每次去打猎，我们总是会带着它，它跑得可快了，我们都追不上它。因为住旅店不能带狗，所以每次来这里，我们都要把黑比利托给邻居照顾。"诺亚说。

　　"我也喜欢小狗，而且特别想养一只能够整天围着我欢蹦乱跳，可以和我在草地上撒欢打滚的小狗。我妈妈嫌麻烦不让我养，嗨，诺亚，求你了，下次你们来的时候能不能把你的黑比利也带来？饭店不让待，就放我家，我照顾它。"梅梅恳求道。

　　"当然可以了，只要你不害怕。"。

　　"我不害怕，我保证，我们可以一起喂它，还可以一起给它洗澡，对不对？"梅梅一改平日霸道的口吻，可怜兮兮地说。

　　"没问题！"梅梅总算有求与他了，诺亚得意极了。

　　三天的野营结束了，大家都玩儿的很高兴，无论是夏尔还是英惠，甚至连阿萍在内，大家都觉着拉尔夫这个人还不错，彬彬有礼，有教养，稳重也很自然，不过，给大家留下了最深刻印象的是诺亚，尤其是英惠，她不停地夸赞诺亚懂事、乖巧、听话也很聪明，要梅梅学着点。拉尔夫非常感激大家对他儿子的评价，他也为能有这样的一个儿子感到骄傲。

　　自从夏末的野营之后，诺亚就一直想给梅梅一个惊喜。圣诞节前一个月，诺亚对梅梅说他想到温城来过圣诞，他请梅梅问问菲菲是否同意。说实话，没有人能够拒绝这个可爱的小男孩的任何要求，事情就这样定下来了，两家人要像一家人似的在一起过圣诞节了。

平安夜的前一天，拉尔夫向菲菲保证说，他们一定能够在平安夜的下午赶到温城。菲菲说路况不好，让他们不要着急，慢慢开车，不要出事，她和梅梅一定等着他们到了后一起吃晚饭。菲菲还说这次来就不要去住饭店了，不知道他们父子俩是否可以在客厅凑合凑合。拉尔夫说他没有问题，听说可以住在梅梅家，诺亚高兴坏了，他说爸爸可以睡长沙发上，他吗，可以带上野营用的睡袋，睡在地上就可以，诺亚还说，帐篷野地都能睡，家里地毯上不是要比睡帐篷好得多吗。

平安夜那天，由于雪大路滑，路况十分不好，因此，尽管父子俩半夜就启程了，但菲菲估计，这种天气即便高速路不封的话，他们最早也要到晚饭时间才能赶到温城。晚饭已经准备好，但还没有下锅，梅梅说一定要等到诺亚他们到了才能开始烧菜，不然凉了就不好吃了。

天色渐渐地黑了，门铃终于叮咚一声响了，菲菲赶紧去开门。外面飘着鹅毛大雪，门口并排站着千里迢迢赶来过圣诞节的父子二人。拉尔夫身上挂着大包小包，个子又窜高了一截的诺亚怀里还抱了一只小奶狗，一只浑身雪白的日本银狐犬。

"快进来，快进来。"菲菲一边说着，一边赶紧把父子二人让进屋里。

"这是你的小狗吗？真可爱。"拉尔夫和诺亚进屋后，菲菲随便问了一声，顺手摸了摸小狗的头。

诺亚没有回答，只是抿着嘴笑。诺亚总是不大好意思和菲菲讲话，所以看诺亚没说话，菲菲也没有在意，她走到楼梯口，对着楼下喊道："梅梅，快上来吧，诺亚他们已经到了！"

　　不一会，就听见楼梯上咚咚咚地响起一阵急促的脚步声，梅梅炮弹一样地窜了上来。一到楼梯口，梅梅就愣住了，她张大嘴巴愣愣地看着诺亚怀里的小奶狗。

　　"给你的，圣诞快乐！"说着，诺亚把小狗放到地上，拍了拍小狗的屁股命令道："Go!"

　　狗狗最通人情，也最有灵性，也许这只小奶狗已经感觉到梅梅将是她的新主人了吧，所以，当小奶狗四肢一着地就立即撅着小屁股，摇着小尾巴，歪歪斜斜地朝着梅梅走去。看着小奶狗像个小雪球一样地滚了过来，只听见梅梅尖叫一声，扑通一声跪在了地上，她双手捂着脸，激动的嚎啕大哭起来。小奶狗摇摇晃晃地继续向前走着，哼哼唧唧来到梅梅跟前后，它两只小胖手放在梅梅的膝盖上，努力想爬到梅梅的腿上，结果摔了个四脚朝天。梅梅放开捂在脸上的手，心疼地捧起小奶狗，使劲地吻个不停。

　　"这是怎么回事？"菲菲不知道来龙去脉，她转脸问拉尔夫。

　　"这是诺亚送给梅梅的圣诞礼物。"拉尔夫双手抱在前胸，笑眯眯地说，眼睛里透着得意的神情。

　　菲菲责怪地看着拉尔夫，好像在说，我怎么不知道这件事呀。

　　拉尔夫明白菲菲眼神中的意思，他辩解道："对不起，这完全是诺亚的主意，他只是想给梅梅一个巨大的惊喜。"

　　这的确是一个巨大的惊喜，梅梅怎么也想不到诺亚居然这样心细，一直没有忘记她的心愿。梅梅抱着小狗走到诺亚跟前，她举起小奶狗在诺亚的脸上贴了贴，然后低声对诺亚说："谢谢你送给我的白雪公主，我爱你们，"说完迅速地在诺亚的脸上亲了一下。

　　诺亚吓傻了，长这么大还没有一个女孩子亲过他呢，小男孩手足无措，魂不附体，脸刷的一下子红到了脖子根。

　　梅梅走到拉尔夫的面前，把头依偎在拉尔夫的胸前，她用手摸了一把眼泪，喃喃地说道："谢谢你们的圣诞礼物，我非常喜欢，我爱你们。"

　　拉尔夫拥抱着梅梅说："不用谢，只要你喜欢就好。"

　　梅梅和诺亚已经成了菲菲和拉尔夫幸福的纽带。

第二十七章　　告别

　　经过两年的努力，菲菲毕业了。为了表示祝贺，拉尔夫专程从美国赶到温城，参加了菲菲的毕业典礼。

　　毕业后，菲菲得到了做毕业实习那家大医院的工作聘用，作为一名职业护士，菲菲立即把她全部的热情和爱心都倾注到了她的工作中。在医院的工作经历，让菲菲更加了解了人性，她喜欢她的工作，病人们也喜欢她，在于病人的交往和互动中，更增加了她的自信，她知道，任何困难再也无法阻止她生活的步伐了，同时她也深深地感到了人生独立的价值，感到了她的生命中又重新具有了某种神秘的色彩，和崭新的意义。

　　菲菲学业已成，并顺利地得到了工作后，拉尔夫试探性地向菲菲表达了希望她能到美国和他们一起生活的愿望，而且，诺亚代表爸爸邀请梅梅和菲菲在她们认为适当的时候做客美国，一起去游玩儿迪斯尼乐园。迪斯尼？！梅梅激动的手舞足蹈，这是她一直梦寐以求的事呀。这个诱惑太大了，梅梅不能不去，她威胁妈妈说，如果菲菲不去，那她就自己去。对菲菲来讲，去迪斯尼乐园也曾是她儿时的梦想，她当然也要去了，而且，她曾经是那么希望能带梅梅去多伦多玩儿的，所以，能有机会带梅梅去美国的迪士尼乐园当然更好了。菲菲爽快地接受了这个邀请，并同意安排个时间带梅梅去美国旅行。不过，在是否去美国生活的这个问题上，菲菲说她还需要再好好想想。拉尔夫说他尊重菲菲，也赞成她认真慎重地再考虑一下，这样对大家都有好处，免得将来后悔，好事倒变成了坏事。

　　菲菲也曾经无数次地想过她是否应该到美国去生活这个问题，她知道，这件事迟早是要摆到桌面上来的，可是，每当一想到将要嫁给一个什么人的时候，菲菲的内心就会感到一阵恐慌，一方面，她不想轻易放弃刚刚得到的独立与自由，另一方面，菲菲也不知道她是否能够改变已经习惯了的生活方式对自己心理造成的影响。当然，关键的问题是，她不清楚自己是不是已经彻底熄灭了曾经燃烧过的爱情之火，她不希望自己仍然带着对一个人的感情去和另一个人生活，这对拉尔夫来讲是不公平的，菲菲不想伤害他。

菲菲始终不能说服自己下定这个决心，她需要勇气，需要借口，需要时间，更需要把过去彻底忘记。菲菲非常矛盾，她同英慧讨论，也征求的阿萍意见，两个朋友好言相劝，说人到中年，应该现实地选择一个比所谓爱情更可靠的情感，或者说是一个正常的家庭生活，一个可以相依为命，互相照顾，不离不弃的人，而不是镜中缘，雾中花一般难以实现的爱情幻想。朋友们都希望菲菲不要错过机会。虽然菲菲完全同意她们的观点，但心里依然感到迷乱和彷徨。哎，迷失的太久，找不到回归的路了。

在拉尔夫耐心地辅导下，菲菲顺利地通过了路考，并且拿到了驾驶执照，菲菲非常感激拉尔夫一年来的辅导与陪练。为了对美国有个大概的了解，更好地考虑是否应该去美国生活，八月间，菲菲带着梅梅到美国做了一次愉快的旅行。两周的旅行结束后，迪斯尼那童话般的世界让梅梅始终念念不忘，回家后她仍然不停地唠叨了好几天，说是没有玩够，还誓言旦旦地说等她自己挣钱了，一定要再去一次，没准两次，她一定要玩个够。

对于美国的初步印象，除了迪斯尼给菲菲带来返老还童的欢乐感觉之外，菲菲认为，美国和加拿大除了社会制度上有些不同外，自然环境和人文环境基本相同，因此对于她来讲，在美国生活应该没有任何问题，不过，菲菲也并没有觉得美国像有些人吹的那样就是人间天堂，因此对她来讲也没有特别大的吸引力。实际上菲菲似乎更喜欢加拿大人心态平和，四平八稳的生活方式。

　　有了一个稳定的工作之后，在拉尔夫的帮助下，菲菲买了一辆车，菲菲高兴地说她的自由度和生活质量又提高了一个档次，一来买菜逛商店方便多了，特别是下了夜班也不用再等公共汽车了，不但减轻了许多劳累，也节省了很多时间，这样她就可以早些回家休息了。由于两年来经常的长途行驶，拉尔夫也不得不给自己换了一辆车，他买了一辆新的红色敞蓬别克，他盼望着不久后他可以开着这辆漂亮的车来接菲菲去美国结婚。

　　这个冬天来得比往年都早。夜里下了一场大雪，清晨，刚下夜班的菲菲一走出医院大门就被外面的雪景惊呆了，整个城市被厚厚的积雪覆盖着，白茫茫一片，宁静而又浪漫。

　　天还没有亮，上了一夜班的菲菲拖着困倦的身体开车回家。大朵的雪花依然漫天飞舞，能见度很差。这是菲菲第一次在雪地里开车，她感到十分害怕和紧张。由于积雪太厚，菲菲费了很大的劲才把车从停车场开到了大路上，没想到一上大路，车子就开始不停地左右摇摆，艰难地向前行驶着。菲菲紧张地盯着前方，死死地握住方向盘，极力想把车控制住，但车子根本不听她的指挥，继续在大街上不停地甩着屁股。突然，一辆货运大卡车迎面开来，两道刺眼的高光照得菲菲睁不开眼睛，菲菲慌了手脚，她下意识地使劲踩了一脚刹车，刹那间车子失去了控制，急速地旋转起来，然后猛地向另一条车道冲了过去，和正在快速行驶的货运大卡车狠狠地撞在了一起。只听见碰地一声巨响，紧接着就是一阵哗啦啦玻璃破碎的声音……。

　　菲菲透不过气来，她感到天旋地转，浑身灼热，有股强大的力量经过她的身体，仿佛要把她的躯体拉下深渊。她拼命呼喊，可是发不出声音来，她想站立起来，但身体似乎被压在一座沉重的火山底下，腿被什么东西卡住了，拔不出来，她动弹不得。一股血腥的热流模糊了她的眼睛，淌进她的嘴里，令她窒息。她使劲睁开眼睛，但迷离的目光失落在纷飞的大雪中。她想摆脱痛苦、知觉、感情，但她的肉体漂浮了起来的，她的灵魂像一股点着的香化为一缕青烟，正在袅袅升起，向天空飘去。天空中，她看到了一个耀眼的光环，光环中她隐约看见了妈妈，妈妈？菲菲很久没有想到妈妈了，她来干嘛？妈妈的身后是爸爸，还有梅梅和哥哥，他们飞一般地向她奔跑而来，伸出双手，要把她从这灾难中解救出去，她也伸出手去，可是光环和妈妈在她的手中骤然消失……

救护车的呼啸声惊天动地，恐怖地划破了雪花纷飞的城市上空。

接到梅梅的电话，拉尔夫和诺亚冒着大雪当天就赶到了温城。菲菲现在在医院急救室里，她闭着眼睛一动不动地躺在床上，脖子被固定住了，一条腿上硬硬地裹着石膏，胳膊上打着吊针。早上的那场车祸菲菲大难不死，但她不幸地折断了三根肋骨和一条腿，已经整整一天了，严重的脑震荡使得菲菲仍旧昏迷不醒。

两天后的傍晚，菲菲醒了，她微微地翻动了一下眼皮，像是大梦初醒，她挣扎着睁开了眼睛，房间里的光线太刺眼，菲菲又闭上了眼睛。

"妈妈，妈妈。"看见妈妈睁开眼睛，一直坐在床边守护着妈妈的梅梅激动地小声呼唤着。

哦，这是梅梅的声音，她在哪里？菲菲动了动眼珠，费力地又睁开了眼睛。

"妈妈！你终于醒了！"梅梅捧起妈妈的手贴在自己的脸上，放心地哭了。

得知妈妈车祸以后，梅梅吓坏了，她害怕要是妈妈醒不过来，她可怎么办呀，因此，两天来她一直在医院里守着，眼睛都熬红了。

顺着声音，菲菲微微地挪动了一下头，她斜着眼睛看见了梅梅，女儿就在她身旁，菲菲的脸上泛起了微笑。

"梅梅，我这是在哪里？"菲菲用眼角看了看被吊起的一条上了石膏的腿，用极其微弱和含混的声音咕嘟了一声，"医院？车祸是吗？"菲菲似乎想起了那一声巨响和震颤。

"妈妈，你在说什么？"梅梅没有听清，她把耳朵贴在菲菲的嘴上，让妈妈再说一遍。

"我这是在哪里？"菲菲使劲想把声音放大一些。

"妈妈，这里是医院。" 梅梅的脸贴在妈妈的脸上说。

是在医院里，是的，是车祸。哦，上帝保佑，我还活着，菲菲心里想。

"妈妈。你已经在这里躺了两天一夜了。惠阿姨和夏尔叔叔刚走，他们说回去吃点东西还会再来，萍阿姨昨天也来过了，她说你醒了让我立即通知她，"说着，梅梅抬起头，把目光投向床的另一边，"拉尔夫和诺亚也来了，他们已经在这里守了你一天一夜。"

菲菲慢慢地把头转向另一边，她看见坐在床边的拉尔夫正低着头慈祥的对她微笑，旁边的椅子上坐着诺亚，小可怜趴在桌子上已经睡着了。

"亲爱的，你醒了，这我就放心了，"说着，拉尔夫把菲菲一缕散落下来的头发拢到她的耳后，然后又轻声地问道："感觉怎么样？"

菲菲说不出话来，她又闭上了眼睛，两行委屈的热泪顺着眼角流到了医院洁白的枕头上。

　　"哭吧，亲爱的，有我在，你不需要太坚强。"拉尔夫握住菲菲的另一只手，带着怜爱轻声说道。

　　和蔼可亲的女护士进来了，她看到菲菲已经醒了便说道："噢，亲爱的，你醒了，太好了，你不会有危险的，"说完，护士换了一个输液瓶，调整了一下输液管，又检查了一下针头，然后对着仍在哭泣的梅梅说："噢，可怜的姑娘，不要哭了，你妈妈会好起来的，不过她现在还需要安静休息，不要和她说太多的话。"说罢，护士拿着换下来的输液瓶离开了病房。

　　经过一个多月的休息，菲菲完全康复，她又上班了。

　　新年的时候，拉尔夫带着诺亚来到温城，他们这次来除了一起过新年之外，还带着一个特殊的任务。

　　晚饭后，孩子们下楼去了，拉尔夫突然单膝跪下，手捧钻戒，正式向菲菲求婚了。

　　看着跪在地上涨红了脸的拉尔夫，菲菲简直不知如何是好，她没有想到这个时刻会来的这样快，这样突然，她好像还没有完全做好准备。菲菲没有扶起拉尔夫，她只是觉着自己头晕目眩，要晕过去了。不知道是对婚姻的恐惧，还是仍然守候着深藏在心底的那一份痴情，（尽管菲菲一直都在极力克服着曾经的那份痴情）。菲菲不敢正视，也不敢接受拉尔夫真心捧给她的订婚戒指，因为菲菲还不知道自己的心是不是完全可以对得起这份庄严的承诺。

　　"菲菲，嫁给我吧。"拉尔夫从胸腔中发出了许久以来他一直想说的话。

　　这是菲菲最想听到的一句话，但为什么是拉尔夫说出来的而不是他呢？！这个时候，菲菲想起了另外一个男人，想起了那段经历，想起了她和他之间那种难以抵挡的激情，还有那无数个只能意会、难以言传的、情爱的细微末节，然而每每想到这些，菲菲依然能够感受到那渴望的震颤。

菲菲还在纠结，她很难说服自己接受拉尔夫的求婚，但是同时她也在心中不停地问着自己，她究竟从那场恋爱中得到了什么？他走了，回到了他妻子身边，而她还在苦苦思念。

菲菲没有拒绝拉尔夫的求婚，这并非出自自己的意愿，而更像是出自拉尔夫的意愿。两年多来拉尔夫为她所作的一切都让她不能拒绝，也无法拒绝，她不能愧对一个好人的真情实意。是的，菲菲突然感到，无论她对蒋毅楠的爱曾经有多么炽烈，都无法与这份至善至诚的爱相媲美。

内心的那道爱的防线突然间彻底崩溃了。菲菲也跪了下来，她双手捧着脸，泣不成声，泪水从她的指间中悄无声息地流淌了出来，带着她全部的感激。

"我爱你。"拉尔夫说。

"我也爱你。"当菲菲悲哀地把这句神圣的话说出来的时候，她希望她没有撒谎。

求婚成功之后，拉尔夫非常激动，他立刻开始准备为菲菲办理作为未婚妻去美团聚的签证。可是菲菲并不想急于办理这件事，她说她申请加拿大公民的表格已经交上去几个月了，估计用不了多长时间就可以批下来，因此，她希望拉尔夫给她几个月的时间，等她拿到加拿大公民身份之后，再申请去美国的签证也不迟。

拉尔夫很不理解菲菲为什么非要这个公民身份不可，为什么要在去美国生活的这个问题上顾虑重重，是我做得还不够好，她还不信任我？还是这座小城依然有着什么让她留恋的？为此他们发生了一些小小的争执。拉尔夫对菲菲说美国也很缺护士，所以她根本不用担心找不到工作，更不用担心失去独立，没有人能够限制和约束她的自由，在美国，她完全可以按照她自己的方式去生活。尽管拉尔夫磨破了嘴，可是菲菲仍然坚持自己的决定，宁愿不去美国，也不妥协，她说这是她最后的一个要求。

也许人与万物之间确实存在着一个命中注定的缘分，一种无法回避的感情。菲菲舍不得离开温城，她和这里的缘分、和这里的感情强大得使她无法抗拒地想留下来。在这个地方，曾经发生过使她一生都难以忘怀的事情，然而，这些事情所产生的快乐与悲伤的色彩愈是浓重，她也就愈是舍不得离开。她在这里仿佛重新获得了新生。

在等待公民审批的一年多的时间里，菲菲的日子过得非常平静，也很快活，她的工资足以让娘俩过上比以前"奢侈"很多的生活。是的，菲菲改变了自己，也改变了她和女儿的生活，她证实了自己完全能够独立生活的能力，也确认了自己再也不会为了生存去依靠什么人了，这是她多年来用眼泪、孤独和努力换来的，她体验到了从未有过的潇洒与欣慰，因此，在去美国之前，她要好好享受一下这来之不易的快活。

在梅梅的精心照顾下，小狗白雪公主也已长大成狗。它健康活泼，欢蹦乱跳，两只黑黑的圆眼睛特别有神采。它有时聪明，有时又愚蠢，它会伤心流泪，也会站起身来祈求卖萌，还会和梅梅一起跳绳。梅梅非常宠爱它，她给它洗澡梳头扎红头绳，还给它买了许多漂亮的小衣服和一大堆玩具，简直把小狗打扮成了一个真正的小公主。梅梅写作业的时候，白雪公主就陪在她身边，梅梅要去上学了，白雪公主就会坐在门口，可怜巴巴地看着梅梅，像个孩子似的哭哭呜呜地哼唧个不停，舍不得梅梅出门。当然，白雪公主更喜欢跟着梅梅出去散步，它总是挺着胸，摇着尾巴，围着梅梅不停地撒欢。不过梅梅认为白雪公主是一个胆小的公主，出息不大，只要有别的小狗对着她叫一叫，哪怕是为了友好想交个狗友，它都会立即夹起尾巴，害怕地躲到梅梅身后，吓得两条小腿直颤。

拉尔夫和诺亚还像以前那样，隔上一段时间就会来看望菲菲和梅梅。在梅梅满１８岁之前，菲菲和梅梅的加拿大公民身份正式批下来了，宣誓之后，菲菲终于同意去美国生活了，再不同意，就实在对不起拉尔夫一颗热乎乎的心了。得到菲菲的认可后，拉尔夫很快向美国联邦政府递交了办理菲菲赴美团聚的签证申请。美国政府对这类签证审查非常严格，不过，在等待了一段时间之后，申请顺利地批了下来。

为了帮助菲菲做好搬家的准备，四月份，拉尔夫带着诺亚专程来到温城，他告诉菲菲，有些东西这次他可以带走的，就先替菲菲带走，不需要带的家具电器等大件东西可以卖掉，也可以送人，菲菲只需要留下了一些暂时需要的生活用品就够了，东西处理完后就可以开始卖房子，最后卖车。拉尔夫让菲菲不要着急，尽量把房子卖个好价钱，到时候，他会来和菲菲一起带上最后的行李去美国，还可以开着他的红色敞蓬车顺便来一次美国自驾游。

还有两个月梅梅就要高中毕业了，因此，上大学之前梅梅肯定是拿不到美国绿卡了。由于梅梅的绘画基础，她已经得到多伦多某大学的录取通知，九月份将去学习建筑设计与室内装潢专业。在拉尔夫和诺亚离开温城之前，梅梅把她的心肝宝贝白雪公主托付给诺亚，请诺亚先替她暂时带到美国。诺亚上车的时候，梅梅搂着白雪公主亲了又亲，稀里哗啦哭成了泪人，她仔细交代了有关白雪公主衣食住行的习惯和特点，还千叮咛万嘱咐地要诺亚好好照顾她的小狗。诺亚向梅梅保证，说他一定会好好照顾小狗，并希望梅梅在上大学之前能到美国和他们住些日子。

　　拉尔夫和诺亚带着梅梅的嘱托和小狗离开温城之后，菲菲给英慧和阿萍打了电话，通知她们说她已经准备去美国了，并且已经开始整理东西，如果有她们需要的东西，她们可以来拿去，送朋友也可以。听说菲菲终于要去美国了，两个朋友都很为她高兴，英慧说她不需要任何东西，不过她可以帮着问问其他的朋友或者邻居，如果有人有兴趣，她会通知菲菲。

　　阿萍说，她的离婚诉讼判决也下来了，她终于和戴维离了婚。为了把女儿带到加拿大来，她已经准备好了各种材料和证件，就要回国去办复婚，因为不复婚，前夫就不会把女儿的监护权交给她，阿萍希望这次她也能把女儿一起带来。由于担心戴维还会来骚扰她们，回来后她准备尽快搬到卡尔加里去，因此她也不需要任何东西了。另外阿萍还说，不知道办理复婚和女儿赴加的手续需要多长时间，所以，在菲菲卖房期间，如果没有地方住，可以暂时住在她那里，房租她已经交够了一年的，她让菲菲不用担心，住多久都可以，如果在菲菲必须离开温城的时候她还没有回来，钥匙交给房东太太就可以了。

　　在夏尔的帮助下，菲菲在报纸上登了一则搬家卖家具的广告。卖的卖，送人的送人，东西很快就处理掉了。阿萍已经回国，菲菲和梅梅暂时住到了阿萍那里，并开始卖房子。房子上市后，陆陆续续有人来看房子，谈价钱。这天早上，中介通知菲菲说房子已经卖掉，让她下午去律师事务所办理签字过户手续。

　　吃过午饭后，菲菲驱车回到老房子，她想在办理手续和交钥匙之前，再把老房子那里检查一下，看看还有什么遗忘了的东西。另外，菲菲也想最后再看一眼她曾经生活过的地方。

　　小屋被打扫得干干净净。没有家具的客厅显得比以前宽敞了许多。橱房的柜子上，菲菲留下了一套完好的中国瓷器餐具，那是菲菲专门留给新住户的礼物。后院被拉尔夫和诺亚收拾的整齐利落，楼下的洗衣房里还挂着几件洗干净的衣服没有收走，菲菲拿了个塑料袋，把衣服塞了进去。

菲菲把卫生间、锅炉房和两间卧室也都一一查看了一遍，一切都没有问题了。带着恋恋不舍，菲菲一步三回头地回到楼上，她拉开客厅的窗帘，日光透过玻璃流泻了进来，洒在地板上、墙壁上，变成了一片奇异的光芒。

菲菲转过身去，凝视着墙上蒋毅楠送给她的那幅油画。在午后的阳光照耀下，油画实、虚、浓、淡的特点被衬托得更加鲜明和有立体感了，菲菲想了想，虽然她还真有些舍不得这张画，但因为它会引起太多的联想，最终，菲菲还是决定把这幅画作为小屋的一部分，留了下来。是的，小屋已经不再属于她了，但小屋里的故事依然属于她，并将永远伴随着她。

菲菲走出大门之前，再次环顾了一下客厅，这空荡荡的房子让她想起了刚来时的情景，那天晚上也是这样，什么东西都没有，只有眼泪，菲菲在这里整整生活了八年，这里的每一寸地方都是她生活的见证。八年来，菲菲经历了许多，也懂得了许多，如今她要走了，代替眼泪的是自信，她可以踏上新的旅程，去开辟一个更加广阔的人生道路了。

菲菲跨出了小屋的大门。

一切手续都办好了，菲菲把房子的钥匙交给了律师。接下来就是要准备卖车了，但是在卖车之前，菲菲还有点事想要去了结一下。

从律师事务所出来后，菲菲回到阿萍的住处，她拿上蒋毅楠送给她的那枚戒指，开车到郊外去了。

倦怠的太阳从四点钟起就不见了，黄昏的暝色在淡紫的雾霭下笼罩着正在复苏的田野，宽阔、平坦、笔直地高速公路极目延伸，剑一般地指向天边。菲菲一边开车一边回想着、寻找着。不知道走了多久，也不知道走了多远，凭着模糊的记忆，菲菲拐进一条砂石小路，一片沙滩拦住了她的去路。没错，这里正是她要寻找的地方 – 她和蒋毅楠曾经来过的那个美丽的小湖、幽静的沙滩，还有那片已经长满片片嫩叶的小树林。

菲菲下了车，带着淡淡的感伤，走向那片白色的沙滩，走向她心中的撒哈拉。

踩着松软的沙滩，菲菲默默来到湖边。风景依旧，鸟儿低鸣，湖水冰冷清澈，反衬着湖绿色的天空，和她梦中的一样。菲菲低下头来，寻找记忆中的那些画符般神秘的脚印，在她的心中，总有一种的错觉，好像那些脚印还可以把她带回到曾经的幸福中去。然而，脚印早已无影无踪，人生也没有了回头路可寻。

面对茫茫湖水，像是在做告别仪式，菲菲思绪如潮。脚印可以被风沙掩埋，岁月却抹不掉记忆，回顾那些刻骨铭心的悲痛与欢乐，那一桩桩、一件件：被洪哥的抛弃，与蒋毅楠的相爱，还有吉尔的背叛，灵魂一次次在迷失中徘徊，在地狱中磨练，身曾经疲惫不堪，心曾经鲜血淋漓，而如今，这些事和人都已经变成陈年往事，微不足道了，菲菲不再会为之愤怒、伤心和流泪了，今天，她是来向她的过去告别的。

一阵凉风吹醒了沉思中的菲菲，她弯下腰去，从脚腕子上摘下了她一直舍不得摘下的、蒋毅楠作为生日礼物送给她的那条脚链，然后又从包里拿出蒋毅楠送给她的那枚钻戒，慢慢地把它们穿在一起。手捧承诺，她沉默片刻，然后扬起手来，把它们高高地抛向空中。那曾经的幸福上升，上升，向着蔚蓝的天空短暂地闪烁着银色的光芒，然后猝然坠入湖水，悄无声息，潜于深处。

（全文完）

www.ingramcontent.com/pod-product-compliance
Lightning Source LLC
Chambersburg PA
CBHW080921190726
48293CB00010B/2648